首都师范大学文学院　主编

U0954722

唳天学术

LITIAN XUESHU

14

學苑出版社

图书在版编目（CIP）数据

嗅天学术．第14辑/首都师范大学文学院主编．—北京：学苑出版社，2020.10
ISBN 978－7－5077－5992－1

Ⅰ．①嗅…　Ⅱ．①首…　Ⅲ．①文学理论－文集 ②语言学－文集
Ⅳ．①I0－53 ②H0－53

中国版本图书馆CIP数据核字（2020）第159896号

责任编辑： 洪文雄
编　　辑： 张佳乐
出版发行： 学苑出版社
社　　址： 北京市丰台区南方庄2号院1号楼
邮政编码： 100079
网　　址： www.book001.com
电子邮箱： xueyuanpress@163.com
销售电话： 010－67601101（销售部）、010－67603091（总编室）
印 刷 厂： 北京建宏印刷有限公司
开本尺寸： 787mm×1092mm　1/16
印　　张： 13
字　　数： 278千字
版　　次： 2020年10月第1版
印　　次： 2020年10月第1次印刷
定　　价： 68.00元

前　言

《唤天学术》是由首都师范大学文学院主编，以首都师范大学文学院学科研究方向为主要内容，以在校博士和硕士研究生为基本作者队伍，面向青年读者的学术性辑刊。

作为主办单位的首都师范大学文学院，已有50多年的历史。现有六个专业，分别是汉语言文学（师范）、汉语言文学（非师范）、秘书学、戏剧影视文学、文化产业管理、汉语国际教育，并有中国语言文学一级学科博士学位授予权。拥有一个国家级重点学科，三个北京市重点学科，还拥有中国语言文学博士后流动站。此外，还设有教育部重点文科研究基地——中国诗歌研究中心。首都师范大学文学院目前已形成了比较完整的学科群体、开放性的学术氛围和良好的学术传统，涌现出一批在国内外学术界享有较高声望的学者，以及在学术界有一定影响的中青年学术骨干，与此同时，研究生教育也取得了长足发展，研究生质量得到稳步提高。

为检阅我院研究生的学术成果，为鼓励和引导同学们积极投身科学研究，为加强与兄弟院校及学术界的交流，并希望通过我院同学们的一得之见，推进相关学科的发展与建设，我们特创办《唤天学术》辑刊，每年出版。作者队伍以首都师范大学文学院的博士研究生和硕士研究生为主，今后我们也将适当选发兄弟院校研究生的优秀论文。

本辑刊之所以被命名为"唤天学术"，是因为首都师范大学文学院原有的学生社团多是以"唤天"为名，包括唤天剧社、唤天文学社、唤天诗社等。"唤天"二字本是指仙鹤、鸿雁等鸣禽在辽阔的天空中自由地鸣叫，我们用它来作为这本学术辑刊的名字，意在为同学们的科学研究提供一个广阔的领域，同时也是为了强调一种学术自由的精神。

波兰天文学家哥白尼在公布他的日心说的时候，曾在扉页上引用了阿尔齐诺斯的一句名言："一个人要做一个哲学家，必须有自由的精神。"其实不只是做一个哲学家，做一个语言文学研究者，也一样要有自由的精神。有了自由的精神，才可能有健全的、独立的人格，才敢于敞开自己的心扉，不怕世俗的嘲笑和冷眼，在任何情况下都敢于说真话，不欺世盗名，不迎合流俗，不装神弄鬼。有了自由的精神，才能超越传统的认识，摆脱狭隘的思维方式的拘囿，让思维在广阔的时间和空间中流动，才能调动自己意识和潜意识中的积累，才能有卓尔不群的发现。

《唳天学术》强调自由的精神，同时强调严谨的学风和严格的学术规范。为使我们培养的研究生适应国家对高层次人才的需要，为强化他们独立的科研能力，我们注重加强学术环境的营造，聘请多位国内外著名学者来院讲学，为学生打开眼界。我们还制订了研究生课程规划和有关毕业论文写作的措施，对开题报告、论文指导以及论文答辩等环节都提出了比较严格而又切实可行的要求，以不断提高我院研究生的培养质量，这将会从根本上保证《唳天学术》的学术水准。

“晴空一鹤排云上，便引诗情到碧霄。”科学研究是最富于独创性的精神劳动，愿年轻学子的心灵毫无拘束地在广阔的宇宙中自由遨游，《唳天学术》将成为你们腾飞的踏脚石。

吴思敬

目　　录

·中国古代文学·

·中国古典文献学·

·汉语言文字学、语言学及应用语言学·

·汉语国际教育·

·文艺学·

·比较文学与世界文学·

·文化产业、影视文学·

·文化研究·

·中国古代文学·

苏轼赠妓词新变浅析

贺丽璇

摘　要：苏轼的赠妓词既继承了五代花间的词风，又对其进行了变革与创新，突破了自晚唐五代以来赠妓词香艳的传统。苏轼“诗词同源”的词学本体理念和“以诗为词”的创作实践，使他将自己的身世之感也寄托到赠妓词中。这既提升了赠妓词的内涵，取得了新的成就并产生了一定的影响，又体现了苏轼在词的创作中对继承和创新的思考。

关键词：赠妓词；以诗为词；新变

自从词产生以来，就与歌妓有着天然的密切联系。宋代的歌妓制度较前代有了更大发展的同时，赠妓词也逐渐发展出了独属于己的风貌。宋代的赠妓词在表现内容的丰富性、特点的新颖性等方面都显示出了一些独特性，它在宋词中所占的比例不小，很多词人都进行过赠妓词创作，关于赠妓题材的作品也经久不衰。

赠妓词中所描写的歌妓通常有一定文化素养或歌舞技艺，她们与文人墨客联系最为紧密，同时与宋词的创作和传播关系也最为密切。宋代歌妓根据其妓籍和服务对象的不同，大致可以分为三类——官妓、市妓和家妓。这三类歌妓由于所处环境不尽相同，表现出的精神气质也有所差异。但是，她们大多容貌艳丽、技艺超群，尤其擅长词的演唱，有些甚至能够作词，这就使得词人们在有意无意之间将她们视作知音人，加上身处道德约束相对较小的环境，在赠与她们的词作中自然而然地表现了个人的真实性情。而在与歌妓的交往中，他们不仅满足了自己的情感需要，有时也会对歌妓的身世遭际产生共鸣，在赠妓词的创作中加以抒发，甚至进而融入自己的人生体验。

苏轼之前的赠妓词，词作中的女性虽然形象描画鲜明，但有类型化倾向，抒发的情感在总体上不脱相思闺怨，且受晚唐五代至北宋初年文人士大夫间盛行的蓄妓、狎妓风气所限，作品中不可避免地有将女性物化的倾向。胡适在《词选·自序》中将唐宋词分作“三个阶段”，其中第一个阶段是“歌者的词”，他将这一阶段的时间跨度定为从“花间词”到苏轼之前，他认为“苏东坡以前，是教坊乐工与倡家妓女歌唱的词”①。其实苏轼之后的许多词人仍然在为歌妓的歌唱而作词，苏轼也写过赠

---

① 胡适．胡适古典文学研究论集［M］．上海：上海古籍出版社，1988：552.

妓词，他的大多数词也没有放弃词“要眇宜修”的本色。但之所以以苏轼作为一个分界点，是因为苏轼在传统上做了很多的突破和创新。他的“以诗为词”，他的用词来进行抒情言志等创新，都能够从他的赠妓词中体现出来。

一、前期清丽婉约的歌妓之词

宋代娱乐业较前代更加繁荣，妓业也不例外，贵族士大夫家中大都有蓄养家妓的风气，每逢宴饮之时，主人便让她们唱词奏乐，娱宾遣兴。生活在这一时期的苏轼自然也不例外，他除了侍妾王朝云，家中还有歌舞妓数人，并且其词作中也有不少赠妓之作。

苏轼创作了不少女性词，他的词突破了晚唐五代至北宋初年女性词创作的传统。笔者对苏轼的赠妓词做了进一步统计和细分，将他给侍妾王朝云的词算作寄内词而非赠妓词。根据龙榆生苏词校笺本的词序和创作内容来看，属于赠妓词的作品应当有28首。苏轼赠妓词的书写几乎贯穿了他作词的各个阶段，以他谪居黄州为分期，可以鲜明地看到他的词作从继承传统词风到感于自身遭际的风格改变，既体现着苏轼对人生命运的思考，又体现了他对传统词的革新。

苏轼早期的赠妓词，创作于他任杭州通判期间，以及知密州、徐州任上。此时他的赠妓词风格有些类似于花间词派作品，以女性词中常用的意象，如钗环首饰、衣衫帷幔等来铺排描画女性形象。如作于熙宁六年（1073）杭州通判任上的《江城子》（玉人家在凤凰山）和《南乡子》（裙带石榴红）两首词，都是用比较典型的“花间词”的语言风格来写作的。郑文焯评《南乡子》一词说道：“词中‘良工’、‘琢刻’云云，皆喻言丽玉之天真，故下有‘愿作龙香双凤拨’之语，益足徵命题之义……尤尽清妙之致。”①《菩萨蛮》（玉童西迓浮丘伯）词中的题序写道：“杭妓往苏，迓新守杨元素。”② 知是唐宋时赴任迎任，皆有官妓为导之例。此时为熙宁六年（1073），苏轼词的笔调多轻松闲适，词中使用“浮丘伯、许飞琼、瑶台”等仙家意象，表现了一种潇洒出尘之感。

再如熙宁四年（1071）在楚州写的三首《南歌子》，即“绀绾双蟠髻”、“琥珀装腰佩”和“云鬓裁新绿”，对献舞小鬟的服饰首饰、容貌体态等进行了描写，字里行间带着赏玩的意味，是宋代文人士大夫常见的赠妓词笔调。又如《减字木兰花》（郑庄好客）一词以“郑容落籍，高莹从良”为句首，虽然是赠妓以全其心愿，却表现出了一种游戏意味。还有《减字木兰花》（琵琶绝艺），描写一个小鬟琵琶女。这些词美则美矣，但是无论是人物形象还是内心情感都显得平淡重复，未能深入人心，还是在承接花间词作的风格进行写作。

而苏轼在知密州和徐州期间的词，则发生了新的变化。密州、徐州阶段的词为

① （宋）苏轼著，（清）朱孝臧编年，龙榆生校笺．东坡乐府笺［M］．上海：上海古籍出版社，2009：45.

② （宋）苏轼著，（清）朱孝臧编年，龙榆生校笺．东坡乐府笺［M］．上海：上海古籍出版社，2009：27.

黄州时期创作的序曲。在此期间，苏轼已经开始了对词体特性的探究，他笔下的词也越来越超脱前代的传统，带上了他独有的“清雄”风格。

如他写于熙宁七年（1074）冬的《采桑子》（多情多感仍多病），当时他调任密州知州，途经润州，与孙巨源、王正仲在甘露寺多景楼集会。在词序中提到有歌妓胡琴，姿色尤好，是写景抒情顺带写妓，故此词并不能算是严格意义上的赠妓词。但是在这首词中，苏轼却进行了新变，他不再以传统的手法去描写歌妓的美丽，而是试图将其融入整体词作当中。

词的上片以“多情多感仍多病”和“乐事回头一笑空”的虚实结合，借眼前之景，以写情为主，既不浮泛，又颇有清雄疏宕之意。“停杯且听琵琶语”承上启下，既然“乐事回头一笑空”，那么用一个“且”字，就表现了他当时不经意的心态。“细捻轻拢”赞美官妓胡琴弹奏琵琶的技艺，本无心欣赏，然而却被美妙的琴声吸引，回头细看弹琴者，才发现其神态娇媚，俏丽可爱。“醉脸春融”四字，写活了少女两颊泛红、嘴角含笑的动人姿态。最后又将佳人融入“斜照江天”的夕阳美景之中，色彩明艳，而又意味隽永。

再如《水龙吟·赠赵晦之吹笛侍儿》一词，按傅干注本旧序云：“时太守闾邱公显已致仕，居姑苏，后房懿卿者甚有才色，因赋此词云。赠赵晦之。”① 这首熙宁八年（1075）在密州写的赠妓词，没有从任何正面描写吹笛者，而是在咏侍儿吹笛时，从笛的材质、形状描写到吹笛情景，以音乐之美来衬托人物形象，尽管几乎没有写容貌姿态，但是我们能够从字里行间感受到吹出“为使君洗尽，蛮风瘴雨，作霜天晓”曲调的侍女，必也是一个姿容气质俱佳的美人。而整首词一句一意，饱含着作者对吹笛者的欣赏和赞叹，名为赠妓，实又咏笛。而苏轼对吹笛侍儿的赞美，未尝不饱含了对自身空负才华的感叹。

其后苏轼写的一些赠妓词如《双荷叶》（双溪月）和《殢人娇》（满院桃花）等，尽管内容也都是描写歌妓，但是其格调和所使用的意象却已经与前期有了明显的区别。前期他会用一些直接用来表示女性的意象如“双蟠髻”“小腰身”“剥葱纤手”等来表现歌妓的美，但是这两首词却并未使用这些意象。《殢人娇》作于熙宁十年（1077）三月，当时“苏轼与王诜会四照亭，有倩奴者求曲，遂作洞仙歌、喜长春与之”②。其词语言清丽平易，却不俚俗，尤其是结尾三句“平白地、为伊肠断。问君终日，怎安排心眼。须信道、司空自来见惯”③，代侍儿之口作语，表达了一种非常淳朴动人的情感。《双荷叶》中则使用了“清光”“流珠”“烟鬟”等意象来表现小妓双荷叶的娇俏可爱和楚楚动人。

脱离了单纯以花间意象来表现歌妓的苏轼词，开始逐渐走向另一种更高的境界，而他作于元丰元年（1078）的《永遇乐》（明月如霜），则是当时苏轼此类词的一

---

① （宋）苏轼著，（清）朱孝臧编年，龙榆生校笺. 东坡乐府笺［M］. 上海：上海古籍出版社，2009：83.
② （宋）苏轼著，（清）朱孝臧编年，龙榆生校笺. 东坡乐府笺［M］. 上海：上海古籍出版社，2009：107.
③ （宋）苏轼著，（清）朱孝臧编年，龙榆生校笺. 东坡乐府笺［M］. 上海：上海古籍出版社，2009：106.

个高峰和代表。夜宿燕子楼梦到佳人后的惊梦，萦绕于怀的惆怅之情，到最后有“古今如梦，何曾梦觉”的感慨。苏轼在题记中提及的盼盼，乃唐代张尚书之爱妾，能歌善舞，风情万种，而就是这样的佳人，夜来入梦于他这样的“天涯倦客”，使他发出“燕子楼空，佳人何在，空锁楼中燕”的喟叹。人亡楼空佳人难复，人生之梦未醒，只因欢怨之情未断。“古今”三句，由古时的盼盼联想到如今的自己，由盼盼的旧欢新怨，联想到自己的旧欢新怨。结尾二句，又从燕子楼想到黄楼，从今日思及未来。黄楼为苏轼所改建，是他守徐州政绩的象征。词人设想后人见黄楼凭吊自己，亦同今日自己见燕子楼思盼盼一样。整首词从梦幻与佳人，跳到倦客与佳人，再到深沉的古今与人生的感慨，传达了一种人生空幻的禅意和无奈，也带着作者希望超脱于尘世的意念。夜梦美人，作词以记，却不见一丝一毫的情致缠绵，只有感慨宇宙人生的浩大空阔。正如郑文焯手批《东坡乐府》云：“殆以示咏古之超宕，贵神情不贵迹象也。”①

二、后期清雄旷达的诗人之词

元丰二年（1079）“乌台诗案”后，苏轼被贬黄州，际遇的变化让苏轼的性情和笔调都发生了巨大的变化。在这之后，苏轼作词中对女性容貌服饰的描写明显减少，而是更多地书写女性的性情、谈吐和技艺，并且经常将自身情感遭遇寄寓其中。即使有对于歌妓外貌的描写，也不同于之前的玩赏，而是让人感受到一种更为通达的心境。

比如苏轼于元丰五年（1082）给徐君猷家妓的赠词，便是在描写歌妓们的同时融入了自己的情感。当时苏轼在黄州与徐君猷多有往来，对于徐家四位色艺双绝的歌妓，苏轼曾赞曰：“侍坐于冰清之仄，三英粲兮。”② 苏轼用四首《减字木兰花》将她们的年轻美貌、善良温婉和技艺才华定格凝固，尽管描写的都是佳人，但是读来全无花间词那般旖旎温软之感，字里行间感受到的全是她们喷薄而出的青春气息。写妩卿是“脸嫩肤红。花倚朱阑裹住风”；写胜之是“掌上身轻意态妍。笑倚人旁香喘喷”；写庆姬是“遏住行云翠不收。啭出新声能断续”；写懿懿是“淡淡梳妆新绾髻。春著花枝百态生”③。这样活泼可爱的女子，还拥有绝佳的才情，在苏轼笔下，宛如一朵朵千娇百媚的解语花。她们已经完全不同于花间词中精致却又静止的“绣幌佳人”，那是男人眼中所谓的美，而不是她们自己天真可爱的本来面目。苏轼的词用诗文白描的手法，还原了她们的美，也在一定程度上影响了后人赠妓词的写作。

与此同时，苏轼开始在赠妓词中表现自己，如《减字木兰花·赠胜之》中，就

---

① （宋）苏轼著，（清）朱孝臧编年，龙榆生校笺．东坡乐府笺［M］．上海：上海古籍出版社，2009：126.

② （宋）苏轼著，（清）朱孝臧编年，龙榆生校笺．东坡乐府笺［M］．上海：上海古籍出版社，2009：194.

③ （宋）苏轼著，（清）朱孝臧编年，龙榆生校笺．东坡乐府笺［M］．上海：上海古籍出版社，2009：191－194.

曾写到自己“老大逢欢。昏眼尤能仔细看”①。而另一首献给胜之的词，则用“六点儿”的隐语，表达自己“要赌休痴”的哂然一笑，且看歌舞的心态。在《菩萨蛮·赠徐君猷笙妓》一词中，苏轼不再像之前的《减字木兰花》里一样，没有用过多的笔墨描绘歌妓的美丽，而是用她高超的吹笙技艺，引出下片自己听到凄清如龙吟的笙曲时的感受，“夜阑残酒醒。惟觉霜袍冷，不见敛眉人”②。谪居黄州而听到如此美妙又凄清的音乐，真有“别有幽愁暗恨生，此时无声胜有声”③ 的天涯沦落寂寥之感。

又如在《浣溪沙》（晚菊花前）有“拥髻凄凉论旧事”句，语用《拾遗记》典故，“伶玄买妾樊通德，谈道赵飞燕姐妹事，以手拥髻，凄然泣下”④。谓捧持发髻，话旧生哀。其题序中言“赠赀大夫歌者，其人尝在大家”⑤，人间只有别离多，谈论前事不过是重话凄凉，所以最后结合自己的身世之感，作者发出了“当年今夕奈愁何”的感慨。

而将赠妓词与身世之感结合的最浑然天成的，当属苏轼在元丰六年（1083）写下的《定风波》（常羡人间琢玉郎）。

是年，受到苏轼“乌台诗案”牵连的王巩（字定国）从贬谪之地宾州北归，出柔奴（别名寓娘）为苏轼劝酒。他问及广南风土，柔奴答以“此心安处，便是吾乡”。苏轼听后，大受感动，作此词以赞。平易凝练的语言，却传神地刻画出了一个外柔内刚，忠心爱主的多情歌妓形象。上片描绘柔奴的外表天生丽质、晶莹俊秀，而又技艺高超。“自作清歌传皓齿，风起，雪飞炎海变清凉。”对柔奴“清歌”的夸张描写，表现了在荒僻的炎暑之地主仆二人相濡以沫的情景，营造了一种奇美的境界。美好清旷的歌声发自同样美好的心灵，这既是赞美柔奴的歌喉，更是赞叹她广博的胸襟和坚韧的品格，笔调空灵、蕴藉，充满旷远清丽的美感。下片通过写柔奴的北归，刻画其内在美。“万里归来年愈少”，岭南艰苦的生活没有磨灭她的美，反而赋予了她更加独特的温婉气质，“微笑”二字和下句的以梅喻人，便点出了她如岭南梅花一般的凌霜傲岸。最后写到词人和她的问答，“试问岭南应不好？”“却道”陡转，便使结尾“此心安处是吾乡”更耐人寻味。苏轼的这句词受到白居易“我生本无乡，心安是归处”⑥ 和“无论海角与天涯，大抵心安即是家”⑦ 的启发，但又明显地带有王巩和柔奴的际遇，还有着词人自己的思考。

《定风波》写柔奴随缘自适的旷达与乐观，同时也寄寓着作者自己的人生态度和处世哲学，通过歌颂柔奴身处逆境而安之若素的可贵品格，抒发了作者在政治逆

① （宋）苏轼著，（清）朱孝臧编年，龙榆生校笺．东坡乐府笺［M］．上海：上海古籍出版社，2009：192.
② （宋）苏轼著，（清）朱孝臧编年，龙榆生校笺．东坡乐府笺［M］．上海：上海古籍出版社，2009：198.
③ （唐）白居易著，谢思炜注．白居易诗集校注［M］．北京：中华书局，2006：962.
④ （宋）苏轼著，（清）朱孝臧编年，龙榆生校笺．东坡乐府笺［M］．上海：上海古籍出版社，2009：416.
⑤ （宋）苏轼著，（清）朱孝臧编年，龙榆生校笺．东坡乐府笺［M］．上海：上海古籍出版社，2009：416.
⑥ （唐）白居易著，谢思炜注．白居易诗集校注［M］．北京：中华书局，2006：656.
⑦ （唐）白居易著，谢思炜注．白居易诗集校注［M］．北京：中华书局，2006：1443.

境中随遇而安、无往不快的旷达襟怀。苏轼在其《朝云》诗序中曾称“予家有数妾，四五年相继辞去”①，以其家中侍女与柔奴做对比，联系到苏轼当时被贬黄州的抑郁心情，不难从中感受到其对于自身境遇的感慨。这首词与其说是苏轼写给柔奴的歌词，不如说是他自身情感的自我流露，他并没有因为赠词的对方是一位侍儿歌妓，就写一些毫无情感的玩赏物化之作，而是真的看到对方品性中高洁光辉的一面，所以才会与她的身世遭遇产生共鸣，进而将这种情感倾注进自己的词作之中，写出全然不同于花间五代的充满了苏轼个人洒脱疏宕襟怀的作品。

更令人唏嘘的是，就在苏轼作此词十一年后，他也踏上了岭南的土地。绍圣元年（1094），苏轼被贬为远宁军节度副使、惠州（今广东惠阳）安置。年近六旬的苏轼，千里迢迢奔赴贬所之时，恐怕亦常常想到柔奴的话和他当年写下的词句，就像是一种冥冥之中的劝诫和宽慰。于是在黄州写下“此心安处是吾乡”的苏轼，又在惠州写下了“日啖荔枝三百颗，不辞长作岭南人”②，用这样放达的诗句和心态来对抗偏僻之地辛苦的生活。

此后苏轼的赠妓词，延续了黄州时期的一贯风格，都在词中不同程度地表现了自己的感慨。如元丰七年（1084）的《浣溪沙·赠席上楚守田待问小鬟》两首，其中有“一梦江湖费五年”和“迁客不应常眊氉”③句，因当时苏轼于元丰七年乞常州，赴南都。再过楚州，中间谪黄州五年，故有“一梦五年”之语。黄州期间他的心态从刚开始的心灰意冷逐渐变为后来的与天地并适，“盖将自其变者而观之，则天地曾不能以一瞬；自其不变者而观之，则物与我皆无尽也，而又何羡乎！”④不啻一场大梦清醒。所以尽管后来苏轼在党争中一再失败，被一贬再贬，却也没有再度过分消沉。

三、“以诗为词”的新变

北宋前期的诗文革新对词学思想有着直接的影响，词学的革新成为文学革新的重要组成部分。本就强调诗词同源的苏轼，一直在各种题材中都努力以抒情言志的方式，来提高词的文学地位，突破音律对此的束缚，更是将诸多内容灌注到词中，大大拓展了词的表现领域。

“以诗为词”是陈师道在《后山词话》中对苏轼词作特点的评论。抒情言志本身是诗歌的主要功能，而词本身诞生于歌筵酒宴之上，天然地带有一种柔婉之态，正所谓“诗庄词媚”。然而苏轼却力图让词也表现出作者的自我情性，赠妓词也在其中。所以就连最符合“花间”传统的赠妓词，苏轼也能够将其改造成表现个人才

① （宋）苏轼著，（清）王文诰辑注，孔凡礼点校．苏轼诗集［M］．北京：中华书局，1982：2073.

② （宋）苏轼著，（清）王文诰辑注，孔凡礼点校．苏轼诗集［M］．北京：中华书局，1982：2194.

③ （宋）苏轼著，（清）朱孝臧编年，龙榆生校笺．东坡乐府笺［M］．上海：上海古籍出版社，2009：233.

④ （宋）苏轼著，（明）茅维编，孔凡礼点校．苏轼文集［M］．北京：中华书局，1986：6.

华、寄托身世之感的上乘作品。正如宋代胡寅在《题酒边词》中评价道：

> 词曲者，古乐府之末造也。古乐府者，诗之傍行也。诗出于离骚楚辞，而离骚者，变风变雅之怨而迫、哀而伤者也，其发乎情则同，而止乎礼义则异。名之曰曲，以其曲尽人情耳。方之曲艺犹不逮焉，其去曲礼则益远矣。然文章豪放之士，鲜不寄意于此者，随亦自扫其迹，曰谑浪游戏而已。唐人为之最工者。柳耆卿后出，掩众制而尽其妙，好之者以为不可复加。及眉山苏轼，一洗绮罗香泽之态，摆脱绸缪宛转之度，使人登高望远，举首高歌，而逸怀浩气超然乎尘垢之外，于是花间为皂隶，而柳氏为舆台矣。①

苏轼在赠妓词中的变革，一方面是因为“其天资不凡，辞气迈往，故落笔皆绝尘耳”②，另一方面是因为他自由放达的创作态度，认为艺术创作是主体情感自由自在的表达。他认为“六经之道，惟其近于人情，是以久传而不废”③，故他说：“某平生无快意事，惟作文章。意之所到，则笔力曲折，无不尽意。自谓世间乐事无逾此者。”④

苏轼认为诗词文都是用来陶写情性的，同时他又认为情性是词要表现的主要对象。徐安琪在《唐五代北宋词学思想史论》中较为明确地表述了苏轼“以诗为词”的内核，她指出：“‘以诗为词’不仅仅是技艺与表现形式的问题，更是个情感的问题。将传统上表现花间欢会、男欢女爱的词变革为抒写自我情性的词，这就是‘以诗为词’的意义。”⑤ 在苏轼看来，词与诗一样能充分表现作者的自我情感和人格情怀。因此在赠妓词中，他也可以通过与歌妓们的身世遭遇产生共鸣而生发出感慨，进而写进词中。因为那些青春美好的少女们，她们红颜胜人而命运多舛，就像苏轼自己一样，空有一身才名而频遭打击。那种美好得不到释放的压抑，青春难久好景难复的感慨，时光易逝而功业难为的遗憾，凡此种种，无一不会让苏轼感同身受。而他的感慨通过他的天才表现出来之后，那曾经成长于暖玉温香之中的赠妓词，又怎么可能不变成另外一种阳春白雪般的模样呢？

苏轼“以诗为词”，指出词“向上一路”的变革，是针对所有题材的词，故同样适用于“花间”味道最浓厚的赠妓词，其柔婉而不失雅正，幽怨而不失深情。近人夏敬观《手批东坡词》评：“东坡词如春花散空，不著迹象，使柳枝歌之，正如天风海涛之曲，中多幽咽怨断之音，此其上乘也。”⑥

---

① （宋）苏轼著，（清）朱孝臧编年，龙榆生校笺．东坡乐府笺［M］．上海：上海古籍出版社，2009：3.
② （宋）苏轼著，（清）朱孝臧编年，龙榆生校笺．东坡乐府笺［M］．上海：上海古籍出版社，2009：5.
③ （宋）苏轼著，（明）茅维编，孔凡礼点校．苏轼文集［M］．北京：中华书局，1986：55.
④ （宋）何薳著，张明华点校．春渚纪闻［M］．北京：中华书局，1983：84.
⑤ 徐安琪．唐五代北宋词学思想史论［M］．北京：人民文学出版社，2007：235.
⑥ （宋）苏轼著，（清）朱孝臧编年，龙榆生校笺．东坡乐府笺［M］．上海：上海古籍出版社，2009：10.

参考文献

[1]（宋）苏轼著，（清）王文诰辑注，孔凡礼点校．苏轼诗集［M］．北京：中华书局，1982.

[2]（宋）何薳著，张明华点校．春渚纪闻［M］．北京：中华书局，1983.

[3]（宋）苏轼著，（明）茅维编，孔凡礼点校．苏轼文集［M］．北京：中华书局，1986.

[4]胡适．胡适古典文学研究论集［M］．上海：上海古籍出版社，1988.

[5]（唐）白居易著，谢思炜注．白居易诗集校注［M］．北京：中华书局，2006.

[6]徐安琪．唐五代北宋词学思想史论［M］．北京：人民文学出版社，2007.

[7]（宋）苏轼著，（清）朱孝臧编年，龙榆生校笺．东坡乐府笺［M］．上海：上海古籍出版社，2009.

（贺丽璇　首都师范大学2016级硕士生　指导教师：刘航）

从“文之枢纽”看《知音》“六观”之排列次序

刘 创

摘 要：关于《文心雕龙》的《知音》篇所提出的“六观”，研究者们历来对其内在含义用力颇深，而对其排列次序却一带而过，甚至还会随意颠倒。《文心雕龙》前五篇“文之枢纽”乃全书纲领，确立了文章的基本写作法则；而《知音》篇中的“六观”主要阐述如何进行文学鉴赏与批评。本文认为，文章的基本写作法则决定文章的鉴赏方法，故“文之枢纽”之先后次序决定了“六观”的前后排列；若“文之枢纽”的五篇文章次序不可颠倒，那么“六观”的顺序也应依次而行。这也是刘勰如此排列“六观”的真正用意。本文通过简要介绍“文之枢纽”的内容，以及其中所体现出的文学本质与文章写作法则，分析“六观”之含义，并与“文之枢纽”相联系，讨论二者所拥有的内在关联。

关键词：文之枢纽；六观；写作原则；鉴赏方法；递进回环

《知音》是《文心雕龙》的第四十八篇，论述了“知音”对于文章的重要性和如何进行文学鉴赏与批评。全篇分为三部分内容：第一部分讲“音实难知”，第二部分讲“知实难逢”，第三部分讲文学鉴赏与批评之基本原理与方法。

在第三部分中，刘勰谈到了“六观”这一具体的“知音”方法：一观位体，二观置辞，三观通变，四观奇正，五观事义，六观宫商。对“六观”意义的研究，近现代研究者们用力颇深，但对于“六观”的排列次序，研究者们仿佛有些“漫不经心”，有些研究者甚至轻易地改动了“六观”原本的次序。那么，从位体到宫商，刘勰先后排列这六项要素到底有何缘由？到底应不应该改变刘勰原本的排列次序？这便是应当深入探究的问题了。

《序志》可以算是《文心雕龙》的总纲领，刘勰在此篇中谈到《文心雕龙》开篇——从《原道》至《辨骚》——这五篇文章是“文之枢纽，亦云极矣”，意为这五篇已经把文章的关键问题探讨到极点了。既然是已经“云极”，是否也谈到了与“六观”排列次序相关的问题呢？若是把“文之枢纽”作为切入点，是否可以解决这一问题呢？本文便是从此出发，并尝试做简要分析。

《文心雕龙》前五篇文章是一个有机整体，《序志》有云：“盖《文心》之作也，本乎道，师乎圣，体乎经，酌乎纬，变乎骚；文之枢纽，亦云极矣。”① 意为

① 戚良德．文心雕龙校注通译［M］．上海：上海古籍出版社，2008：569.

《文心雕龙》的写作，是“以道为根本，以圣人为老师，以儒家经典为主体，以纬书为参考，以《离骚》为变体”①，这些都是文章的关键问题。也即是说，对于文章写作而言，这些也是“为文”的根本问题。

第一篇《原道》，刘勰把文章的功用和意义提升到了“与天地并生”的高度，他先用自然之间的日月、山川、动物、植物等呈现的美丽华彩引出“自然之文”，由此引出人文产生的必然性。再从人文的历史演进方面进行了论证，而其间又不断地提到“人文”是与天地并生的自然道理。《原道》篇不仅说明了文学的本质是“有文”，并且给我们传递了这样一种思想：文章必然给人以审美感受，所以写一篇文章，首先要知道有文必有采，这是自然而然的大道，没有这样的心理准备是写不出一篇好文章的。

紧接着，沿着“故知道沿圣以垂文，圣因文而明道”这一思想，引出《征圣》与《宗经》两篇，这两篇历来被研究者当作一篇研究。但笔者认为，这两篇文章的关系是递进式的，所以不能完全合二为一。《征圣》详述了上承自然之道的圣人为何可征，《宗经》则进一步说明圣人的精神要以圣人之经书为主要精神载体，写作法则也要以经书为主要楷模。《宗经》深入了经书的内部，总结了具体的写作方法与特点，所以与《征圣》成递进关系。这两篇文章着重论证了“圣人的文章便是最好的文”这一论点：圣人之文“衔华而佩实”，根据圣人之文而写出的文章也是符合“六义”的标准。由此看来，“征”的圣人、“宗”的经书，这两大角度都不仅仅是儒家教义，而是必须有文采的“为文”，从这一点我们所能得出的写作法则是：任何文体都源于经书，所以无论写何种文章，必须遵循以经书为源头流传下来的圣人深沉睿智的思想和文章基本体制，与此同时，也要酌取经书中丰富美妙的文辞，这样写出的文章才“志足而言文，情信而辞巧”。

刘勰根据“道—圣—文”的路线确立了儒家经典的地位与写作原则，但对于与经书密切相关的两个问题也不能避而不谈，那便产生了《正纬》和《辨骚》。首先，纬书之所以有“正”的必要，是因为它们假托孔子之名，宣扬神学迷信思想，把经书神秘化，扰乱了真正的经学正统。刘勰认为，若再不加以拨乱反正，势必会使得圣人真正的思想隐而不现，而且会影响《宗经》篇中所树立的经学地位，所以想要说清楚“经”，必须谈到“纬”。但对于“乖道谬典”的纬书，刘勰不是全盘否定，而是使用了“事丰奇伟，辞富膏腴，无益经典而有助文章”② 的二分法来对待。而对于为何要“辨骚”，是因为在汉代时期，一直有是否应该把《离骚》升级为“经”的问题。刘勰经过分析淮南王刘安、王逸等五家之说，认为他们分析《离骚》还没有透过现象看本质，刘安等四家不应该把《离骚》“举以方经”，刘勰认为，以《离骚》为代表的《楚辞》“乃《雅》、《颂》之博徒”，本意就是他认为《楚辞》根本不是“经”，所以“四家举以方经”的行为也是错误的。虽然刘勰否定了《楚

① 戚良德．文心雕龙校注通译［M］．上海：上海古籍出版社，2008：574.

② 戚良德．文心雕龙校注通译［M］．上海：上海古籍出版社，2008：37.

辞》的地位，但他在此处运用了同《正纬》篇的二分法——《楚辞》不可与经相提并论，而对于写文章是非常好的，是“词赋之英杰也”，并且“观其骨鲠所树，肌肤所附，虽取熔经意，亦自铸伟辞”①。在分篇章介绍了《楚辞》各篇的成就之后赞美道：“故能气往轹古，辞来切今，惊采绝艳，难与并能矣。”②《征圣》《宗经》两篇的着眼点在“为文”，那么《辨骚》《正纬》两篇的着力点都是文章写作更是显而易见的了，若是从这一点总结写作法则，那便是在学习了圣人文章之后，还欲给文章加以华彩，可以利用类似纬书中的祥瑞要文与传说故事；若是想要在基本体制之上加以变通，亦可学习《离骚》的“自铸伟辞”。

总之，为文之道不是一成不变的，要随机应变，根据不同情况灵活运用，但无论如何变化，好的文章总是在尊“体”的基础上“衔华而佩实”的。只有遵从“文之枢纽”顺下来的这条基本主线写文章，才能算是用心为文了。

“文之枢纽”的五篇文章道尽了文章事，确立了文章的基本写作法则，运用何种写作法则就会有何种鉴赏方法，这两者虽不会完全相同，但本质和大方向应是相同的。

以诗为例，作诗的流程大致应为：首先确立诗体，四言五言还是律诗绝句歌行大致确定下来；其次找到抒发自己情感的意象，然后聚合意象构成意境；再次下笔时定要融入自己的真实情感，无深情的诗不是一首好诗；最后为了使诗更漂亮，可利用自己所熟知的技巧，或者融会贯通前人诗作中的技巧或文辞完成诗作，使得诗歌形态美好、声韵铿锵。简单来说，分为以下几步：确立诗体→找意象、成意境→融入真情实感→利用技巧成诗。

而总结如今常用的鉴赏诗的方法大致应为：首先看诗的写作背景，从而推断作者作诗时是何心态与情感；其次看诗的体裁，确立了体裁就可对诗的大致风格做判断；再次在分析全诗的基础上，看此诗所用的特别意象，呈现了什么意境，是否与作者情感相互呼应；最后找寻此诗所运用的艺术手法，无论是情景交融、虚实相生，或者是顶针、倒文、用典，都要看利用了这些手法会使得诗歌呈现出何种形态。简单来说，分为以下几步：看背景，辨情感→看体裁，判风格→看意象意境→看技法。

若是把作诗流程与鉴诗流程相互对照，就可发现它们之间大致是相互照应的：

【作诗流程】确立诗体→找意象、成意境→融入真情实感→利用技巧成诗

【鉴诗流程】看背景，辨情感→看体裁，判风格→看意象意境→看技法

综上所述，为文的基本法则与鉴文的方法原则应是大致相同的。也就是说，“文之枢纽”的五篇文章所确立的为文的法则与顺序，与《知音》篇中的“六观”

---

① 戚良德．文心雕龙校注通译［M］．上海：上海古籍出版社，2008：47.

② 戚良德．文心雕龙校注通译［M］．上海：上海古籍出版社，2008：48.

鉴文的方法与顺序应该是相互对应的。

接下来我们对“六观”进行简要分析。众所周知，《文心雕龙》的《知音》是一篇文学批评鉴赏论，论述了“知音”对于文章的重要性。刘勰指出“知音”之难，难于二处：一为“音实难知”，即文学作品本身的思想内容很难为他人所明鉴与接受；二为“知实难逢”，即由于“贵古贱今”“崇己抑人”“信伪迷真”等原因，文学作品真正的“知音”是很难遇到的，也就是可以深入理解文章本意的人是很少的。除了强调“知音”之难以外，刘勰还特别阐释了如何“知音”，怎样“知音”，其中提出了具体的方法——“六观”，即具体的“知音”之术：

> 是以将阅文情，先标六观：一观位体，二观置辞，三观通变，四观奇正，五观事义，六观宫商。斯术既行，则优劣见矣。①

研究者们对于“六观”的具体意义已有详尽地探讨，笔者结合学界研究对其做简要分析。

“一观位体”，陆侃如、牟世金两位先生的《文心雕龙译注》中认为，“位”为安排、处理之义，②“体”是《文心雕龙》中最重要的概念，也是出现频次最多的一个术语。詹锳先生把《文心雕龙》中作为专门术语而用的“体”总结为三种含义：其一为“体类”之体，即所谓体裁；其二为“体要”之体，“体要”有时又成“大体”“大要”，指对某种文体之规格要求；其三为“体貌”之体，指对某种文体之风格要求。③有些研究者认为，位体的“体”就是指体裁。但在笔者看来，位体的“体”不能只是单单属于上面三种解释的其中之一，它所包含的内容更加丰富。“体”是一篇文章的基本要求，其中包含很多方面的原则和规定。刘勰对于位体的要求，不仅仅是今天所说的体裁要求，也十分重视文章的功能、特点、写法、思想、风格等方面。在《序志》篇中刘勰提出“去圣久远，文体解散”的问题，就是指看不出文章的功能、特点、写法等，只是一味地铺排辞藻，“饰羽尚画，文绣鞶帨”导致“离本弥甚，将遂讹滥”。所以刘勰把“观位体”放在第一位，绝不仅仅是关注文章的体裁、规格和风格这三项中的某个单一方面，而是一篇文章多种要素的集合体。

“二观置辞”，“置”为安放之义，“置辞”多被解释为遣词造句，是关于如何排列句子、组合语言、运用修辞等问题，也即是说，“辞”就是词语、句子的意思。但在《说文解字注》中，有谈到“词”与“辞”的区别：“词与辛部之辞，其义迥别。辞者，说也……然则辞谓篇章也。词者，意内而言外……此谓摹绘物状及发声助语之文字也。积文字而为篇章。积词而为辞。”即是“词”为文字，“辞”为篇章，所以“置辞”就不仅仅是遣词造句的问题，而是范围更大的谋篇布局的工作，在安排篇章中包括遣词造句。

---

① 戚良德．文心雕龙校注通译［M］．上海：上海古籍出版社，2008：548－549.

② 陆侃如，牟世金．文心雕龙译注（下册）［M］．济南：齐鲁书社，1981：389.

③ 詹锳．文心雕龙义证（中）［M］．上海：上海古籍出版社，2016：1010.

“三观通变”，意为要分析一篇文章通古变今的情况，观察文章在继承与革新问题上是否恰当，是不是能继承前代之优良传统，又能适当地推陈出新。

“四观奇正”，“奇正”是刘勰提出的一对矛盾概念。在《辨骚》中刘勰说道，好的文章应“酌奇而不失其贞”，贞即正。“正”是对应以《诗经》为代表的雅正一派，“奇”是对应以《离骚》为代表的新奇一派。在南北朝当时“辞人爱奇”的情况下，刘勰是主张以正为主、以奇为辅的。“观奇正”即是考察作品风格是否可以“执正以驭奇”（《定势》），而不是“逐奇而失正”（《定势》），是否在符合传统经书的“雅正”传统的基础上，又要有一定的“新奇”要求。

“五观事义”，是指要看作品中所征引的典故。值得注意的是，典故多是前代典籍中所存在的故实，是一种现成的“半成品”，在现代文章中我们很少利用，但在古代文章中却占据重要地位，属于文章构成的一部分。

“六观宫商”，“宫商”两字用来代替音律，是指要看作品的音律是否调和得当。刘勰所在的南北朝时期，诗、赋、骈文兴盛，对声律的要求加强，所以要考察作品的声、韵、调是否符合了所要求的格律。

综上所述，从“六观”的含义来看，这“六观”可以两两成对，分为三组①。

第一组，位体与置辞。“一观位体”，首先观察文章的功能、特点、写法、风格等体式格局方面，观敷意布局自然离不开同属谋篇布局方面的置辞，这样由文章高屋建瓴的体式格局联通到基于整篇文章的文辞敷设，由高到低，由远及近，浑然一体，所以位体与置辞同属一组。

第二组，通变与奇正。要观察作品通古变今的情况，但因为在继承与革新这个问题上，南北朝时期存在“逐奇失正”的问题，这是刘勰特别批判的，所以接下来要再观察作品的“奇正”方面，是否“执正以驭奇”，是否“酌奇而不失其贞”。通变与奇正自然成为一组。

第三组，事义与宫商。把这二观放为一组是由于：第一，事义与宫商同时出自前人诗书和典籍，正如严羽《沧浪诗话》有云：“用字必有来历，押韵必有出处”；第二，骈文征引事义常与声律联系。南北朝文人特别重视事义征引，但由于写骈文，所征引的事义必须读之朗朗上口、音韵和谐。

如此分析看来，这“六观”已被分为了三组，如表1所示：

表1　“六观”分组

组别	六观
第一组	位体 置辞
第二组	通变 奇正
第三组	事义 宫商

① 张长青. 文心雕龙新释［M］. 长沙：湖南大学出版社，2009：590.

三组之内的排列顺序已绑定，不能随意拆分，那么分析这三组之间排列的先后关系便是重中之重了。就如同上文所说，“文之枢纽”是在揭示文学本质的基础上，确立了文章的写作法则，而文章的写作法则与文章的鉴赏方法又有着千丝万缕的联系。前文已经对《文心雕龙》前五篇文章的内容进行详解，它们之间有强大的内在逻辑，排列顺序无论如何也不可颠倒，那么这五篇文章的排列顺序是否与“六观”的排列顺序有一定的对应关系呢？

首先，“文之枢纽”的文学本质基本线是：

有道就有文（《原道》）

↓

圣人的文章就是最好的文（《征圣》《宗经》）

↓

自汉代起经书不再纯粹，需要纠正与辨析（《正纬》《辨骚》）

其次，从文学本质中呈现的写作法则的基本线是：

为文必有文采，此乃“自然之道也”（《原道》）

↓

写文章要以经书为模范，“禀经以制式，酌《雅》以富言”（《征圣》《宗经》）

↓

可基于经书进行新变，“取镕经旨，自铸伟辞”，亦可学习纬书与楚辞中丰富的事义与华丽的辞藻（《正纬》《辨骚》）

再由写作法则引申为一般写作方法为：首先，文学作品一定是美文，一定要给人以审美感受，所以写任何文章都必须有文采，这才是成为一个文学作品的大前提；其次，不同的文章都拥有不同的“体要”，写文章率先要“立体”，这是一篇文学作品的重中之重；再次，写文章时要继承前代优秀的传统，并在此之上合理地推陈出新；最后，借鉴前代典籍中巧妙的典故、华丽的辞藻，还有和谐的声律，对于写文章很有好处。

然后，再由一般写作方法对应“六观”的顺序来看。

先观位体与置辞，在明白文学作品必须有文采的前提下，率先看文章是否“尊体”。真正的“体”源于经书，若要“尊体”必以经书为模范，这正是与《征圣》《宗经》的要点所对应。

再观通变与奇正，看文章继承革新的情况，这很显然是类似脱胎于经书的纬书与《离骚》，对应了《正纬》与《辨骚》的要点。

后观事义与宫商，看典故和声律，纬书的“事丰奇伟，辞富膏腴”，楚辞的“词赋之英杰”“气往轹古，辞来切今”，这些事义与辞藻都可以拿来在文章中使用，也是对应了《正纬》与《辨骚》“有助文章”的一部分。

以上所列的四大基本线是纵向、横向都相互关联，并且递进回环的，从左至右、从上至下都相互联系，总结如表 2 所示：

表 2　从“文之枢纽”到“六观”逻辑递进

<table>
<tr><th>文之枢纽</th><th>文学本质线</th><th>写作法则线</th><th>一般写作方法线</th><th>鉴赏方法线</th><th>六观</th></tr>
<tr><td>《原道》</td><td>有道就有文</td><td>为文必有文采</td><td>写任何文章都必须有文采</td><td>有文采才是文学，才可被鉴赏</td><td>（大前提）</td></tr>
<tr><td>《征圣》
《宗经》</td><td>圣人文章是最好的文</td><td>以经书为模范</td><td>不同文章拥有不同“体要”，写文章率先“立体”</td><td>看文章是否“尊体”</td><td>位体
置辞</td></tr>
<tr><td rowspan="2">《正纬》
《辨骚》</td><td rowspan="2">汉代以后的经书已不纯粹，需纠正与辨析</td><td>①可基于经书进行新变</td><td>要在继承前代优良传统基础上推陈出新</td><td>看文章继承与革新的情况是否合适</td><td>通变
奇正</td></tr>
<tr><td>②可学习纬书与楚辞中丰富的事义与华丽的辞藻</td><td>要借鉴前代典籍中的典故、辞藻与声律</td><td>看文章典故与声律的运用是否恰当</td><td>事义
宫商</td></tr>
</table>

由此来看，“文之枢纽”中的写作法则与“六观”的文章鉴赏方法，不仅内容上一一对应，顺序上也是可以一一对应的，正如表 3 所示：

表 3　“文之枢纽”与“六观”次序对照

文之枢纽	六观
《原道》 《征圣》 《宗经》	位体 置辞
《正纬》 《辨骚》	通变 奇正
《正纬》（事丰奇伟，辞富膏腴） 《辨骚》（词赋之英杰）	事义 宫商

既然“文之枢纽”的顺序不可随意更改，那么“六观”的顺序自然也不可随意更改。《文心雕龙》体大虑周，结构精心严密，顺序回环照应，“六观”的排列次序是与“文之枢纽”相对应的，现代研究者不应把“文之枢纽”的顺序加以更改，那么“六观”排列次序也不应随意更改，这也是对刘勰本意的尊重。

参考文献

[1] 陆侃如，牟世金．文心雕龙译注（下册）[M]．济南：齐鲁书社，1981.

[2] 戚良德．文心雕龙校注通译 [M]．上海：上海古籍出版社，2008.

[3] 张长青．文心雕龙新释 [M]．长沙：湖南大学出版社，2009.

[4] 詹锳．文心雕龙义证（中）[M]．上海：上海古籍出版社，2016.

（刘创　首都师范大学 2017 级硕士生　指导教师：马自力）

论周代贵族的武艺修养与武德精神

李　昭

摘　要：周代贵族不仅是吟诗作乐的翩翩君子，也是铁马金戈的勇武战士。在射礼场合中，各级贵族在规定的乐声伴奏下按部就班地行礼操射，进而体现出周代君子沉稳自律、正己立德的武艺修养。在国家戎事中，指挥作战的诸侯统领在“止戈为武”的观念下看待战事，于残酷的战乱之中展现了讲信修礼、明理重义的武德精神。

关键词：君子；武；射；信；礼

上古时期，不同部落之间为了争夺生存空间，不免要发生大大小小的暴力冲突，当此之际，习武作战便成为保障个人生存条件的必要能力，引起了人们的重视。在部落内部进行阶级划分时，个人的武力成就也成为进阶贵族的重要指标。直到贵族的阶级地位被确定下来后，习武言兵仍被视为古代贵族的必要素质，被纳入贵族子弟的日常教育中。

殷周易代之际，“以暴力方式夺得政权的周王朝表现出来的不是勇力强悍的尚武精神，而是在继承夏商两代文明基础上形成的诗乐教化的尚文传统”①。周初，统治者在偃武修文的过程中，将野蛮的兵战武事融合到文明的礼乐教化系统内；根据礼书的记载，同规范“诗”“乐”的礼教目的相似，“射”“御”一类的武技训练也被赋予了修身养性、培育人格的礼学内涵，是以周代贵族在修习武技的同时也能锤炼自己的意志、提高个人的文化素养。以“射”“御”为代表的战斗技能便成为周代贵族们的必修技艺，被充实于周代贵族的知识体系中。与此同时，受周王朝统治者“敬德保民”的王道思想影响，在春秋时代诸侯国间的军事斗争中，有着崇礼意识和信义观念的公侯大夫们并不以杀戮为最终目的。在兵戎交接的残酷战事里，负责指挥的贵族君子没有忘记“仁”“义”的关怀，从而在军事征伐的进退取舍间展现了正气浩然的武德精神，彰显了周代贵族的人格魅力。

---

① 孔颖达译，郑玄校注，吕友仁合著．礼记正义［M］．上海：上海古籍出版社，2008：9.

一、周代贵族的武艺修养

《周礼·保氏》载："养国子以道，乃教之六艺：一曰五礼，二曰六乐，三曰五射，四曰五御，五曰六书，六曰九数。"周代贵族注重以诗乐书术为知识主干的文事学习，同样也重视以射箭驾车为具体形式的武技训练。按照周代礼乐教育制度的规定，周代贵族阶层中的"王大子、王子、群后之大子，卿大夫、元士之嫡子"①，即"国子"，自幼就进入"国学"相续完成小学和大学教育，接受礼乐教化，并且定期参加祭祀、宴飨之类的大型礼乐政治活动。《礼记·内则》载：

> 六年教之数与方名。七年男女不同席，不共食。八年出入门户及即席饮食，必后长者，始教之让。九年教之数日。十年出就外傅，居宿于外，学书计，衣不帛襦裤，礼帅初，朝夕学幼仪，请肄简谅。十有三年学乐，诵《诗》，舞《勺》。成童舞《象》，学射御。二十而冠，始学礼，可以衣裘帛，舞《大夏》，惇行孝弟，博学不教，内而不出。②

按此，贵族儿童在六岁至九岁间，先要在家学习简单的数字、方名、干支；十岁外出，入小学，自此学习书记和幼仪；十三岁时，贵族儿童开始诵诗学乐，其间，"舞《勺》""舞《象》"的乐舞教程安排除了能让贵族子弟学习乐事外，还能起到活动身体、锻炼四肢灵活度的作用，这也为他们接下来在"大学"中的射、御学习做了准备。按照杨宽先生的说法，西周贵族的大学"不仅是贵族子弟学习之处，同时又是贵族成员集体行礼、聚会、聚餐、练武、奏乐之处，兼有礼堂、会议室、俱乐部、运动场和学校的性质，实际上就是当时贵族公共活动的场所"③。西周大学即辟雍，是天子、诸侯同贵族举行乡饮酒礼和乡射礼之处，"国子"习射通常是在辟雍中的厅堂——"射宫"之中进行。等到二十岁举行"冠礼"后，这些受教的"国子"便正式"成人"，开始学礼。由此可见，在周代贵族的教育观念中，知识的习得并不是学习的最终目的，贵族子弟在掌握文武技能的基础上，还应在日常生活的举手投足间表现出"礼"的风度，在王室各种礼乐活动期间的文行武举中表现出"礼"的尊严，从而展现贵族的君子修养。就上述"国子"的学习内容而言，周代贵族们的文化修养不仅体现在古雅的乐声与敦厚的诗辞间，也表现在恭谨严肃的武艺训练中。以"射"为例，《礼记·射义》言："射者，男子之事也，因而饰之以礼乐也。故事之尽礼乐而可数为以立德行者，莫若射，故圣王务焉。"④ 在古代贵族的礼乐教化意识下，"射"不单是杀敌卫国的武斗技术，它更成为一种正己立德的礼教行为。贵族子弟学习射箭不仅是为了满足上位者在武艺技能方面的硬性要求，也

---

① 孔颖达译，郑玄校注，吕友仁合著．礼记正义［M］．上海：上海古籍出版社，2008：546.
② 孔颖达译，郑玄校注，吕友仁合著．礼记正义［M］．上海：上海古籍出版社，2008：1170.
③ 杨宽．西周史［M］．上海：上海人民出版社，1999：607.
④ 孔颖达译，郑玄校注，吕友仁合著．礼记正义［M］．上海：上海古籍出版社，2008：2309.

是为了在礼制的约束与规范中提升个人修养，培育出君子的德行，后一点在王道统治的教化视野中显得尤为重要，故谓“圣王务焉”。

在周代重大的王室典礼中，对人体的仪态规范要求最多的活动莫过于射礼。所谓“射礼”，即是中国古代社会上层按照一定的仪节规程而举行的弓矢竞射礼和举行象征性仪式的射箭礼仪。具体而言，它是指两周贵族平时的射礼练习、正式举行的有一定仪节规程的射艺比赛、举行仪式的巫术性射箭和其他礼典的射箭礼仪，包括战争与田猎中的射箭礼仪等。① 根据《仪礼·乡射礼》、《仪礼·大射礼》和相关文献中的记载来看，射礼的主要程序是三番射，每番射的具体操作及行礼要求都有明确规定，杨宽在《“射礼”新探》一文中对此有详细论述。对比《大射礼》和《乡射礼》中的礼节步骤与行礼内容，杨宽指出：“……大射礼和乡射礼的内容基本相同，只是因为大射礼的主人是国君，身份较高，礼仪的规模较大，对国君特别尊敬和优待。实际上，大射礼就是一种高级的乡射礼，用来维护国君的地位和尊严。”② 之后，杨宽还结合《周礼》中的相关内容推测，天子的大射礼或与诸侯的大射礼相差不多，只是一种更高级的乡射礼。总之，由于射礼主人的身份不同，礼仪的规模大小也不一致，从乡射与大射的对比中可以看到明显的等级差异，因而举行射礼也被视为贵族君子确认自己身份地位的一种政治仪式。

射礼流程对参礼者的规范要求不仅严格而且具体，从容体表情到辞令交接都在礼仪的规定之下。除了弯弓拨弦之外，端直的体态、庄敬的表情、顺畅的辞令、合节的乐声、娴熟的舞姿，都是射礼中的必要仪态，这就意味着射礼不仅是单纯的竞技比武，而且“被改造成彬彬有礼的象征性仪式，尚武的风俗越来越象征化、仪式化”③。周代贵族的射箭竞技并不以命中目标为唯一目的，射箭者听从“司射”的指挥升堂掌弓，在节奏分明的鼓音指挥下发射弓矢，最后下堂接受献酒，履行射礼的贵族在演练武艺的同时也展示出了从容有节的君子修养。孔子云：“君子无所争，必也射乎！揖让而升，下而饮，其争也君子。”④ 射礼在最大程度上强调的并不是军事作用和健身价值，它更注重的是礼乐教化的实现、是君子风度的展演，是以诸侯君臣尽志于射以习礼乐。规范的射礼仪式有助于养成贵族阶层风雅合度的形神气质，而等级森严的操射行为也能让参与者正视自己的身份地位。

彭林指出：“儒家的射礼，实际上是逐步诱导射手学习礼乐、使心志与形体都合于‘德’的教化过程。”⑤ 从运动实践的角度来看，“射”对于人的形体姿态要求很高，在瞄准、拉弦、发射的过程里，人的身姿要端正，精神须高度集中，不仅要努力排除外界的干扰，保持头脑的冷静，同时也要摒弃内心的杂念，以保持心态的平和。当射箭者举臂弯弓，将所有的注意力都汇聚在眼前的弓矢标靶之时，才有可

---

① 袁俊杰．两周射礼研究［D］．开封：河南大学，2010：1．

② 杨宽．西周史［M］．上海：上海人民出版社，1999：725．

③ 傅道斌．殷周革命的历史反思与礼乐文化建设［J］．大庆师范学院学报，2011（1）：102．

④ 孔颖达译，郑玄校注，吕友仁合著．礼记正义［M］．上海：上海古籍出版社，2008：2322．

⑤ 彭林．中国古代礼仪文明［M］．北京：中华书局，2004：159．

能命中目标。鉴于这种操作层面上的硬性规定，周代贵族在训练武技的同时，也积淀了沉稳的心智，从而在恭敬严谨的行礼过程中表现出动静有序的贵族风度，彰显了君子的内在涵养。倘若射箭者没有命中目标，那只能说明个人的修炼还不到位，不能怪罪到别人身上，因此在儒家礼教的视域下，“射”亦被看作蕴含仁者之道的贤明活动。

《礼记·射义》言：

> 射者，仁之道也。射求正诸己，己正然后发，发而不中，则不怨胜己者，反求诸己而已矣。①

《礼记·中庸》亦言：

> 子曰：射有似乎君子，失诸正鹄，反求诸其身。②

射箭讲究先正自身，自身正而后发，射不中也不要去怨妒胜过自己的人，而是要反过来反省自己存在的问题。在“射”的实践中，周代贵族宣扬了自我反省的意识，所谓“上不怨天，下不尤人”，射箭者在不断内省的过程中提升了实际操射能力，涵育了个人的谦逊品质，并依此深化了君子的道德境界。姜广辉指出：“射礼所具有的道德内涵甚于它的技艺性，从而受到行礼者的重视……射礼的参与者在保持一种‘心平体正，持弓矢审固’的自我约束或自律的精神状态的同时，还要以自己在家庭或社会所担负的角色而应有的标准为追求目标，于是，射礼的进行过程就成为理想的道德标准的追求过程和体验过程。”③ 要之，周代的射礼并不是一种纯粹的射艺，它在一定程度上被赋予了丰富的人文道德内涵，深深地蕴含着礼乐文明信息，展现了古代贵族的优雅风度。

综上，在礼乐文明的规范下，周代贵族注重以“射”为代表的武艺修为，人们不仅将它视为强身健体的重要途径，也把“射”视为正己立德的内省行为。周代贵族在进退有节的射仪之中，显现出了沉稳自律的君子风范。

二、周代贵族的武德精神

《左传·成公十三年》：“国之大事，在祀与戎。”④ 在上古社会中，祭祀与战争被视为国家最重要的大事。按甲骨文字形推断，武从止从戈。人持戈行进，表示将要进行某种暴力活动。殷周易代之后，祭事与戎事均被周王朝统治者加以礼的规范，戎事中武力杀伐、流血漂杵的血腥影像被渐渐淡化。在崇文尚礼的教化中，周代君子在“止戈为武”的观念下重新定义了战争的性质，并于战事的攻防取舍间发扬了

---

① 孔颖达译，郑玄校注，吕友仁合著．礼记正义［M］．上海：上海古籍出版社，2008：2322.

② 孔颖达译，郑玄校注，吕友仁合著．礼记正义［M］．上海：上海古籍出版社，2008：2002.

③ 姜广辉．中国经学思想史（第一卷）［M］．北京：中国社会科学出版社，2003：316.

④ 杨伯峻．春秋左传注（修订本）［M］．第3版．北京：中华书局，2009：914.

讲信修礼的武德精神。

在晋楚邲之战中，楚国凭借扎实的物资基础和完备的军政治理体系，大败晋军于两棠，楚庄王自此称霸中原。在这场战事结束后，潘党向楚庄王提出建议，要收晋兵尸体来建造宣扬武功的京观，楚庄王回答道：

> 非尔所知也。夫文，止戈为武。武王克商，作《颂》曰："载戢干戈，载櫜弓矢。我求懿德，肆于时夏，允王保之。"又作《武》，其卒章曰："耆定尔功。"其三曰："铺时绎思，我徂求定。"其六曰："绥万邦，屡丰年。"夫武，禁暴、戢兵、保大、定功、安民、和众、丰财者也。故使子孙无忘其章。今我使二国暴骨，暴矣；观兵以威诸侯，兵不戢矣。暴而不戢，安能保大？犹有晋在，焉得定功？所违民欲犹多，民何安焉？无德而强争诸侯，何以和众？利人之几，而安人之乱，以为己荣，何以丰财？武有七德，我无一焉，何以示子孙？其为先君宫，告成事而已。武非吾功也。古者明王伐不敬，取其鲸鲵而封之，以为大戮，于是乎有京观，以惩淫慝。今罪无所，而民皆尽忠以死君命，又可以为京观乎？①

楚庄王在周人的文化历史中看到，武王伐纣灭商后并没有耀武扬威，而是收起弓矢干戈，主张文德教化，将安绥万邦、抚养生民视作保存功绩的方式。圣王之道，莫过于此。所谓"止戈为武"，意即以战止战。庄王在周文懿德的观照下看待战争，赋予"武"以文明意义，在先王的诗乐教化中归纳出禁止残暴（止戈为武）、消弭战争（戢干戈、櫜弓矢）、保有天下（肆于时夏，允王保之）、安定事功（耆定尔功）、安抚百姓（我徂求定）、和睦群众（绥万邦）、增长财富（屡丰年）七种武德，并以此自省。在面对敌方战士的尸体时，庄王以"民皆尽忠以死君命"的同情眼光平息了弱肉强食者的暴戾，给予生命以尊重。经历过战争的洗礼却没有被杀戮之心蒙蔽，得到了胜利的结果却没有放纵权势膨胀——左氏笔下的楚庄王是一位真正的贵族君子，他承载了周文的内核，在礼崩的时代依然固执地敬守圣王的德行，在残酷艰难的战事中磨砺出深刻而沉静的心。他的智慧胜过力量，而心境的柔韧深远更在智慧之上。以楚庄王为代表，周代贵族的武德精神在"止戈为武"的战争观中得到了集中体现。

平王东迁之后，以周天子为天下共尊的政治秩序几已崩溃，但于周文礼治教化下产生的贵族精神却依然盘踞在人们的思想意识当中，反映到社会生存的各个方面，闪烁着文明的光芒。在动荡不安的春秋时期，中国古代的贵族文化发展至顶峰，关于这一时期的战争特点，钱穆先生曾有论言：

> 当时的贵族，对古代相传的宗教均已抱有一种开明而合理的见解。因此他们对于人生，亦有一个清晰而稳健的看法。当时的国际间，虽则不断以兵戎相见，而大体上一般趋势，则均重和平，守信义。外交上的文雅风流，更足表现

① 杨伯峻．春秋左传注（修订本）［M］．第3版．北京：中华书局，2009：815.

> 出当时一般贵族文化上之修养与了解。即在战争中，犹能不失他们重人道、讲礼貌、守信让之素养，而有时则成为一种当时独有的幽默。道义礼信，在当时的地位，显见超出于富强攻取之上。①

就形式而言，春秋时期诸侯之间的战争乃是贵族战争。公王们出动兵马之前，总要考虑到“礼”“义”的因素。齐桓公正是在管仲的辅佐下，以尊王攘夷的功绩争霸于诸侯之间。狐偃劝晋文公接应周襄王时亦言：“求诸侯，莫如勤王。诸侯信之，且大义也。”② 可见，在周代贵族的集体意识中，尊王意味着明礼，攘夷代表了天下公义，如此出兵才算师出有名，才能得到诸侯的信服。

与战国时期波谲云诡、武力倾轧的吞并战争相比，春秋时期的战事大多坚持着道义优先的作战原则。当此之时，列国诸侯还保有“君子以德平天下”的文雅气度，在交战过程中，负责指挥的诸侯大夫常常展现出讲求信誉、好修崇礼的君子风采。比如城濮之战中，晋文公为了报答楚国当初收留他的恩惠，不介意子玉出兵挑衅，反而“以君避臣”，主动“退避三舍”。关于晋文公的这一决定，无论军事家们赋予它怎样的谋略解读，人们都无法否认，晋文公兑现了他当初的承诺。僖公二十五年（前635），晋文公帅师围原，③ 命令携带三天的粮食，意即三天结束战斗。但三天过去了，原国没有投降，晋文公便下令收兵回国。这时，有个间谍出来告诉文公，原国其实撑不了多久，马上就会投降了。军吏就劝文公再等一等。晋文公回道：“信，国之宝也，民之所庇也。得原失信，何以庇之？所亡滋多。”结果晋军刚退三十里，原就投降了。晋文公早年历尽艰辛，对国事民情体察得通透至极，如果只是为了获得胜利就失信于民，即便赢了战事，将来也守不住这份战果，反而会失去更重要的东西。人而无信不知其可，作战亦然，正如楚宋两国的盟辞所言“我无尔诈，尔无我虞”④。周代贵族在恪守信誉的战事中，将君子德行坚持到底。

春秋时期，天子的名义仍具有现实效力，懂礼明义的诸侯大夫对于君臣等级间的规范依然自觉服膺。即便是在两军交战之际，参战的贵族统领们对于君臣尊卑之礼仍坚决执行，从而表现出文武相成的烜赫气概。齐晋鞌之战中，晋将韩厥追上了逄丑父和齐顷公所在的战车：

> 韩厥执絷马前，再拜稽首，奉觞加璧以进，曰：“寡君使群臣为鲁卫请，曰：‘无令舆师陷入君地。’下臣不幸，属当戎行，无所逃隐。且惧奔辟而忝两君，臣辱戎士，敢告不敏，摄官承乏。”丑父使公下，如华泉取饮。郑周父御佐车，宛茷为右，载齐侯以免。⑤

在俘虏齐顷公的过程中，韩厥凭借着恭敬的仪态和谦谨的言辞，向后人展现出了春

① 钱穆．国史大纲［M］．北京：商务印书馆，1996：71.
② 杨伯峻．春秋左传注（修订本）［M］．第3版．北京：中华书局，2009：470.
③ 杨伯峻．春秋左传注（修订本）［M］．第3版．北京：中华书局，2009：476.
④ 杨伯峻．春秋左传注（修订本）［M］．第3版．北京：中华书局，2009：832.
⑤ 杨伯峻．春秋左传注（修订本）［M］．第3版．北京：中华书局，2009：867.

秋武士独有的文明教养。成公十二年（前579），韩厥在晋楚之战中，又碰到了郑成公逃跑，他的车御杜溷罗见郑成公的车御慌忙四顾，不能专心驾车，便劝韩厥加速追上他们。韩厥认为自己在鞌之战时已令齐顷公受辱，这次“不可以再辱国君”，索性连追都不再追，将“礼”的精神贯彻到底。在这场战事中，晋国的另一位将领郤至，同样也展示出了尊君重礼的君子风度：

> 郤至三遇楚子之卒，见楚子，必下，免胄而趋风。楚子使工尹襄问之以弓，曰：“方事之殷也，有韎韦之跗注，君子也。识见不谷而趋，无乃伤乎?”郤至见客，免胄承命，曰：“君之外臣至，从寡君之戎事，以君之灵，间蒙甲胄，不敢拜命，敢告不宁君命之辱，为事之故，敢肃使者。”三肃使者而退。①

在双方交战期间，郤至曾多次遇到楚共王。每次相遇时，郤至都主动下车，免胄趋风以示恭敬。楚共王见他如此行径，知道他一定是个君子，便派工尹襄送他一张弓，并问他是否受伤。郤至见到敌君派来的使者，当即免胄行礼，虽未接受对方的礼物，却仍然郑重地致谢。这种雍容文雅的作战情景在后世战争中未曾再现，周代贵族的“武德”精神即在这些诸国将领讲信修礼的作战行为中得到了切实反映。

三、余论

综上所述，在射礼场合中，各级贵族在规定的乐声伴奏下按部就班地行礼操射，进而体现出周代君子沉稳自律、正已立德的武艺修养；在国家戎事里，指挥作战的诸侯统领在“止戈为武”的观念下看待战事，于残酷的战乱之中展现出讲信修礼、明理重义的武德精神。周代贵族不仅是吟诗作乐的翩翩君子，也是铁马金戈的勇武战士。人们常言君子如玉，旨在赞其温润儒雅。就本文的论述内容而言，君子当如矜——矜②在中国古代是一种无刃之矛，不能杀伤，却也不可冒犯。在冷傲锋利和平易近人中恰到好处地保持了平衡，介于严肃威武与温文尔雅之间，同时展现了贵族君子最有魅力的两面。

参考文献

[1] 钱穆．国史大纲［M］．北京：商务印书馆，1996.

[2] 杨宽．西周史［M］．上海：上海人民出版社，1999.

[3] 姜广辉．中国经学思想史（第一卷）［M］．北京：中国社会科学出版社，2003.

[4] 彭林．中国古代礼仪文明［M］．北京：中华书局，2004.

[5] 袁俊杰．两周射礼研究［D］．开封：河南大学，2010.

---

① 孔颖达译，郑玄校注，吕友仁合著．礼记正义［M］．上海：上海古籍出版社，2008：971.

② 按《越绝书·外传·记地传》中记载：“勾践伐吴，霸关东，从琅琊起观台，台周七里，以望东海。死士八千人，戈船三百艘。居无几，躬求贤圣。孔子从弟子七十人，奉先王雅琴，治礼往奏。勾践乃身被赐夷之甲，带步光之剑，杖物卢之矛，出死士三百人，为阵关下。孔子有顷到越。”文中提到勾践杖持的“物卢之矛”（亦称“屈卢之矛”），即所谓的“矜”。

[6] 孔颖达译，郑玄校注，吕友仁合著. 礼记正义 [M]. 上海：上海古籍出版社，2008.
[7] 顾春娅. 礼乐教化视域中的周代射礼 [D]. 曲阜：曲阜师范大学，2010.
[8] 傅道斌. 殷周革命的历史反思与礼乐文化建设 [J]. 大庆师范学院学报，2011 (1).
[9] (宋) 朱熹. 四书章句集注 [M]. 北京：中华书局，2012.
[10] 张荫麟. 中国史纲 [M]. 北京：中华书局，2014.
[11] 杨传召. 先秦诸子散文武德思想研究 [D]. 北京：首都师范大学，2015.
[12] 赵敏俐. 先秦君子风范 [M]. 北京：现代出版社，2016.
[13] 杨伯峻. 春秋左传注（修订本）[M]. 第3版. 北京：中华书局，2009.

（李昭　首都师范大学2017级硕士生　指导教师：赵敏俐）

· 中国古典文献学 ·

《汉书·艺文志》辞赋观浅探

郭晨鸣

摘　要：本文以《汉书·艺文志》（以下简称为《汉志》）为研究对象，对其中关于辞赋的起源与界定、辞赋的传播方式、辞赋作家身份的定位、辞赋文体分类、辞赋的抒情性等问题进行初步探究和分析，勾勒出《汉志》辞赋观的大致面貌，并试图以较为客观的立场评价《汉志》辞赋观的精义和局限，兼谈《汉志》辞赋观对后世赋学思想、赋学批评的影响，对《汉志》辞赋观进一步加以观照。

关键词：《汉书·艺文志》；《诗赋略》；辞赋观

一、《诗赋略·总序》中的辞赋观

《汉志》对辞赋相关问题的论述，集中体现在《诗赋略》的《序》部分，《序》第一次从历史流变的角度，勾勒出战国以来的辞赋发展史：

> 《传》曰："不歌而诵谓之赋，登高能赋可以为大夫。"……大儒孙卿及楚臣屈原，离谗忧国，皆作赋以风，咸有恻隐古诗之义。其后宋玉、唐勒，汉兴枚乘、司马相如，下及扬子云，竞为侈丽闳衍之词，没其风谕之义。是以扬子悔之，曰："诗人之赋丽以则，辞人之赋丽以淫。"……序诗赋为五种。①

短短数百字的序文，我们从中却可提取出关于辞赋的丰富文化信息。笔者兹举一些有代表性的方面来谈。

（一）从传播方式的角度对"赋"进行定义，认为"赋"出于"赋诗言志"

从"《传》曰：'不歌而诵谓之赋，登高能赋可以为大夫'"可以看出，《汉志》区分"诗"与"赋"是立足传播方式的不同而谈的。"赋"与被划定为诗歌体裁的文学作品不同，它在传播方式上是用来"诵"的，而非合乐可歌。关于"赋"的本

---

① （汉）班固．汉书［M］．北京：中华书局，2012：515.

义，自古至今已有很多研究《诗经》和语源学的学者对此进行阐释，他们或立足“体用之辨”，或立足“教学作用”，或立足“用诗方法”等角度对“赋比兴”进行阐释，各有其依据的文化资源。可以肯定的是，《诗赋略》这里的“赋”显然不是作诗的表现方法，而是用诗者的传播方式。“赋”在这里作动词解释，和“诵”互文见意，随着后人渐渐把“不歌而诵”的韵散相间的作品统称为“赋”，“赋”一词的词性和意义便发生了转移，作为文体的专用名。踪凡于《汉赋研究史论》中指出：“刘向、班固都是汉代人，去《诗经》时代未远，对《诗经》合乐的情况多少还有些直观的了解。并且他们都善于作赋，所以对诗、赋异同的体察应比今人更准确些。”① 由此可见，我们从周代至汉代的“赋诗”活动与制度的演变中，也可窥见“赋体”产生的奥秘。很多学者已经认识到，先秦的“赋诗言志”活动与作为文体的“赋”之产生存在千丝万缕的联系。此类活动往往发生在诸侯卿大夫的高堂之上，或是盟会之坛上，除了对《诗经》作品“断章取义”外，也开始有意识地诵读自作诗赋，施之于政治风教、外交应酬等方面。《诗经》在这里作为“恒言”起到了思想媒介和传播载体的作用。《左传·隐公元年》就记载了郑庄公与其母在隧道相见，赋“大隧之中，其乐也融融!”“大隧之外，其乐也泄泄!”② 在《国语》及先秦诸子的论著中也可见到相当多的“赋诗”记载，“赋诗言志”的活动本质上是儒家礼乐文明的体现。我们今天理解的“赋体”文学很大程度上来源于此，这就是在辞赋研究史中颇有影响的“诗源说”。其实早在刘、班之前，司马迁就评价司马相如“虽多虚辞滥说，然其要归引之节俭，此与《诗》之讽谏何异!”③ 立足点则是道德、教化角度。我们大致可以推断，《诗赋略》坚持的“赋源论”观点可归类为对“诗源说”较早、较为系统的理论阐释。《诗赋略》认为“赋”并非直接产生于“诗”的文本，也并非产生于“六义”之一的表现手法，而是强调“赋”脱胎于“赋诗言志”活动的母体。后世如西晋皇甫谧、挚虞等人将“六义”之“赋”的铺陈手法与“赋体”相比较，相对汉代司马迁、刘氏父子、班固的“诗源说”观点，似乎更好地从文学特点上把握了“赋体”特征。元代学者祝尧也认同汉代以来的“诗源说”，他认为：“汉兴，赋家专取《诗》中赋之一义以为赋……《两都》等赋极其眩耀，终折以法度，而雅、颂之义未泯；《长门》《自悼》等赋缘情发义，托物兴辞，咸有和平从容之意，而比、兴之义未泯……”④ 可见《诗赋略》的观点影响深远，沾溉后世的辞赋研究。相比后世的“诗源说”，笔者认为《诗赋略》的认识虽有浓重的政治功利色彩，在对文学表现手法的体认上有所欠缺，但准确地描述了春秋战国时期客观存在的文化现象，不仅与历史实际若合符节，从传播学的角度上也可给予我们启示。日本学者铃木虎雄认为：“赋所使用的长短句，分别是由

① 踪凡. 汉赋研究史论 [M]. 北京：北京大学出版社，2007：144.

② （春秋）左丘明著. 杨伯峻注. 春秋左传注 [M]. 北京：中华书局，2009：15.

③ （汉）司马迁. 史记 [M]. 北京：中华书局，2013：3073.

④ （元）祝尧. 古赋辩体 [M]. 文渊阁四库全书本. 上海：上海古籍出版社，2008：718.

《诗》的三字句或四字句，因诵读时的连续、缓读或曳音变化而来的。”① 当代大多数学者均承认《诗经》对汉赋的产生存在一定的影响，甚至结合赋体散文化的铺陈、注重体物等描写手法提出了赋为“诗的散文化”的观点。② 同时，很多学者对单纯的“诗源说”持质疑态度，因为从文学艺术的血缘关系考察，楚辞在浪漫想象、追求丽词、讲究谋篇布局和篇幅拉长，乃至语法句式、音律节奏、人物设置等艺术技巧层面都和汉赋有更直接的关系，骚体赋甚至可以直接被认为是“楚辞体”作品，因此“辞源说”也有巨大的影响。至于其他说法，还有“隐语说”“俳语说”等。清代学者则开始不满足于“一源说”，如章学诚即提出了“多源说”，当代学者如龚克昌先生则认为汉赋的产生至少是受《诗经》、楚辞、纵横家、倡优文学四家影响，丰富、完善了“多源说”的理论。③ 从中国文学发展历史的角度来看，赋不可能由某种文体凭空产生，必定是先秦文学在漫长的发展中不断积累经验、充实丰富，从而形成了可以产生赋体文学的、较为稳定的文化资源，赋的产生离不开先秦文学的整体积累和成就。当然，关于赋的渊源，自古以来人们就莫衷一是，尚无定论，并不是靠一部文献就可以解决的，但《汉志》给我们的启示作用是不可忽视的。

（二）赋家身份、地位的变化

从“登高能赋，可以为大夫”的表述来看，早期“登高能赋”的人可以凭此担任大夫要职。顾实先生引《毛诗·卫风·定之方中》：“建邦能命龟，田能施命，作器能铭，使能造命，升高能赋，师旅能誓，山川能说，丧纪能诔，祭祀能语。君子能此九者，可谓有德音。”④ 可见，升高能赋是担任“大夫”的前提条件之一，那时的“能赋”之士社会地位相对较高。但是随着春秋战国的社会动荡和时局变化，在“礼崩乐坏”“诗教崩溃”的文化背景下，私学兴起，文化中心开始下移，作赋的主体由诸侯卿大夫转换为《诗赋略》中的“失志贤人”与“布衣之士”，如屈原、荀子、宋玉等。考察早期赋家的生平事迹，我们可以发现，他们大多出身贫贱，地位相对“诸侯卿大夫”群体要低得多。屈原虽为楚国贵族，但受奸佞排挤，怀才不遇；贾谊郁郁不得志，作《吊屈原赋》以自比；其他赋家如宋玉在楚襄王宫廷中始终只是文学侍从的“小臣”，与唐勒等人酬唱应对、取悦君王。至于汉初赋家如司马相如、枚皋、东方朔等人，或有勠力上国的理想抱负，赋作之中也常寄寓讽谏之义，然而社会地位仍是类似于倡优，所谓的讽谏之意在实效上往往“劝百讽一”，沦为后人抨击的把柄。如司马相如希望武帝专心国事，不再沉迷于神仙方术，便创作《大人赋》以上谏，不料武帝读后，却“飘飘有凌云之志”，反而变本加厉。身份地位的低下，使得辞赋作家无法进入统治集团核心，他们的存在，只是供君主或

① ［日］铃木虎雄著．殷石臞译．赋史大要［M］．南京：正中书局，1942：6－10.

② 简宗梧．汉赋史论［M］．台北：东大图书股份有限公司，1993：129－146.

③ 龚克昌．汉赋研究［M］．济南：山东文艺出版社，1989：310－313.

④ 张舜徽．汉书艺文志通释［M］．武汉：华中师范大学出版社，2007：369.

诸侯王装点门面，以博“爱才”令名，同时创作诗赋，取悦自己。此外，还有学者注意到汉代制度与赋家身份演变的关系，如许结先生指出：“西汉武帝、宣帝时期‘献赋’风行并非孤立现象，也不仅限于文学侍从。辞赋继楚而兴汉且作为一代文学的崛起，不仅在于文学自身的发展，而且有着制度化的意义。”① 许结先生认为，辞赋作家虽然难以左右朝政大事，但他们对于国家的建设也是必不可少的，赋家作赋的背后，是统治阶层与各个阶层的文人对颓败的礼乐制度在新兴大一统专制帝国背景下的重构。此观点立足文化史、制度史的宏观视角，具有一定的启示意义。

（三）辞赋文体意识的初步觉醒

罗宗强先生在《读文心雕龙手记》中指出：中国的文体论最初是从目录学发展起来的。目录学直接影响文体分类，而有了文体分类，对不同文体之间差别的认识才成为可能。② 从我们现在可以稽考的史料来看，已然无法得知《七略》《别录》涉及文体的情况，但班固的《汉志》无疑涉及了辨体的工作。在《诗赋略》的分体中，我们可以看到当时的人认为歌诗源于歌谣，感于哀乐，缘事而发。赋起源于“贤人失志”，兴起于民间，经过屈原、荀子等人的“恻隐古诗之义”的赋作后，发展至后来的宋玉、唐勒等人的“丽词”，再至汉代司马相如、扬雄的“竞为侈丽闳衍之词，没其风谕之义”的赋作。《汉志》在“辨章学术、考镜源流”的基本思想下，阐释诗赋部类的含义、源流、传播方式、功用等。尽管以当代的视角审视，总序寥寥几百字的描述显然难以概括当时辞赋的所有相关问题，遑论建构完整的辞赋文体论，但这在当时确实难能可贵。真正对于辞赋文体进行深入探讨，则要推迟至魏晋南北朝时期。曹丕提出“诗赋欲丽”，虽是着眼于创作要求的维度，却还过于粗糙，到陆机在《文赋》中对各种文体进行约规，提出“赋体物而浏亮”，才是真正的文学意义上的文体研究。在汉代经学繁盛、文学艺术发展水平相对落后的时期，无论是刘氏父子还是后来的班固，往往还未能涉及辞赋作品的体貌样式、创作规范与程序、审美范畴等层次进行探本溯源，未能像后世学者如陆机“赋体物而浏亮”那样着眼于写作范式及呈现出的文体风貌、艺术气息的特征对“赋”进行描述。他们在面临文学审美问题时，往往不可避免地带有一定的时代局限性，而这种局限性背后体现的是研究者身份、学术观念乃至社会环境、制度、文化的影响。刘氏父子作为史学家和目录学家，撰写《七略》的目的是保存典籍，他们是以官方学者的身份充实封建王朝的文化建设，正如《汉志》中记载：“迄孝武世，书缺简脱，礼坏乐崩……诏光禄大夫刘向校经传、诸子、诗赋”③，而非自觉地探索文学规律、传播辞赋，更不是为了主动提高世人对辞赋的认知水平、鉴赏能力。但是他们区分文体的努力，对中国文学批评史上的“文体论”产生了深远的影响。

此外，《诗赋略序》中还有许多值得阐释的问题。其中对屈原、荀子、宋玉、

---

① 许结. 赋学：制度与批评［M］. 北京：中华书局，2013：35.

② 罗宗强. 读文心雕龙手记［M］. 上海：上海三联书店，2007：244.

③ （汉）班固. 汉书［M］. 北京：中华书局，2012：1515.

唐勒、司马相如、扬雄等人赋作的高下评判和价值论断，基本上立足于政治风教色彩，兼涉较为浅显的艺术鉴赏层面，如引用扬雄的言论“诗人之赋丽以则，辞人之赋丽以淫”①，从批判辞赋的角度反面点明了辞赋文采华美的特征。总体来说，《诗赋略》有助于我们了解汉代经学体系下的“政治美刺”文学观。刘氏父子均为儒家正统学者，自幼学习儒家经典，其知识结构和文化渊源决定了他们的目录学著作呈现出浓重的经学色彩，对于这点我们无须苛求。值得我们深思的是，唐初魏徵等人编撰的《隋书·经籍志》对汉代的辞赋创作多持肯定、赞扬的态度。如称严忌、邹阳、枚乘、司马相如“盛藻于西京”②，与《诗赋略》中对司马相如等汉代辞赋家持批评态度截然相反。杜云虹先生在《隋书经籍志》研究中指出，《隋志》推崇汉代赋作，目的是批判、纠正齐梁以来的淫靡文风。③ 我们似乎可以推断：史志目录中包含着大量反映文学思潮变迁的文化信息，它的编撰本身就是对一定时期文学思想的清算和结晶。

二、《汉志》辞赋的著录与分类及对抒情性的体认

（一）《汉志》辞赋的著录与分类

全面了解《汉志》的赋学观，仅仅考察《诗赋略序》的文本是远远不够的，我们必须深入了解《汉志·诗赋略》著录的具体辞赋篇章，根据现存有限的文学史料推断它的分类依据、编排方式。刘氏父子在编写别录时，广泛搜书、认真校勘，在文献编录和整理上用功甚勤，他们的工作直接开创了我国的文献目录之学。尽管也有学者如余嘉锡先生认为《毛诗序》为目录学的萌芽，但显然《毛诗序》对目录学发展的贡献还无法与刘氏父子相对宏大、成熟的目录学体系相比。刘歆《七略》中六略分三十八种小类，每个分类之下又有类序，类下各种（仅《诗赋略》无或佚）有小序述其源流流变，不仅体现了当时学术发展的水平，亦为后人研究载录的典籍、借鉴其目录学经验提供了门径。当然，他们的分类并非随意安排，而是详加罗列、系统归纳，包含了刘氏父子对辞赋的认识，体现出当时知识分子阶层的辞赋观念。《汉志》总序提及：“每一书已，向辄撰为一《录》，论其指归，辨其讹谬，叙而奏之。”④ 另外，班固在编纂《汉志》时对刘歆的《七略》也有所改动，如他以“出、入、省”等字眼标注后来“编入”的作品，但如此改动微乎其微，无关宏旨，所以《汉志》基本保留了《七略》原貌。从《诗赋略》整体考察，其中著录屈原、宋玉及秦、西汉辞赋的共七十八家，一千零四篇，分为“屈原赋”“陆贾赋”“孙卿赋”“杂赋”四种。

---

① （汉）扬雄著．汪荣宝义疏．法言义疏［M］．北京：中华书局，2012：4.

② （唐）魏徵．隋书［M］．北京：中华书局，1973：1090.

③ 杜云虹．《隋书·经籍志》研究［M］．北京：文物出版社，2016：179.

④ （汉）班固．汉书［M］．北京：中华书局，2012：1515.

关于具体赋作的分类体例，因刘氏父子、班固都没有言明，具体赋作大多也难以考察，至今未可断定。从一些赋家在旁标注简略的身份介绍，可以看出在西汉末期，一些赋作的作者就已经不被人所熟知，或为名不见经传的小人物，当今学者自然更难考察。因此学界对《汉志》的分类体例颇有争议，除了杂赋因缺失太多无法考察外，另外三种赋的分类方式可谓众说纷纭。所幸已有当代学者做研究史综述，厘清了一部分说法的逻辑理路。如陈刚先生《〈汉书·艺文志·诗赋略〉赋之分类研究述略》一文，罗列了最有代表性的刘师培、章太炎、林颐山、姚明达等十八家的说法。① 这十八种说法往往交错混杂，笔者难以列举全部，兹举几种具有代表性的说法。刘师培称“写怀之赋，屈原以下二十家是也；骋辞之赋，陆贾以下二十一家是也；阐理之赋，荀卿以下二十五家是也”。② 章太炎也认为：“屈原言情、孙卿效物，陆贾赋不可见，其属有朱建、严助、朱买臣诸家，盖纵横之变也。”③ 显然这是着眼于赋作的风格和内容，此说影响甚大，郭绍虞、曹道衡等学者均从此说。也有学者认为，《诗赋略》是根据诗赋文学的流派而划分，如程千帆先生进一步将辞赋作品分为“屈原赋第一种”“陆贾赋第二种”“荀卿赋第三种”，认为“汉代赋家，或因循屈、宋，无所变革，第一种中汉人诸作是也。或则入以纵横之风，一变楚臣之忠爱缠绵，从容辞令；庄谐杂出，快意为主”④，这种观点很好地把握了辞赋的三种源流。楚辞作品长于抒情，但“抒情性浓厚”并不是辞赋唯一的风格体貌，很多辞赋，如主客问答体、七体等散体大赋在风格上的铺张扬厉、驰骋文辞、气势充沛，注重说服力和感染效果等方面，大概吸收了《孟子》《庄子》中的辩论之词和战国时期苏秦等纵横家的游说言辞。荀子的赋则富有思辨色彩，擅长体物明理，能从不同角度铺陈说明对象，且荀子是最早以赋名篇的作家，理应在辞赋源流史上占据一席之地。此外，熊良智先生的观点也比较有启发意义，他认为《诗赋略》的排序和选择是模仿孔子删改、整理《诗经》的做法（即汉代诗经学史上著名的“删诗说”），以“风”“雅”“颂”的分类方式比附辞赋作品。即“屈原赋之属”对应“风”；“陆贾赋之属”对应“雅”；“孙卿赋之属”对应“颂”；至于无法归类的“赋作”则被放置于“杂赋”，体现出文学尚未完全独立时期的“大文学观念”和“杂文学观念”⑤。笔者认为，熊先生的见解也颇有道理，无论是刘氏父子还是班固都有推崇《诗经》的观念，在分类时依照《诗经》的体例是很有可能的。此种分类方式一方面和《诗赋略序》中体现的“赋”源于“不歌而诵”的思想相一致，也有提高自己言说力度和可信度的作用。当然每种说法目前都缺乏决定性的证据，难以落实自己的观点，还有待进一步寻找证据。

---

① 陈刚.《汉书·艺文志·诗赋略》赋之分类研究述略［J］. 文献. 2011（2）：44-49.

② 刘师培. 论文杂记［M］. 北京：人民文学出版社，1998：116.

③ 章太炎. 国故论衡［M］. 北京：商务印书馆，2010：430.

④ 程千帆. 闲堂文薮［M］. 石家庄：河北教育出版社，2000：212.

⑤ 熊良智. 辞赋研究［M］. 北京：商务印书馆，2006：348.

（二）《诗赋略》对抒情性的体认

在《汉志》中有一个独特的现象，即分类中并无“楚辞”类目，而数量众多的“楚辞”作品则被归于“屈原赋之属”之下。目前学者多认为，刘向编纂《楚辞》，应是有意识地将“楚辞体”与“赋体”有所区分，而将“辞赋”混称，并宗屈原为尊，或许出于班固的刻意安排。① 对于“屈原赋之属”的分类依据，因为资料的缺失，已经难以还原当时刘氏父子完整的意图。前文提到刘师培从思想内容上予以分析：“屈原以下二十家为‘写怀之赋’，所谓言深思远，以达一己之中情者也。”顾实也大致认同：“盖主抒情者也。”当代也有很多学者认同刘师培等人的分析，从具体篇章的考证来看，屈原的《离骚》无疑是一首具有自传性质的政治抒情诗，抒发了屈原对黑暗政治的愤慨、对自身遭受不公平待遇的愤懑，并体现出了矢志不渝的人格情操；《九章》的作品思想内容、感情基调与《离骚》相似，多是叙述屈原的遭遇，抒发忧国忧民、伤己怀时的思想感情；《九歌》《天问》等也有浓郁的抒情色彩。唐勒、宋玉等人的辞赋作品也颇多抒发情怀的作品，而且宋玉等人在文学创作上，明显有师宗屈原的倾向，从“师承流变”“作品风貌”两个维度考察，以“主抒情”的标签目之，可谓实至名归，并无不妥 。章学诚在《校雠通义》中指出：“《汉志》最重学术源流，似有得于《太史叙传》。”② 然而除去这些战国时的辞赋作品，余下的汉代辞赋 17 家，316 篇的分类依归，却颇值得商榷，如徐师曾在《文体明辨序说》中就提出司马相如的《天子游猎赋》“长于叙事，而或昧于抒情”。以我们当代的文学眼光来看，司马相如的名篇如《天子游猎赋》等作品语言艰深晦涩，缺乏性灵，司马相如至多是在赋作中表达自己的政治理想和拥护大一统专制国家的政治要求。若“屈原赋之属”确为“写怀之赋”“主抒情者也”，那么这些辞赋表达的感情究竟是整体的社会心态还是个体的理想、情感，判断一个辞赋抒情性的因素与尺度有哪些？所谓“主抒情”的判断，首要判断依据是基于作品的精神气息还是思想内容？因为我们目前所能完整见到的西汉辞赋已十不足一，很多赋家的赋作大多只能看到存目或是残存的佚句。这些问题都是现今研究难以澄清的悬案。笔者认为，虽然汉代人已经初步认识到文学艺术的发展规律和审美特点，但毕竟两汉还处于文学自觉时期的萌芽期，对文学作品的研究还比较少深入作品的语言用法、结构布局、篇章逻辑等技巧、形式层次，文体意识相对后世来说还比较模糊，以至于将“辞赋”统称而论。此时对作家作品的评论更多的是针对作品风格、思想的宏观把握及感性认识。因此，在缺乏足以盖棺定论的情况下，把握屈原楚辞作品浓郁浪漫的抒情特色，将“屈赋之属”下列作家暂时归至“主抒情之作”不失为合理的做法。

一般认为，汉代是一个被经学思想和尊儒崇孔思潮所笼罩的时代，在儒家强调

---

① 关于《楚辞》一书结集的相关问题，可参考龚俫．《楚辞》成书问题考辨［C］//中国屈原学会、深圳大学．中国楚辞学（第十六辑）——2009 年深圳屈原与楚辞学国际学术研讨会论文集．中国屈原学会、深圳大学：中国屈原学会，2009：278－290.

② （清）章学诚．文史通义（附《校雠通义》）［M］．上海：上海古籍出版社，2009：78.

道德教化、社会功用的政治伦理观左右下，属于个体的审美情感往往不能得到足够的重视，人们多强调作品的社会作用。社会整体上对于文学艺术自身的特点、文学艺术自身的规律的认识还未觉醒，文学长期沦为儒家经典的附庸，地位远在经学之下。这也是后世研究者囿于经学成见，忽略汉代文学审美思想的重要原因之一。汉代自汉武帝“罢黜百家、独尊儒术”之后，经学在封建大一统国家的运行机制中，作用逐渐凸显，通经之士得到统治者的尊重，可以担任官吏，享受利禄。在此文化背景下，文学艺术自身的价值自然难以得到重视和确认。刘氏父子的认识是否真如刘师培等学者推断，将“抒情言志”的赋作放置于“屈原赋之属”已不得而知，但是通过对“屈赋类”大量的“抒情言志”篇章的比重（主要指保存较为完整的楚辞或骚体作品）的考察，刘氏父子对辞赋的抒情功用应有一定的清醒认识。此外，尽管当年刘氏父子为各赋作撰写的叙录大多无稽可考，我们仍可在后世的史料中勾稽出散金碎玉的只言片语，揣测刘氏父子在撰写叙录时的思维方式、目录分类依据及评论作品时采用的话语方略。踪凡在《汉赋研究史论》中从后世的总集、类书中钩沉出若干《七略》中的赋序，其中有一条见于裴骃《史记集解》中的刘向评贾谊《吊屈原赋》文字：“因以自谕自恨也”，刘向依据贾谊赋作的创作主旨，结合贾谊的生平经历和志向抱负，指出贾谊《吊屈原赋》的主旨是借怀念屈原，抒发自己壮志难酬的感慨和人生坎坷的失意，可以视为对贾谊赋作抒情意味精炼、贴切的昭示。踪凡将从各种典籍中筛检出的叙录评论予以归类，总结出《叙录》评价汉赋的常见模式，有记载各家赋标题、介绍作家生平、点明创作主旨等，在当时可谓文献学史和汉赋研究史的一个巨大进步。① 可以肯定，当时刘氏父子编写的叙录，是学术史上第一次对辞赋作品进行系统的学术探原、辨析、品鉴，并为我们后世理解作者作品的相关信息，把握思想主旨、风格特色、源流脉络提供了至关重要的指导意义。

参考文献

[1]［日］铃木虎雄著．殷石臞译．赋史大要［M］．南京：正中书局，1942.

[2]（唐）魏徵．隋书［M］．北京：中华书局，1973.

[3] 龚克昌．汉赋研究［M］．济南：山东文艺出版社，1989.

[4] 简宗梧．汉赋史论［M］．台北：东大图书股份有限公司，1993.

[5] 刘师培．论文杂记［M］．北京：人民文学出版社，1998.

[6] 程千帆．闲堂文薮［M］．石家庄：河北教育出版社，2000.

[7] 熊良智．辞赋研究［M］．北京：商务印书馆，2006.

[8] 踪凡．汉赋研究史论［M］．北京：北京大学出版社，2007.

[9] 张舜徽．汉书艺文志通释［M］．武汉：华中师范大学出版社，2007.

[10] 罗宗强．读文心雕龙手记［M］．上海：上海三联书店，2007.

[11]（元）祝尧．古赋辩体［M］．文渊阁四库全书本．上海：上海古籍出版社，2008.

① 踪凡．汉赋研究史论［M］．北京：北京大学出版社，2007：100.

[12]（春秋）左丘明著．杨伯峻注．春秋左传注［M］．北京：中华书局，2009.

[13]（清）章学诚．文史通义（附《校雠通义》）［M］．上海：上海古籍出版社，2009.

[14] 章太炎．国故论衡［M］．北京：商务印书馆，2010.

[15] 陈刚．《汉书·艺文志·诗赋略》赋之分类研究述略［J］．文献．2011（2）．

[16]（汉）班固．汉书［M］．北京：中华书局，2012.

[17]（汉）扬雄著．汪荣宝义疏．法言义疏［M］．北京：中华书局，2012.

[18] 许结．赋学：制度与批评［M］．北京：中华书局，2013.

[19]（汉）司马迁．史记［M］．北京：中华书局，2013.

[20] 杜云虹．《隋书·经籍志》研究［M］．北京：文物出版社，2016.

（郭晨鸣　首都师范大学 2016 级硕士生　指导教师：踪训国）

浅谈金文合文

苏苇浓

摘 要：“合文”是古文字一种特殊的书写形式，甲骨文、金文、简帛、玺印等文字均有“合文”。书写载体不同，合文的书写特点也不同。本文旨在搜集整理金文中的合文，以《新金文编》所收合文为基础，对其进行校补，做一点材料补充的工作，通过分析材料，将合文分为“形式合文”和“借笔合文”，总结金文合文的几种基本构成模式。

关键词：合文；校订；增补

甲骨文、金文、简帛文字都有合文，合文是文字产生之初的一种原始形态，但因其和汉字单音缀性相抵触，秦以后合文就基本消失了①。合文的书写形式是将两个或三个字的词组写得非常紧密，使其看起来像一个字。其体现了文字“目治”的特点②，从语言上体现不出合文，合文仅是看起来是一个字形，但其在语音上是两个或多个音节的词组。

一、合文的定义

关于合文的定义大体分为两种，一种是陈梦家先生从文字记录语言单位的角度来分析合文，“合文之必须重新分开，其主要的原因还在于它和汉语汉字的特性相抵触。汉字的特性要求：（1）意义是一个单元；（2）构形成为一个单位；（3）读音是单音。合文只能符合（1）（2）而不能符合（3），只有在符合（3）的条件下，合文才可以变成一个单字，就是变成一个单音”③。陈先生所谓的合文是可以形成单字的，是合文发展的一种结果，而并非一种书写形式。这与唐兰先生“合文就是形

① 曹锦炎．甲骨文合文研究［G］//古文字研究（第十九辑）．北京：中华书局，1992：445.

② 陈英杰老师课上所讲内容。

③ 陈梦家．殷墟卜辞综述［M］．北京：中华书局，2013：81－82.

声字的前驱”①的说法相合。最初两个独体或合体字合写在一起，但因其意义相关，字形合写似为一字，最终声音也合为一读（也就是一个音节）。②

另一种是从构形出发来分析合文。合文是一种书写现象，汉字的书写基本上是一个字作为一个独立的空间单位，记录语言中的一个词。有些词组，尤其是数词、常用的专有名词，常常会将两个或两个以上的字合写在一起，使它们在形式上看起来好像是一个构形单位，实际上却记录了两个以上的词，这种特殊的书写形态，一般称为合文。③ 现在学术界谈合文的问题一般是以形体上的合写来判断合文，刘钊、汤余惠、杨五铭等先生皆从此。④

我们认为古文字合文是一种书写形式，最终消失可能有两个发展方向，一是被析书为单个文字，变为一形、一音、一义，另外一类可能由于意义相关合为一字，这与少部分形声字的产生有关。⑤ 研究合文，我们需要先将合文收集分类，研究各种书写载体合文的书写习惯和书写形式。

二、金文合文的审定

从行款上分析，判定合文首先需要分析青铜器铭文的行款，铭文一般为纵向成列书写，多为从右向左行文，偶有从左向右，从商金文到西周金文行款逐渐整齐化，向着横成行、纵成列的方向发展，每列的字数也大致相同，字形大小相近，字与字的间距大致相同。但铭文中有些词组的字与字书写紧密，有些词组两个字有借笔关系，这样的两个字很可能是被写作合文的，一般是上下结构的合文，少数是左右式或包含式的合文。

从书写形式上审定合文，有些合文的书写形式是固定的，先祖名称的合文一般被写作左右结构，写成左右结构的先祖名都认为是合文，写成上下结构的都认

① 唐兰. 中国文字学［M］. 上海：上海古籍出版社，2005：77.

② 笔者认为合文不是为了形成形声字而专门产生的，但是合文的书写形式使其成为形声字的一个来源。

③ 黄德宽. 古汉字发展论［M］. 北京：中华书局，2014：239.

④ 刘钊：合文、借笔、借字既是古文字形体结构的组合形式和构形方法，又是古文字这一符号系统记录语言时独特的写词手段。合文又称合书，是指二个或三个在词序上相连的文字符号，用或不用合文符号，相对紧凑地写在一起的写词形式。刘钊. 古文字中的合文、借笔、借字［G］//古文字研究（第二十一辑）. 北京：中华书局，2001：397. 汤余惠：合文是把前后相连的两个或几个字合写在一起。但事实上并非随便哪几个字都可以合书。构成合文的，不仅要前后相连，而且必须是语言中的固定词语，如数量值、地名、职官、复姓之类。汤余惠. 略论战国文字形体研究中的几个问题［G］//古文字研究（第十五辑）. 北京：中华书局，1986：23. 杨五铭：把两个以上的字合写在一块，作为一个构形单位而有两个以上音节的，这种书写形式我们叫它作“合文”，其他和它相对而言可称为“析书”。合文的消失跟汉字特点有关，汉字要求用 个构形单位表示两个以上的音节，记录汉语中的一个词或词素，而合文却用了一个构形单位表示两个以上的音节，不符合汉字的要求。数字合文往往长宽不当，不合汉字的方块形式，在行款上不规范。按：此说与陈梦家先生所谓与汉字的简省规律以及汉语的单音缀性相抵触合文的析书相同。这类合文随着汉字的规范都已消失。杨五铭. 两周金文数字合文初探［G］//古文字研究（第五辑）. 北京：中华书局，1981：139.

⑤ 我们认为合文不是为了形成形声字而专门产生的，但是合文的书写形式使其成为形声字的一个来源。

为是两个单独的字形。《新金文编》中所收先祖名的合文也都写作左右结构。数字组合的合文一般被写作上下结构，其他类别的合文也以上下结构居多。还有两个字写在一起共享笔画、部件的合文。春秋晚期出现合文符号，使标有合文符号的合文便于识认。① 春秋战国的合文多使用合文符号。

判断合文需要注意以下三点，以排除假性合文。

第一，判断合文我们需要从铭文的整体布局分析，排除一些因为铭文布局不合理，为节省空间将两字写在同一字符位置的假合文。商晚期的听簋（《集成》3975）出现“大子”，《金文编》和《新金文编》都将其释为“大子”的合文，我们认为“大子”写在一个字符位置上是受铭文行款的影响，“大子”一词不是经常写作合文的，其写成左右结构，只是形似合文之形，但从整篇铭文来看，前两行书写稀松，第一行六字，第二行四字，第三行十个字，而且第三行明显行间距小，为了把所有铭文都写在三行之内，最后一行为了嵌入十个字，将两个字写在一个字符位置。“大子”上一词“用作”也是两个字占了一个字符的位置，左右结构排列，但字编都没将其收为合文。笔者认为“大子”也不是合文，而是为了节省书写空间写成左右结构的假合文。

听簋（《集成》3975）

第二，将文字省略号②“=”误判断为合文符号。代相吏微剑③（《铭图》17993），黄盛璋先生释为“公孙”的合文④，认为纟下的一横为合文符号。《字源》“孙”字，战国文字的写法亦列此字形，解释为“孙所从的纟或作、，一、二乃省略号”⑤。且《战国文字编》孙字下也收入（《玺汇》1514），与剑铭

---

① 刘钊．古文字中的合文、借笔、借字［G］//古文字研究（第二十一辑）．北京：中华书局，2001：402. 按合文符号的出现应为春秋早期，到春秋晚期和战国时代经常使用，曹公子戈定为春秋早期器，但其“公子”的合文已经使用合文符号。

② 省略号“=”，表示文字的笔画或偏旁有所省略。何琳仪．战国文字通论［M］．订补本．南京：江苏教育出版社，2003：253.

③ 黄盛璋先生文中将此剑命名为六年代剑。黄盛璋．新发现之三晋兵器及其相关的问题［J］．文博，1987（2）：53.

④ 《通鉴》采用黄说亦释为“公孙”的合文。

⑤ 李学勤主编．字源［M］．天津：天津古籍出版社，2010：1128. 词条为徐在国先生编写。

的字形相同。① 与此相类的还有“马”（）、“为”（）省略下半部分，以两横代替省略之形。我们认为剑铭的应释为孙，而非公孙的合文。铭文释读为“工师孙涅”，亦可读通。

第三，判断合文需要区分专字。成嗣子鼎（《集成》2708）、《金文编》、《新金文编》都释为“嗣子”的合文，《集成》释为“嗣（孠）”。谢明文先生也倾向于它是一个字，在脚注中提到“孠”可能是“嗣子”之“嗣”的专字。②我们同意此说，从金文辞例来看，并没有出现析书的“嗣子”连用的情况，旧释为“嗣子”合文的，应释为“乳子”。

三、合文的类型

通过整理合文材料，总结出金文中合文的写法。从合文写法上，可以将其分为形式合文和借笔合文。我们所谓的形式合文是两个字字间距近，字与字之间没有借笔，只是写在一个字符内，使其看起来像一个字。借笔合文是两个字或三个字有共享笔画和构件的情况。具体合文书写的形式有这样几种类型：（1）无合文符号，字与字之间没有借笔，仅以行款紧凑占一字符的位置为标志；（2）字间距近且有合文符号；（3）为便于构成一个书写单位，合文字往往用省体，③ （司马）、（司寇）这类省去“司”的口形写成合文；（4）两个字有形近的构件，替换其中一个写成两字的合文，如“”将宝所从的贝替换成一个与贝形近的器皿，使宝和尊共享此部件；（5）借用笔画或构件构成合文；（6）形体借用的合文，整个字嵌入另一个字中，如、。

西周金文中的借笔合文多为借用横画或相同部件，还有形近偏旁替换构成合文，到了春秋战国时期产生合文符号之后，形体借用的合文增多，合文的某个字就是另一个字的一个部件，如“”“”。判断这类合文需通过合文符号才能判断出来，还需要斟酌其下方的“=”是重文还是合文符号 。

从合文的内容可分为：（1）表示神祇的合文；（2）称谓合文，其中包括亲属称谓、其他称谓、人名和职官名；（3）地名、机构名合文；（4）数字合文，其中包含纯数字合文、量词；（5）时间合文，如三月、二年、辛卯；（6）习用语合文。

通过梳理金文合文，我们发现合文所表示的词都是用法相对固定的常用词，即使字形上合写也可以知道其音读和意义，根据合文内容出现的频次，可以看出一个

---

① 汤余惠．战国文字编［M］．福州：福建人民出版社，2015：835．

② 谢明文．商代金文的整理与研究［D］．上海：复旦大学，2012：178．

③ 汤余惠．略论战国文字形体研究中的几个问题［G］∥古文字研究（第十五辑）．北京：中华书局，1986：23．

时代的常用语，商代、西周主要是数字合文、称谓合文和一些金文习用语合文，春秋战国时期随着语言的发展词汇丰富，合文种类增加，许多常见的地名、职官名都写作合文的形式。

四、增补修订《新金文编》所收合文

（一）神祇合文

郾侯母壬尊（《铭图》11462）中的母壬为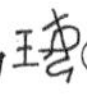①，按一般审定铭文行款为纵向书写，此二字以左右结构写在一个字符位置上，应释为合文。但《新收》释文为“郾侯妊”②，将其释为“妊”，按此应为郾侯的私名，但此字形从女，金文中从女之字一般为女性的私名，而铭文中未见女性称侯，故我们认为此字形应释为“母壬”的合文。

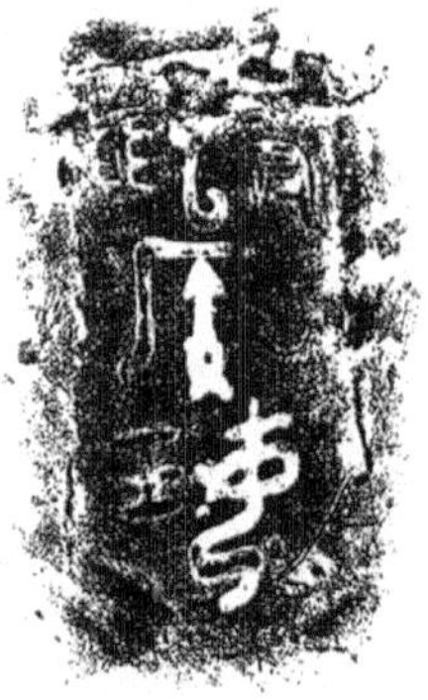

《铭图》11462

（二）称谓合文

1. 吴乳子鼎（《铭图》1674）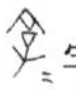字旧多释为“嗣子”，郭永秉先生认为其是“乳子”的合文，甲骨文的“乳”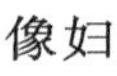，像妇女怀抱幼子以口就乳形。字的上半部分为“乳”的形变，下半为子。乳读作“孺”，指封君的继承人。③

郭先生文中提到梁上官鼎（《集成》2451）的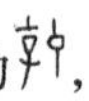，李家浩先生释为“冢子”，此字也应释为乳子，战国铜器铭文、玺印文字中的“冢子”，没有写成这种合文形式的。《新金文编》采用的李说，释为“冢子”，我们认为亦应从郭先生之说改为乳（孺）子。

2. 越（陵）夫人灯（《铭图》19284）释为“夫人”的合文，字形上半为

---

① 《通鉴》释为母壬的合文。

② 钟柏生，陈昭容，黄铭崇，袁国华编．新收殷周青铜器铭文暨器影汇编［M］．台北：艺文出版社，2006：1085.

③ 郭永秉．从战国楚系“乳”字的辨释谈到战国铭刻中的“乳（孺）子”［M］//古文字与古文献论集续编．上海：上海古籍出版社，2015：3－13. 乳字所从的“口”“甘”之形可能是合并了“乳”形和“爪”形而形成的一个部件（此说为裘锡圭先生提出，郭永秉先生在书中有说明）。

“夫”字，下半应为一“人”字，与子禾子釜、（《集成》10374）写法相同，此字应为“夫人”的合文。

3. 工师厚子鼎铭文“工师厚子”，工师、厚子皆为合文，厚子有合文符号。从考古发掘报告中的拓本可以看出第二字右下有两横画，应为合文符号。《字源》解释：“厚，形声字。从厂，𣆪声。商周文字上端从厂，下端象器物之形，后经讹变隶定为从𣆪。此字在战国文字中变化最多（见下表）。有的字在下端从‘戈’，有的从‘句’盖取同音字标声。”①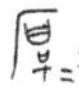字与字表中第一形相似，上半部分像“甘”形，下部为一横一竖交迭，“厚”字右下有两横为合文符号②，释为“厚子”的合文。“厚子”应是工师的名字，战国铜器有物勒工名的特点，常见“工师”后加私名的铭文。

郭店・老甲 4	郭店・语丛 3・22	郭店・老甲 32	郭店・老甲 5

③工师厚子鼎

4. 臤子环权（《集成》10379）④ 铭文第一字为，此字右下明显有合文符号“=”，字的上半为从臣从又“臤”，下部为“子”，此为“臤子”的合文，在此应为人名。

5. 十七年郑令戈（《集成》11371），学者多释为“司寇”的合文，司在战国文字中写作，通常有口旁，此字形为了“司寇”写为合文，司省略口形，遂使寇字上移。与此相类的合文还有（司马）、（参分）。

6. 安平相邦戈（《铭图》17349）为“司徒”的合文，右下有合文符号，且两

① 李学勤主编．字源［M］．天津：天津古籍出版社，2010：479．此条为刘桓编写。

② 上半部分为“甘”中间似有一弧笔与下部的笔画构成“子”，因“厚”字表声的“𣆪”在战国文字中写法多变，所以“厚”下部的从甘从子的字，既表示“𣆪”又表示“子”。但因拓本不清晰，学者多从发掘报告中隶定字形，我们未见到更清晰的拓本，上述分析不确定，暂将此说保留。

③ 徐龙国，贾振国，王滨．山东临淄商王村一号战国墓发掘简报［J］．文物，1997（6）：17．

④ 《通鉴》名为臤子砝码。

字写为一字，徒字所从土形有所省略。战国文字中有徒字写作，与合文中徒的写法相近，只是土字上半填实的被省略，或是用“口”形代替。

7. 六年安阳令矛（《集成》11562）① 中“司刑”为合文，此字无合文号，与前文的“司寇”写法大体一致。

8. 伯家父鬲（《集成》682）一般释为孟，释为“孟”于文意是可以读通的，但子上部的两笔无法解释，“孟”字西周金文的写法皆为从子、从皿，只有这个例子上有两笔。吴振武先生释为“公子孟”三字的合文。公子合文作，此字上半可视为公子的合文，下部的皿又借用了子为孟字。先秦，诸侯贵族之女也可称公子，即女公子。②

9. 淳于大夫釜甑（《铭图》3326）中，“淳于”二字写作合文。按汤余惠先生说，上即古文“享”，下为“于”，“享于”即“淳于”，为合文。③ 我们认为汤先生释为“淳于”无误，但是在字形分析上我们有不同观点，现在看到金文中的“淳于”的“淳”多写为，“（淳）”和“享”不是一个字，“淳于”合文的上半部分应是“”的省形，其省略“羊”形，与“于”构成合文。（敦）拟音为 tuun、淳 djun④，上古同为文部舌头音，二字音近可通，享上古阳部，与淳音读上有距离，故看作“”的省形更合理。享和从甲骨文字形既有区别，“享”像宗庙之形，“”从享从羊，会以羊祭享义⑤，后加攴旁变为形声字，楷书“敦”是从攴从省声，并非从享，淳亦从省声。

（三）地名、机构名合文

1. 王立事剑⑥（《集成》11673）《集成》释为“行昜（唐）”合文，同名的还有一件铍只存摹本，其“行昜”有合文符号。此字将昜写在行字彳、亍两偏旁之间，其字形看起来似为一个字，实为“行昜”的合文。“南行昜（唐）”为赵国地名，战国赵兵器及货币铭文上常见。

2. 房子令赵结戈（《铭图》17307），右下有合文符号，释作“方（房）子”，房子⑦为赵国的地名。

---

① 《通鉴》名为安阳令韩壬戟刺，原称六年安阳令韩壬剑。

② 吴振武．古文字中的借笔字［G］//古文字研究（第二十辑）．北京：中华书局，2000：310.

③ 汤余惠．淳于大夫釜甑铭文管见［J］．文物，1995（8）：25．淳于，为春秋时国名，见于《左传》，后来转化为姓氏。战国时期，淳于为齐国辖地，此器铭“淳于大夫”，当系于邑大夫所制。

④ 拟音按郑张尚芳《上古音系》。敦、淳谐声偏旁同为。

⑤ 李学勤主编．字源［M］．天津：天津古籍出版社，2010：258．此条为张标编写。

⑥ 王立事铍（《集成》11674）与剑铭文相同。

⑦ 房子（赵有两个房子）其一，位于高邑房子旧属中山国，赵灭中山早赵惠文王三年（前196），此后商邑房子属赵国之腹，不会是廉颇在二十四年所占的魏房子；其二，所谓“魏房子”在《廉蔺列传》则记作“防陵”，根据《赵世家》廉颇攻下魏房子之后又“攻安阳，取之”，防陵应与安阳相去不远（董珊先生上课内容）。

3. 王何戈（《集成》11329），释为“得工”，三晋文字“得”字一般写作，从目从又。甲骨文“得”从又持贝，会获得珍贵宝物财货之意。春秋时代“贝”形省为目。“得工”合文的“导”省略下部手形替换为“工”。得工读作“服工”，制造器物的机构。①

（四）数字合文

1. 十三年戈（《集成》11339）的第一字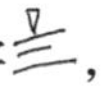，其铭文为“十三年正月”，根据辞例应释为“十三”的合文。

2. 大鼎（《集成》2808），释为“二匹”合文，二借匹字的横画。金文中用马和赐马都用是二匹、四匹。用马数量用偶数不用奇数与殷周车马制度有关，出土的商代一架车为两匹马，周代一架车为四匹马。赏赐马匹的数量应与商周车马制度有关。②

3. 鄂君启车节（《集成》12111）释为“一车”的合文，车字右下有合文符号。

4. 啬夫事缳灯（《集成》10402）释为“一石”合文，灯座边刻铭文每行仅一字，“一石”写在一个字符位置上，故释为合文。

5. 䢵宫左官方壶（《集成》9660），此字为“三十”的合文，其右下有合文符号。现在廿、卅等字都是读作一个单音节，不像其他合文读为多个音节，但廿、卅这种单音节都是后来产生的，在古文字中还应视为合文。关于这一点，杨乃武、汤余惠先生有精彩的论述。③

6. 鬲攸比鼎（《集成》2818），虢季子白盘（《集成》10173），皆释为“二年”的合文，前者是借年上端的一横画合为二，后者是从行款和铭文布局出发将其释为合文的。从二字的写法来看，前者的横画和年的上端长短相等且平行，后者明显两横长于年字的上端，故前者为借笔。

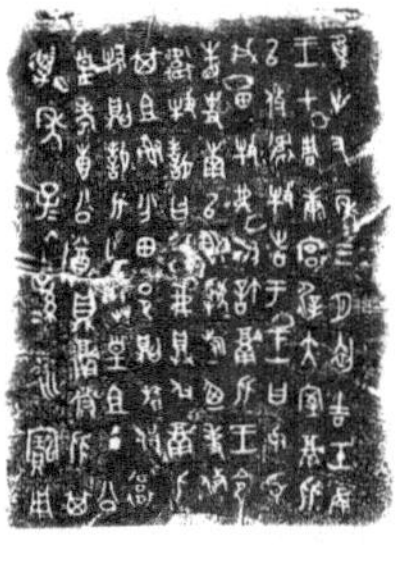

鬲攸比鼎

虢季子白盘

① 何琳仪. 战国文字通论［M］. 订补本. 南京：江苏教育出版社，2003：124.

② 杨五铭. 两周金文数字合文初探［G］//古文字研究（第五辑）. 北京：中华书局，1981：144.

③ 杨先生认为数字合文析书是渐次成为主流的，汉以后只有廿、川还是合文，但也都为了符合汉字一字一音节的规律变成合音，廿“人汁切”、卅“苏沓切”变为一个音节保留到今天。汤先生解释为“廿、卅、卌是‘二十’‘三十’‘四十’的合文，秦汉之际各构一音转化为单字。战国文字大量的廿、卅加合文符号，从辞例上分析，这些不是重文，从位置上看，也不是饰笔。春秋末叶以前合文并不用‘＝’来表示，而晚周合文又是加‘＝’与不加者间作，因此可以推知商周以来迄战国古文字中的‘廿’‘卅’和‘卌’，不管是否加合文符号，都无一例外属于合文，不是单字”。

（五）时间合文

荆子鼎（《铭图》2385）释为“戊午”的合文，从字形结构来看，是利用字形的空当来书写合文，戊字下半空当恰好可以将“午”字填入其中，构成合文使其在形体上看着像一个字。

（六）习用语合文

1. 郜伯祀鼎（《集成》2602）释为“永宝”的合文。此二字合文仅出现了一次，二字是文字书写紧密的形式和文，从整个铭文布局来看，文末“享”字后还有空间，铸造者将“永宝”二字写得相连应是有意而为，可能是为了整体铭文的美观，整篇铭文铸造在器口沿上，铭文字体偏瘦长，“永宝”二字为了跟上面的字形相似单字大小相同，故将两字合写。

郜伯祀鼎

2. 作宝尊彝卣（《集成》5126），释为“宝尊”，宝字左下本从贝，但此字左下似为两手捧一器皿，与尊字字形相近，从辞例来看“作宝尊彝”为金文常用辞例。此为替换形近的一个构件写成两字合文。

3. 襄𨳒鼎（《集成》2108）释为“之宅”的合文。“之”和“宅”共享横画，战国文字“宅”字从“广”或“厂”，此字从厂，借用“之”的横画二构成合文。

4. 荆子鼎（《铭图》2385）中有一字，从夭从鬯，疑为“夭鬯”二字的合文。金文多见“秬鬯”的辞例，秬字有从鬯之形，吕方鼎（《集成》2754）有一字《集成》释文作“秬鬯”合文，荆子鼎的与吕方鼎情况相类，“夭鬯”应是以“夭”做成的鬯，或为省作夫形的字的别体。① 此二例《新金文编》均未收入合文，从辞例来看，吕方鼎的似为合文，金文中常赏赐“秬鬯一卣”，或省略“秬”为“鬯一卣”。“鬯”是香酒，“秬”一般认为是黑黍，“秬”是“鬯”的定语，一般不会出现保留定语省略中心语的情况，故不应释作“秬”字，应释作“秬鬯”的合

① 黄凤春，陈树祥，凡国栋．湖北随州叶家山新出西周曾国铜器及相关问题［J］．文物，2011（11）：78.

文更为合理，“夭䚁”也释作合文①。

5. 隣息觚（《集成》7071）释作“尊彝”，此字右半为“彝”字，会双手进献被砍掉头颅的反缚两手的俘馘之意。② 金文“尊”有从阝旁的写法，合文中省略“酉”形，与彝共享“廾”旁。“两个以上的字合书在一起时，还需要兼顾结构的均衡和书写空间分布的合理，为此，有时会省减合文中的某个字的偏旁。”③

结　语

合文从商代金文、甲骨文就存在，后来由于汉字书写的规范化逐渐消失，合文产生之初是一种文字简化现象，合文有共享笔画和部件的情况，这就是一种简化现象，多数合文是为了书写方便、提高效率而产生的，但是随着文字的发展，人们对于铭文的艺术性要求更高，很多合文就不是为了简化而是为了整篇铭文的字形字体和谐美观，从而将两个字写作合文的形式。④

本文考察了金文中的合文，通过整理合文材料，总结出金文中合文的写法可以分为形式合文和借笔合文。形式合文是书写者有意识地将两个字写在同一字符位置上，这类合文是完整书写的两个字，只是在空间位置上是一个书写单位。借笔合文是两个字有相同或相近的构件，书写时两个字共享笔画或构件。对于只是书写上的形式合文，我们需做到可辨识，能将其区分为两个音节，还需要注意形式合文和整篇铭文布局的关系，观察形式合文的艺术性和审美性，关注合文单字书写的艺术性以及合文在整篇铭文布局中的艺术性。借笔合文其中牵涉的问题更为复杂，借笔合文的辨识本身就有困难，如数字合文“一月”“二月”“三月”和“二百”“三百”这种借用横画的合文的数值判断就有分歧。数字一到四的合文中审定都有这样的问题，这还需要进一步地研究解决。本文仅对金文的合文材料进行整理，对《新金文编》未收和误收的合文试做分析，以期较为全面地搜集金文合文，为学者研究提供更丰富的材料。

参考文献

[1] 中国社会科学院考古研究所．殷周金文集成［M］．修订增补本．北京：中华书局，2007.

[2] 董莲池．新金文编［Z］．北京：作家出版社，2011.

---

① 此字也可能是“矩䚁”的合文，黄文中提到“夭或为省作夫形的矩字别体。‘夫’为正立之人形，‘夭’为双手摇摆作奔走状之人形，古文字中同义形符可以互换，夫和夭是否可以互换目前虽无确切的例证，但也不排除存在这种可能”。

② 李学勤主编．字源［M］．天津：天津古籍出版社，2010：1153. 此条为徐在国编写。

③ 黄德宽．古汉字发展论［M］．北京：中华书局，2014：240.

④ “西周合文必然蕴涵着古人对文字的平衡和美观的追求。因此，对于西周金文多合文现象，我们既要从构形的微观角度分析，也要从字体的宏观角度阐释，这是尚待深入研究的两个学科。”万瑞杰．两周金文构形演变研究［M］．北京：中国社会科学出版社，2017：46.

[3] 汤余惠. 战国文字编 [M]. 福州：福建人民出版社，2015.

[4] 黄德宽. 古汉字发展论 [M]. 北京：中华书局，2014.

[5] 李学勤主编. 字源 [M]. 天津：天津古籍出版社，2010.

[6] 钟柏生，陈昭容，黄铭崇，袁国华编. 新收殷周青铜器铭文暨器影汇编 [M]. 台北：艺文印书馆，2006.

[7] 何琳仪. 战国文字通论 [M]. 订补本. 南京：江苏教育出版社，2003.

[8] 谢明文. 商代金文的整理与研究 [D]. 上海：复旦大学，2012.

[9] 陈梦家. 中国文字学 [M]. 北京：中华书局，2011.

[10] 陈梦家. 殷墟卜辞综述 [M]. 北京：中华书局，2013.

[11] 唐兰. 中国文字学 [M]. 上海：上海古籍出版社，2005.

[12] 吴镇烽. 商周青铜器铭文及图像集成 [M]. 上海：上海古籍出版社，2012.

[13] 汤余惠. 略论战国文字形体研究中的几个问题 [G]//古文字研究（第十五辑）. 北京：中华书局，1986.

[14] 杨五铭. 两周金文数字合文初探 [G]//古文字研究（第五辑）. 北京：中华书局，1981.

[15] 吴振武. 古文字中的借笔字 [G]//古文字研究（第二十辑）. 北京：中华书局，2000.

[16] 刘钊. 古文字中的合文、借笔、借字 [G]//古文字研究（第二十一辑）. 北京：中华书局，2001.

[17] 汤余惠. 淳于大夫釜甑铭文管见 [J]. 文物，1995（8）.

[18] 曹锦炎. 甲骨文合文研究 [G]//古文字研究（第十九辑）. 北京：中华书局，1992.

[19] 黄凤春，陈树祥，凡国栋. 湖北随州叶家山新出西周曾国铜器及相关问题 [J]. 文物，2011（11）.

[20] 郭永秉. 从战国楚系"乳"字的辨释谈到战国铭刻中的"乳（孺）子" [M]//古文字与古文献论集续编. 上海：上海古籍出版社，2015.

（苏苇浓　首都师范大学 2016 级硕士生　指导教师：陈英杰）

·汉语言文字学、语言学及应用语言学·

语速对普通话语流中声调音高的影响

翟　萌

摘　要： 本文通过对四位发音人的语音材料进行统计分析，考察了普通话语流中的声调在不同语速下的特征。通过主体分布分析、极限分布分析以及对比分析，得到每一个声调在快、中、慢三种语速下调型及调位稳定段和动态段的情况，从而了解语速对普通话语流中声调音高的影响。经研究发现：在四个声调中，阴平调受语速影响最小，始终保持稳定；阳平调和去声调受语速影响有限，音高随语速降低而呈整体下降趋势，不同语速间调型及波动情况差异性小；上声调受语速影响最大，其调型发生变化，各部分波动情况也不同，整体呈"半上"状态，音节结尾部分略有上升但不会达到最高值，随着折点位置的后移，其折点不再是上声调的稳定部分。

关键词： 普通话；语速；声调；统计分析

一、研究背景与研究现状

在日常使用语言时，由于人们交流的场合、情景丰富多样，说话人语速、情感富于变化等原因，普通话的四声往往处于丰富的语流当中，声调因此会受到相邻声调、所处位置、语速等多方面的影响而发生各种变化。但除了轻声或轻音之外，绝大多数音节内部的音高的对比关系（主要体现为声调调形）在语流中仍然具有较强的稳定性。① 了解声调在不同语速下音高的共性和特性，有助于全面地掌握普通话的声调特征，从而为对外汉语教学提供参考，也可为语音合成、识别等方面提供支持。

关于普通话声调的研究一直备受学界关注，在研究方法上，从赵元任先生借助七弦琴、五线谱的半定量记录研究②发展到借助专业软件进行精确的数据提取分析；

---

① 熊子瑜．普通话语流中的声调音高特征分析［C］//第八届中国语音学学术会议暨庆贺吴宗济先生百岁华诞语音科学前沿问题国际研讨会论文集．北京．2018：976－982.

② 赵元任．中国言语字调底实验研究法［J］．科学，1922，7（9）：871－882.

在研究对象上，从单字音声调到多音节词的声调，亦关注语流中语句内部的音高变化等。关于声调基频特征的研究方法已经非常精准、成熟，如石锋先生等将声调研究拓宽到声调的声学空间层面，通过研究声调主体分布的情况，分析出声调的动态范围，并区分出声调的稳定段和不稳定段，同时，通过研究声调极限分布情况，分析、验证声调特征①。关于语流中声调变化规律的研究，多是以词汇作为对象进行，如邓丹教授通过提取语流中的双音节韵律词，考察了韵律短语位置、停顿边界和相邻声调对其音高的影响，从而了解了双音节韵律词在实际语流中的音高表现②。当然也有部分研究涉及整个句子的韵律规律问题，如贝先明运用石锋先生的研究方法分析探究了普通话声调格局特点③。关于语速对声调的影响，江海燕研究了语速对于句子调域以及四个声调的声调曲线的影响④。

上述对于声调音高的研究，或是分析单字发音，或是对声调所在的词语、句子进行整体研究，对语流当中声调的单独研究则较少。特别是研究语速对声调的影响方面，没有对不同语速下声调的基频曲线特征进行细致分析和比对。

二、研究方法与研究内容

本文采用石锋先生等在《北京话单字音声调的统计分析》一文中的研究方法，研究实际语流中普通话四个声调在快、中、慢三种语速下，上声调音高的变化情况和各部分的波动程度，从而对江海燕得出语速对于声调影响的结论进行更为细致的数据探求。同时与石锋先生和贝先明先生研究单字发音所提出的声调声学空间以及声调稳定部分、不稳定部分的结论进行对比，由此进一步了解普通话四声在真实语境中的音高变化。

（一）发音样品的选择和制作

本文使用的语音样本，是在安静的室内，采用华硕 X550V 电脑外接 Creative Blaster X－Fi Surround 5.1 PRO 声霸卡和得胜天韵 PC－200 专业电容麦克风设备，使用 Pratt 软件采集。语料设计参考《语速对语句内部音高变化的影响》⑤，由于上声调连读会出现复杂的变调情况，且错误音高数据概率偏高⑥，故上声调语料设计和另外三个声调稍有不同。

阴平、阳平、去声的语料为单一声调七个音节构成的陈述句（详见附录材料 1），覆盖声调在句中的不同位置。上声句作为参照句参与录音和数据处理但不作为上声调分析语料。发音人 2 男 2 女，普通话均达到普通话等级考试二级甲等水平。发音人被

① 石锋，王萍．北京话单字音声调的统计分析［J］．中国语文，2006（1）：33－40.

② 邓丹．普通话双音节韵律词的音高分析［J］．南开语言学刊，2008（2）：50－62.

③ 贝先明．普通话的声调格局和元音格局［J］．武陵学刊，2012（4）：131－136.

④ 江海燕．语速对语句内部音高变化的影响［J］．首都师范大学学报（社会科学版），2015（3）：103－107.

⑤ 江海燕．语速对语句内部音高变化的影响［J］．首都师范大学学报（社会科学版），2015（3）：103－107.

⑥ 熊子瑜．普通话语流中的声调音高特征分析［C］//第八届中国语音学学术会议暨庆贺吴宗济先生百岁华诞语音科学前沿问题国际研讨会论文集．北京．2018：976－982.

要求在自然状态下进行慢速、中速、快速的发音，不同语速间隔4秒。不同语句单独录音，以保证发音人的发声状态始终保持良好。理论上可得到4×(3×3×7) =252个音节。

上声调语料为带有上声的三字组嵌入九字句中（详见附录材料2），句首、句中、句末的句子声调组合相同，覆盖声调在句中的不同位置，避免由于过多连读变调，导致上声调可用数据过少问题。根据上声的不同位置以及不同声调搭配组合，上声音节共有3×4×4=48种情况，其中11组三字组出现重复现象。本文对其中包含多个上声调的11种组合进行去重处理，共枚举三字组37组（见附录材料2）。发音人为在北京出生、成长的女大学生，普通话等级为一级乙等。发音人被要求在自然状态下进行慢速、中速、快速的发音，不同语速间隔4秒。不同语句单独录音，以保证发音人的发声状态始终保持良好。理论可得3×(3×4×4×3) =432个上声音节。

为了验证每个句子不同语速具有区分度以及比较不同语速，将发音人三种语速下的句长进行平均，并将不同语速下的句长进行比值计算，结果如表1、表2所示。

表1　发音人材料1三种语速下的平均句长以及句长比值（单位：秒）

	快速	中速	慢速
发音人女1	1.68476325	2.1093275	2.53146725
发音人女2	1.46177875	1.83206225	2.2189435
发音人男3	1.2536305	1.66505425	2.13966675
发音人男4	1.41308	1.87676525	2.441115
平均句长	1.453313125	1.870802313	2.332798125
平均句长比值①	1∶1.290∶1.607		

表2　发音人材料2三种语速下的平均句长以及句长比值（单位：秒）

	快速	中速	慢速
句长	1.934	2.539	3.172
句长比值	1∶1.313∶1.640		

（二）声学实验中声学参数的提取

使用Pratt软件对所研究音节进行去除弯头、降尾处理后，韵母部分等距提取10个基频点。在数据实际提取过程中，参照熊子瑜教授研究中的错误数据检测原则②，材料1中去掉不符合要求的音节共29个，材料2中去掉不符合要求的音节共104个，具体情况如表3、表4所示。

---

① 句长比值结果保留到小数点后三位，表2同理。

② 熊子瑜．普通话语流中的声调音高特征分析［C］//中国社会科学院语言所．第八届中国语音学学术会议暨庆贺吴宗济先生百岁华诞语音科学前沿问题国际研讨会论文集．北京．2008：976－982.

表3 材料1中带调音节的数目及其有无错误音高数据的检测结果①

	语速	原始音节	可能含有音高错误数据的音节	可用于数据分析的音节
阴平	快	28	0	28
	中	28	0	28
	慢	28	1	27
阳平	快	28	0	28
	中	28	0	28
	慢	28	0	28
上声	快	28	9	5
	中	28	7	9
	慢	28	9	7
去声	快	28	3	25
	中	28	1	27
	慢	28	0	28

表4 材料2中带调音节的数目及其有无错误音高数据的检测结果②

	语速	原始音节	可能含有音高错误数据的音节	可用于数据分析的音节
上声	快	144	32	90
	中	144	34	88
	慢	144	38	84

（三）语音数据处理

阴平、阳平和去声的语音数据涉及多个发音人，为有效剔除性别、年龄等外部因素带来的差异，采用相对化和归一化的数据，声调分析采用相对归一的T值计算。声调T值的计算公式如下：

$$T=\frac{[\lg X-\lg(\min)]}{[\lg(\max)-\lg(\min)]}\times 5$$

上声调语料的发音人唯一，将实验数据进行由赫兹（Hz）向半音（St）的转换③即可：

$$St=\frac{12\lg\left(\frac{f}{fref}\right)}{\lg 2}$$

其中，“f”表示测试点的基频值，“$fref$”表示参考频率，设为65赫兹。

（四）语音数据的统计和计算④

分别平均相对化后的、不同语速下不同声调音节的10个测试点，并计算快、

① 表3中的上声音节不含已变调为阳平的上声字，但未将变调为阳平的归入阳平字记数。

② 表4中的上声音节不含已变调为阳平的上声字。

③ 李爱军．语调研究中心理和声学等价单位［J］．声学技术，2005，24（3）：13－17.

④ 本部分内容参照：石锋，王萍．北京话单字音声调的统计分析［J］．中国语文，2006（1）：33－40.

中、慢语速下的标准差、最大值、最小值，根据数据做出统计图表。

用平均值加减标准差的方式得到快、中、慢三个语速下每个声调声学空间，从而对实验数据进行主体分布分析。

结合不同语速下每个声调的最大值和最小值，对实验数据进行极限分布分析。

通过不同语速下主体分布分析和极限分布分析的结论对比，研究语速对声调音高的影响。

三、实验结果及讨论

（一）语速对阴平调音高的影响

1. 不同语速下阴平调主体分布分析

本文用平均值加减标准差的方式得到快、中、慢三种语速下阴平调声学空间的上线和下线，并制成阴平调的主体分布图，如图 1。为便于观察不同语速下声调调值及声学空间的特点，特将主体分布总图分制成平均音高图和主体分布分图①，如图 2、3 所示。

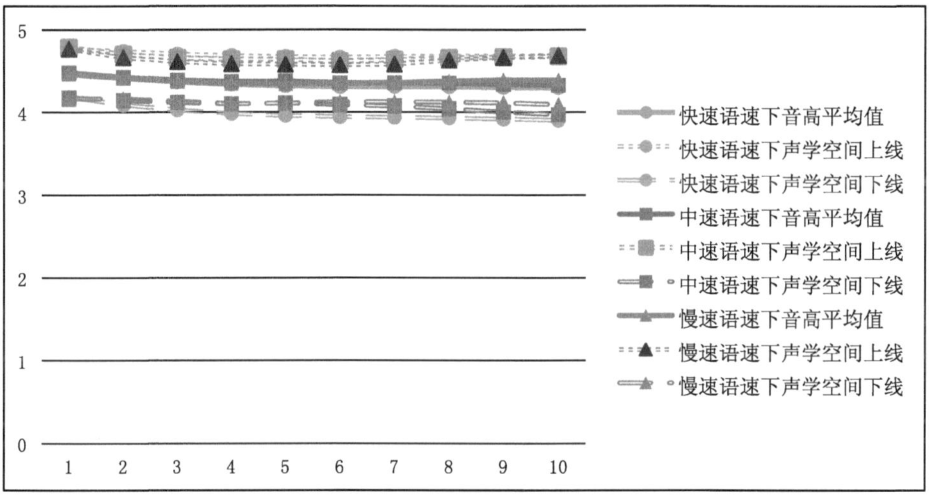

图 1　阴平在三种语速下的主体分布总图

首先进行调型分析。普通话阴平调单字发音时表现为高平调，完全位于调域的上部，调值为［55］②。观察图 3 可知，在实际语流当中，三种语速下的阴平曲线均保留高平调特点，处于调域的上部，且调值均为［55］。在三种语速下，阴平曲线为非绝对水平曲线，起点的平均 T 值最高，终点的平均 T 值低（除慢速语速外，终点的平均 T 值最低），和北京话单字音阴平调“起点最高，终点最低”的特点相同。

阴平调在不同语速下的音高也存在特殊规律性，如图 2 所示，三种不同语速的

① 主体分布分图三条曲线为：该语速下的声学空间上线、平均音高线、声学空间下线。

② 贝先明．普通话的声调格局和元音格局［J］．武陵学刊，2012（4）：131－136.

平均音高曲线几乎完全重合，充分验证了语速对普通话阴平调音高的影响非常小。①

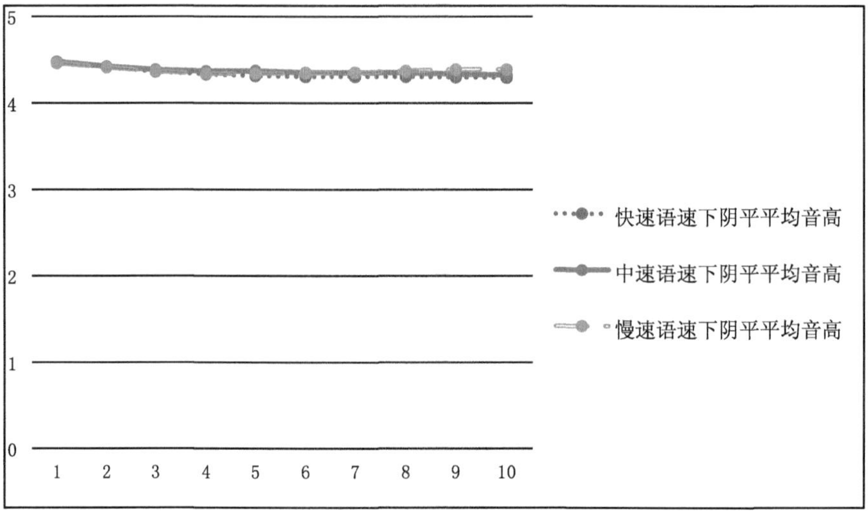

图 2　阴平调三种语速下平均音高

快速：

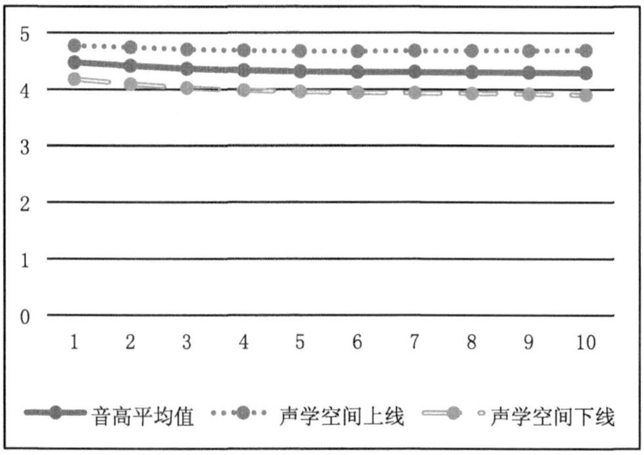

中速：

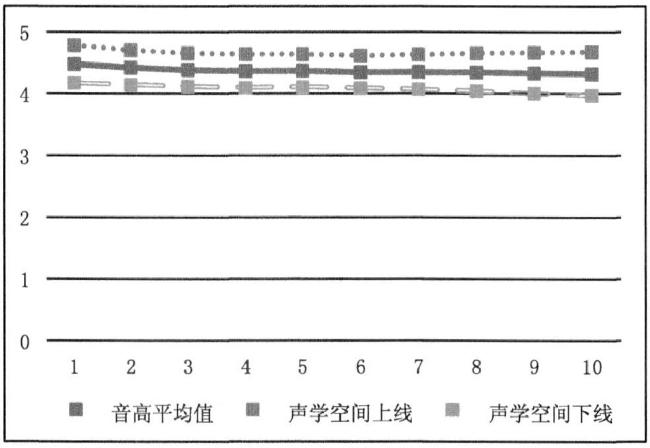

① 江海燕．语速对语句内部音高变化的影响［J］．首都师范大学学报（社会科学版），2015（3）：103－107.

慢速：

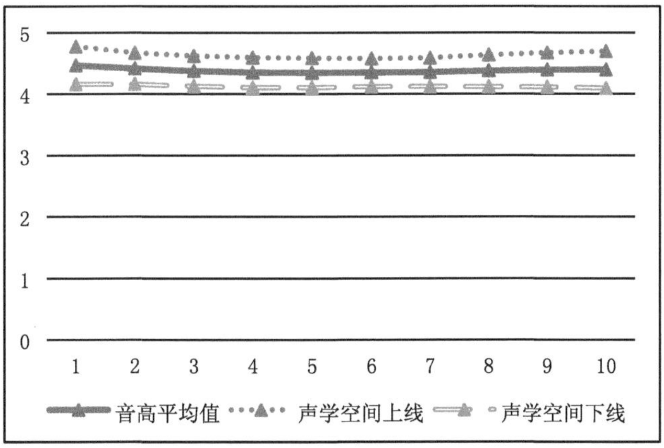

图 3　阴平调在三个语速下的主体分布分图

语速不仅对阴平调平均音高的影响很小，对阴平调的声学空间影响同样甚微。首先，普通话阴平调各点的波动程度的差异性始终不大，如图 3 所示。其次，三种语速下阴平调的声学空间变化很小，如图 1 所示，三种语速下的声学空间几乎重合。观察表 5，更是可以明确普通话阴平调的波动程度随语速的降低而稍有下降，且始终处于稳定状态，但声调各点之间未出现规律性特征。

表 5　不同语速下阴平调标准差

	快速	中速	慢速
F01	0. 295	0. 306	0. 304
F02	0. 324	0. 281	0. 251
F03	0. 338	0. 270	0. 243
F04	0. 351	0. 271	0. 242
F05	0. 356	0. 266	0. 236
F06	0. 361	0. 263	0. 226
F07	0. 370	0. 282	0. 230
F08	0. 376	0. 308	0. 256
F09	0. 380	0. 332	0. 275
F10	0. 393	0. 353	0. 297

2. 不同语速下阴平调极限分布分析

在所有的统计数据中选择不同语速下上声调每个测试点的极值——最大值和最小值，得出图 4。

如图 4 所示，普通话阴平调的最大值、最小值受语速影响不大，三种语速下阴平调的调型一致，保持高平调特征，依旧处于调域上部，最大调值记为［55］，最小调值记为［44］，和普通话单字音阴平调表现一致。且在三种语速下，阴平调声学空间的调域跨度小，均在 1 左右，且不同语速间差异性较小。阴平调的极限分布特征再次证明了其强稳定性。

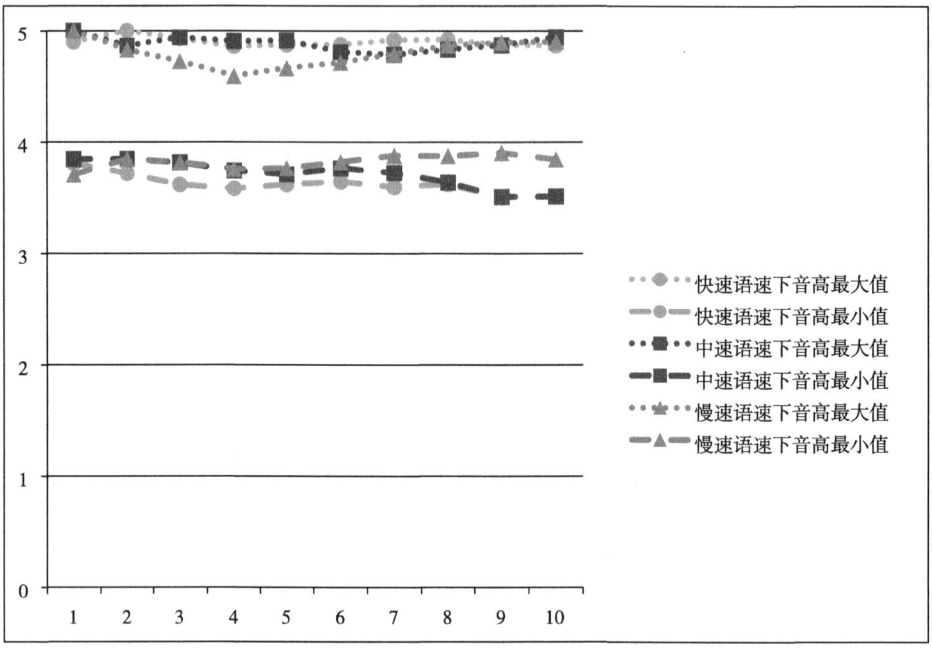

图4　快、中、慢语速下阴平调极限分布

（二）语速对阳平调音高的影响

1. 不同语速下阳平调主体分布分析

用平均值加减标准差的方式得到快、中、慢三个语速下阳平调声学空间的上线和下线，并制成阳平调的主体分布总图，如图5。为便于观察不同语速下声调调值及声学空间的特点，特将主体分布总图分制成平均音高图和主体分布分图①，如图6、图7所示。

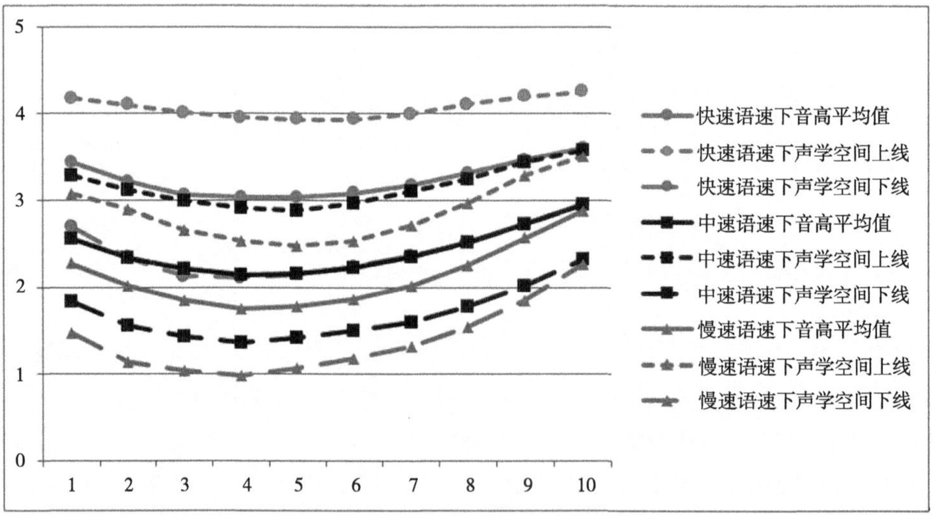

图5　阳平调在三种语速下的主体分布总图

① 主体分布分图三条曲线为：该语速下的声学空间上线、平均音高线、声学空间下线。

首先进行调型分析。普通话阳平调在单字音发音时为中升调，调头往往有“凹”的特征。在实际语流中，三种语速情况下，普通话阳平调依旧保持中升调和“凹”的特点，但“凹”的幅度略有降低。声调最低点为第四个点，折点位置未随语速变化发生移动。声调最高点为终点。

在具体音高方面，随着语速的降低，普通话阳平调平均音高曲线发生下移，且不同语速间下移幅度不平均。由表 1 可知，快、中、慢三种语速的平均句长比为 1∶1.290∶1.607，相邻语速差值几乎相等。在此语速条件下，由图 6 可知，快速与中速的下移幅度明显大于中速与慢速的下移幅度。

在声学空间方面，随着语速的降低，阳平调的声学空间整体下移且未出现复杂的曲线交叉现象，说明阳平调调域大小受语速影响较小。结合图 7 的曲线和表 6 的数据不难看出，在实际语流当中，在动态范围方面，阳平调整体的波动程度比阴平调要大。随着语速的降低，标准差最大值点位置前移。且在三种语速下，标准差达到最大值后总体呈现递减趋势，至终点标准差达到最小值。阳平调的稳定段是终点，和北京话单字音阳平调的稳定段一致。①

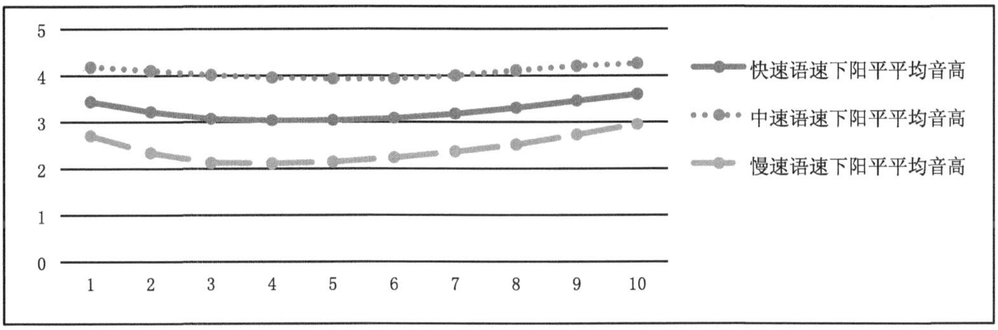

图 6　阳平调三种语速下平均音高

快速：

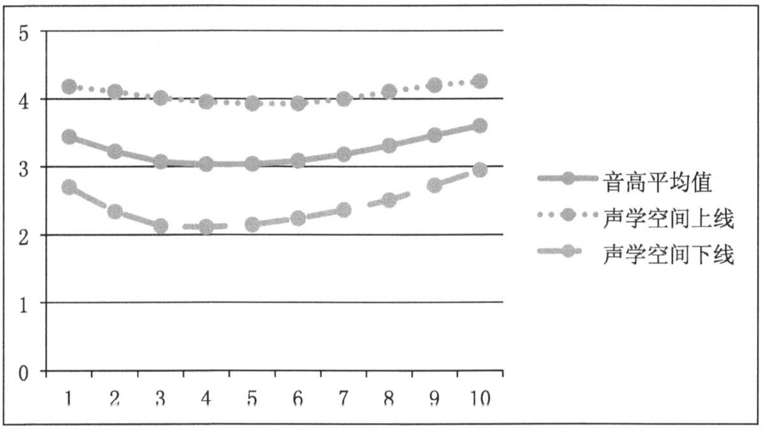

① 石锋，王萍．北京话单字音声调的统计分析［J］．中国语文，2006（1）：33－40．

中速：

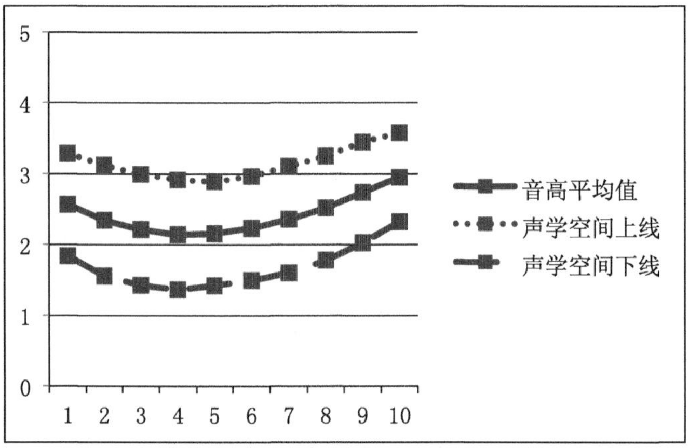

慢速：

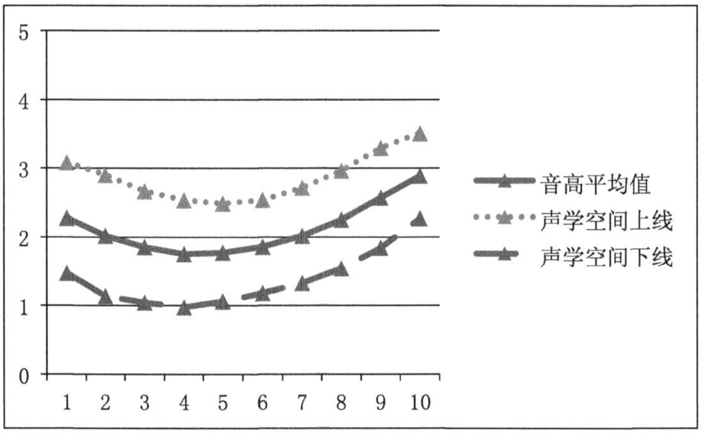

图 7　阳平调在三种语速下的主体分布分图

表 6　不同语速下阳平调标准差

	快速	中速	慢速
F01	0.741	0.722	0.806
F02	0.882	0.783（max）	0.881（max）
F03	0.742	0.782	0.810
F04	0.919（max）	0.775	0.778
F05	0.892	0.733	0.711
F06	0.845	0.734	0.679
F07	0.816	0.753	0.694
F08	0.799	0.735	0.711
F09	0.738	0.711	0.725
F10	0.654（min）	0.629（min）	0.617（min）

2. 不同语速下阳平调极限分布分析

在所有的统计数据中选择不同语速下阳平调每个测试点的极值——最大值和最小值，做出阳平调极限分布图（图 8）。如图 8 所示，普通话阳平调在不同语速中

"凹""升"调型特征不够稳定，但"凹"点、"升"点明确，且终点始终为最高点，再次验证了阳平调的稳定段是终点部分。在声学空间方面，随着语速的下降，普通话阳平调的声学空间整体下降，且调域跨度始终保持在2以上。

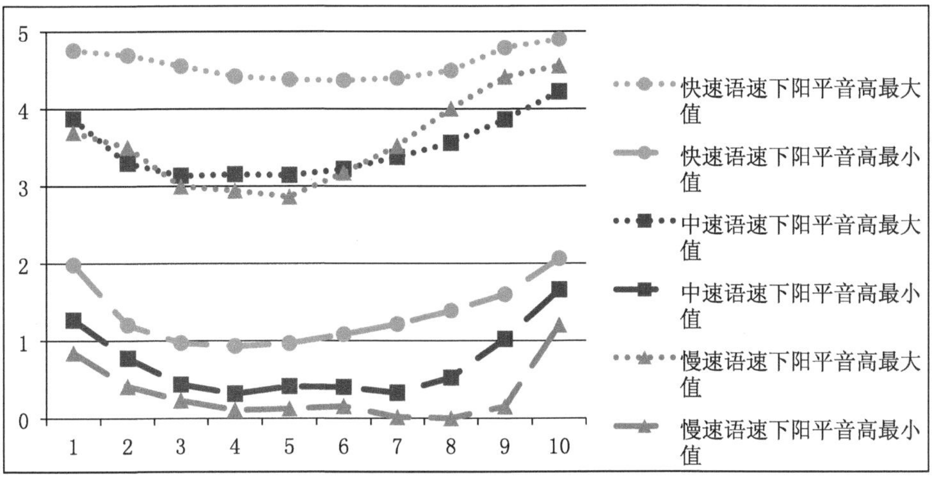

图8　快、中、慢语速下阳平调极限分布

（三）语速对上声调音高的影响①

1. 不同语速下上声调主体分布分析

本文用平均值加减标准差的方式得到快、中、慢三种语速下上声调声学空间的上线和下线，并制成上声调的主体分布图，如图9。为便于观察不同语速下声调调值及声学空间的特点，特将主体分布总图分制成平均音高图和主体分布分图②，如图10、图11所示。

首先进行调型比较。上声调单字发音时，起始部分有些下降，将近一半时长都停留在调域的底层，末尾部分上升到声调的最高值。而在实际语流中，三种语速下的上声曲线都没有呈现出单字语料中出现的"214"型，而是呈现类似"半上"状态：开始部分出现音高下降现象，之后大部分的时间都处于声调的下降阶段，在末尾部分才到达最低点，之后出现小段轻微上升，但始终未超过开始部分音高。也就是说，实际语流中上声调的折点位置发生了后移，从单字发音时的居中位置后移到音节末尾部分。折点后移直接导致音高下降过程增长，上声调音高开始部分下降的坡度也自然相对减缓。同时，随着语速的减慢，上声调最低点呈轻微后移趋势，末尾部分上声幅度稍有增加，但三种语速下末尾上声幅度均不明显，如图10所示。

① 上声调部分的音高单位均为半音，请注意同其他声调部分相区分。

② 主体分布分图三条曲线为：该语速下的声学空间上线、平均音高线、声学空间下线。

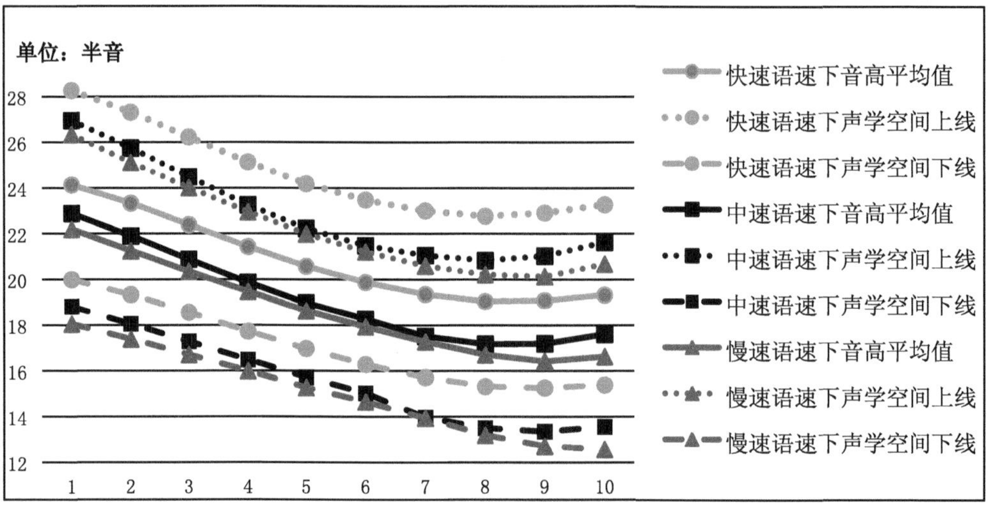

图9　上声调在三种语速下的主体分布总图①

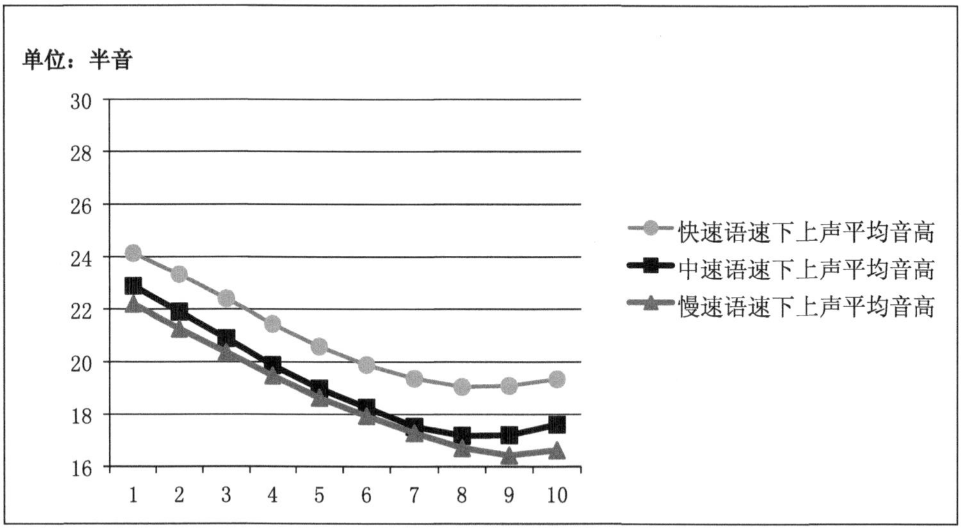

图10　上声调三种语速下平均音高

上声调的音高值也存在规律性变化。如图10所示，随着语速的降低，上声调的基频曲线整体下降，未出现交叉现象，且曲线下降的幅度并不均衡：开始部分下降幅度较小，之后下降幅度扩大。快速、中速、慢速的句长比值为1:1.313:1.640，在相邻语速差值几乎相等的情况下，快速与中速的下降幅度明显大于中速与慢速的下降幅度。

① 为使得图9、图10呈现效果更佳，纵坐标没有从零刻度开始，请注意。

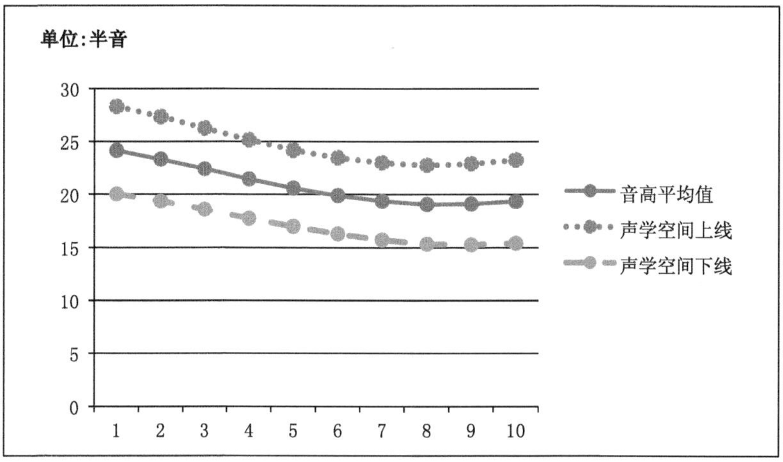

快速：

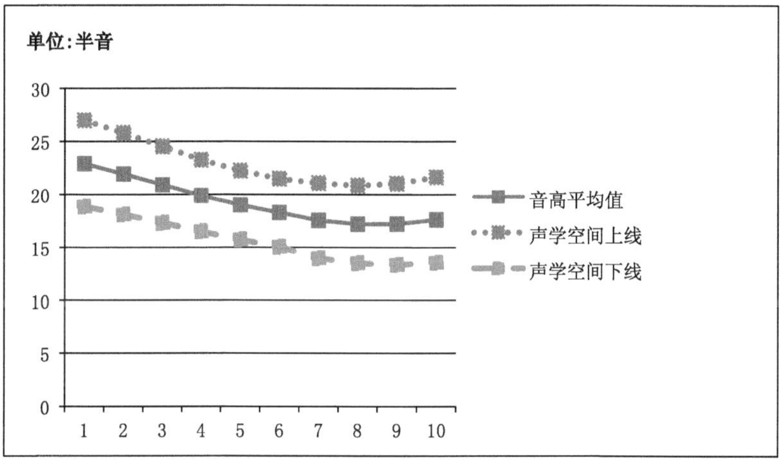

中速：

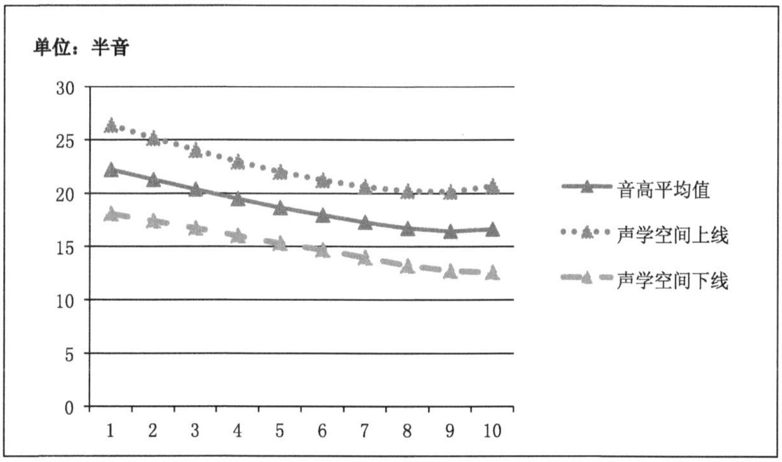

慢速：

图 11　上声调在三种语速下的主体分布分图

就声学空间而言，从图9可以看出，不同语速下的声学空间曲线未出现复杂交叉现象。在快、中、慢三种语速下的上声调的声学空间几乎是平移式下移，具体表现和阳平调声学空间随语速的变化基本一致，说明上声调调域变化比较小。为了做更细致的数据分析、比较，将三种语速下上声调的主体分布图分解到不同统计图中以方便观察。

观察图11，不难看出，在不同语速下上声调各测试点的离散程度无显著差异，不同语速间的差异性也不显著。通过结合不同语速下上声调标准差表格（见表7），可以看出，随着语速的逐渐变慢，上声调离散程度略有降低，且不同语速下上声调各测试点离散程度呈一致性规律变化：从起始离散程度最大的点开始逐渐减少，至第6个点离散程度最小，再逐渐增大至终点，且起始点和终点离散差异性较小。即在普通话语流中不同语速下，上声调的稳定段在调干，动态段在调头和调尾。该结论同《普通话的声调格局和元音格局》① 中“上声调离散系数较大的测试点位于声调的调尾，上声调的动态段在调尾，稳定段在调头和调干”不一致。但与《北京话单字音声调的统计分析》② 一文中，单字上声调的动态范围“从起始点开始逐渐减少至折点标准差最小，然后各点再逐渐增大至终点标准差最大”相似，仅最大值点从终点改为起点。观察表7，标记不同语速下上声标准差最小值的点，并通过观察图10在表7中标出的上声调在不同语速下10个测试点中的折点，发现：在三种语速下，上声调的标准差最小的点都是第6个点，但快、中速下折点位置是第8个点，慢速下折点位置是第9个点。可见，随着语速的降低，折点位置发生轻微后移，但上声调标准差最小的点位置保持不变，且位置同北京话上声调单字发音时折点所在的音节位置（音节的重点附近）相近。我们由此可以推测，北京话上声调单字发音时的最稳定的部分为上声调靠中点位置，和上声调的折点无关，仅是折点位置恰好处于靠近声调中点位置。

表7　不同语速下上声调标准差

	快速	中速	慢速
F01	4.137（max）	4.071（max）	4.149（max）
F02	3.988	3.850	3.869
F03	3.835	3.605	3.654
F04	3.709	3.384	3.474
F05	3.605	3.254	3.356
F06	3.595（min）	3.223（min）	3.280（min）
F07	3.642	3.546	3.328
F08	3.724（折点）	3.667（折点）	3.515
F09	3.823	3.838	3.714（折点）
F10	3.937	4.034	4.058

① 贝先明．普通话的声调格局和元音格局［J］．武陵学刊，2012（4）：131－136.

② 石锋，王萍．北京话单字音声调的统计分析［J］．中国语文，2006（1）：33－40.

因此，在实际语流当中，稳定部分和不稳定部分在音节中的相对位置没有发生变化：起点和终点依然是不稳定段，音节的中点（上声单字发音时的折点位置）是稳定段。但由于上升调折点的后移，上声折点不再在上声的稳定部分。

2. 不同语速下上声调极限分布分析

在所有的统计数据中，选择不同语速下上声调每个测试点的极值——最大值和最小值，得出图 12。如图所示，上声调的极值同样有随着语速的降低而下降的特点①。单字上声调的极限分布特征为：起点跨度较大，折点跨度稍小，终点跨度最大。在实际语流当中，三种语速下均表现为：起点跨度较大，中点跨度稍小，终点跨度最大。值得注意的是，由于折点的后移，折点的跨度不再属于跨度最小的部分，但跨度较小的部分仍然是上声调单字发音时跨度较小部分所在的音节位置。由此不难看出，在语流中上声调的极限分布和主体分布具有对应关系：标准差最小位置不随折点位置移动而改变，跨度较小的部分同样不随之改变。终点跨度最大，主体分布中标准差也大。起始点跨度较大，主体分布中标准差也大。

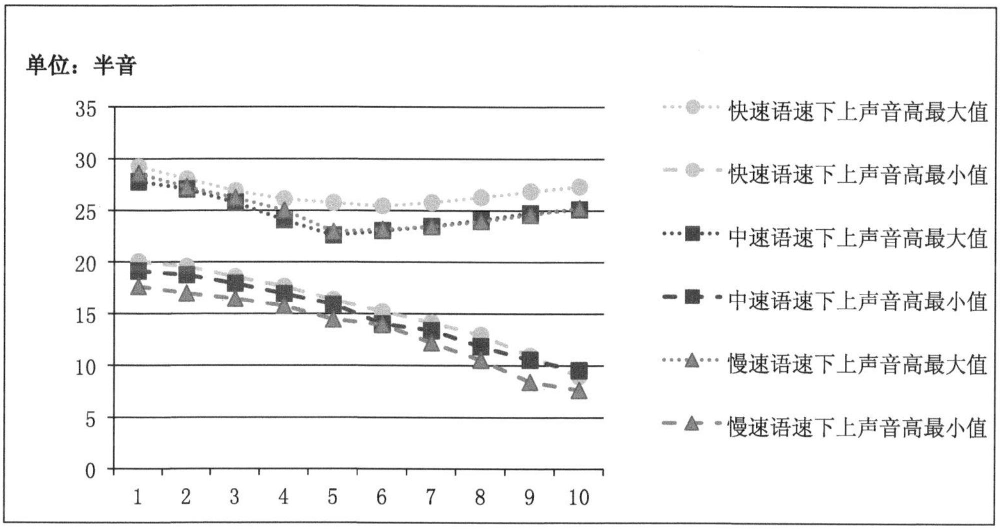

图 12　快、中、慢语速下上声调极限分布

（四）语速对去声调音高的影响

1. 不同语速下去声调主体分布分析

用平均值加减标准差的方式得到快、中、慢三种语速下去声调声学空间的上线和下线，并制成去声调的主体分布总图（图 13）。为便于观察不同语速下声调调值及声学空间的特点，特将主体分布总图分制成平均音高图和主体分布分图②，如图 14、图 15 所示。

---

① 江海燕．语速对语句内部音高变化的影响［J］．首都师范大学学报（社会科学版），2015（3）：103－107.

② 主体分布分图三条曲线为：该语速下的声学空间上线、平均音高线、声学空间下线。

在调型方面，普通话单字音去声调为全降调，有“高”“降”的特征。在语流中不同语速下，去声调始终保持“高”“降”的特征。

在具体音高方面，去声调平均音高曲线随语速的降低而出现下移。如图 14 所示，相邻语速间下移幅度和阳平调、上声调情况相似。快速和中速之间的幅度大于中速与慢速之间的差距，且中速和慢速的平均音高曲线前半部分出现重合现象。

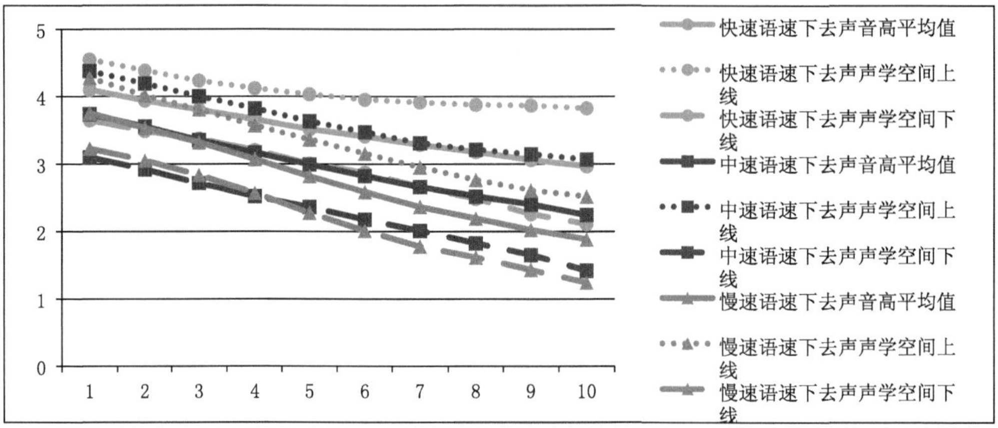

图 13　去声调在三种语速下的主体分布总图

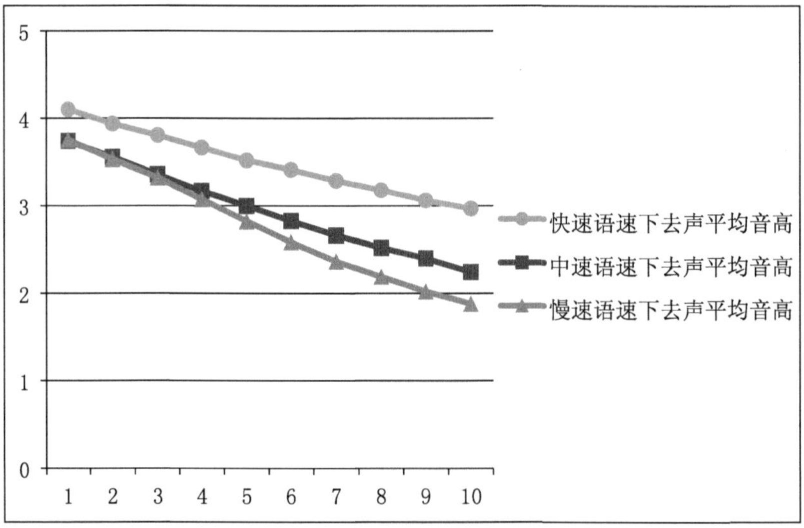

图 14　去声调三种语速下平均音高

快速：中速：慢速：

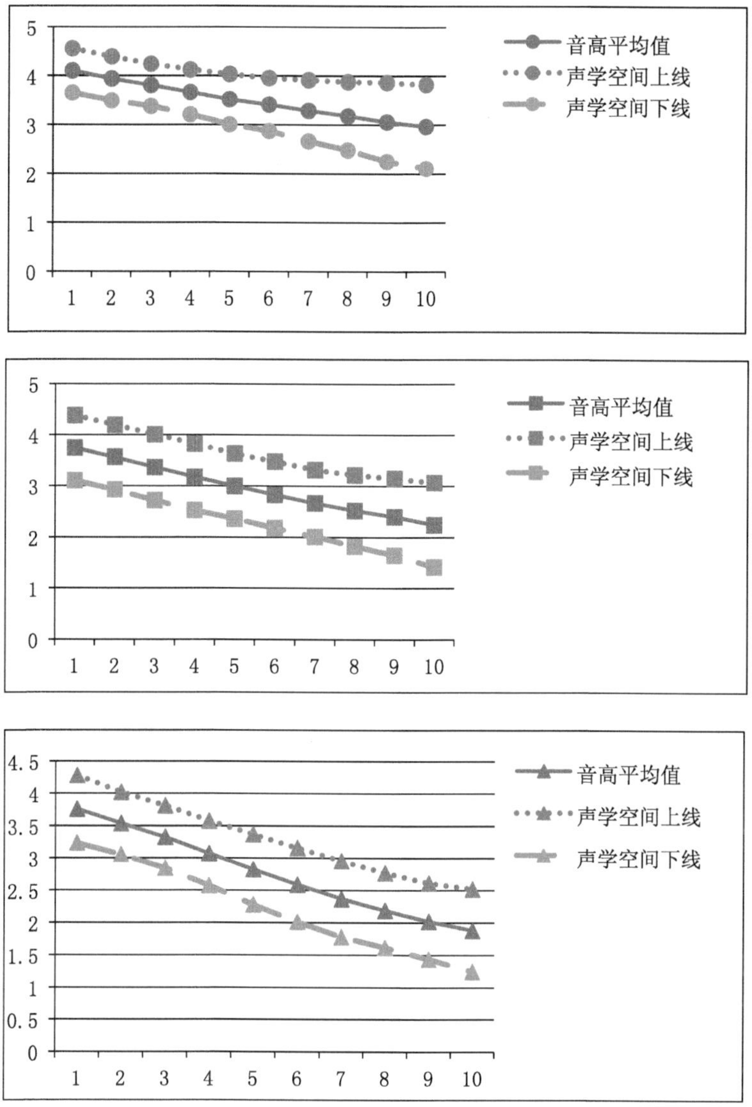

图 15　去声调在三种语速下的主体分布分图

表 8　不同语速下去声调标准差

	快速	中速	慢速
F01	0.45	0.638	0.522
F02	0.448	0.635	0.481
F03	0.429	0.645	0.485
F04	0.457	0.651	0.501
F05	0.512	0.636	0.545
F06	0.540	0.649	0.573
F07	0.625	0.651	0.589
F08	0.696	0.696	0.576
F09	0.805	0.749	0.589
F10	0.857	0.824	0.637

普通话去声调的声学空间随语速下降而整体下降。如图13所示，快、中、慢三种语速下的声学空间出现高度重叠，但各曲线间未出现复杂的交叉关系。由此可见，不同语速下，去声调声学空间下降幅度不大，且去声调各点的波动程度变化不大。由去声调主体分布分图（图15）可知，不同语速下的主体分布情况差异性很小。借助表8的数据分析可知，在三种语速下，去声调的动态范围仍然保持起点跨度小，随后逐渐增大至终点跨度最大的特点。因此，去声调稳定段为起点，和北京话去声调稳定段一致。

2. 不同语速下去声调极限分布分析

在所有的统计数据中，选择不同语速下去声调每个测试点的极值——最大值和最小值，得出图16。如图所示，去声调的最值曲线依然保持“高”“降”的特征。且不难看出，不同语速的音高极值曲线出现部分重合现象，再次验证了语速对去声调的影响不大。

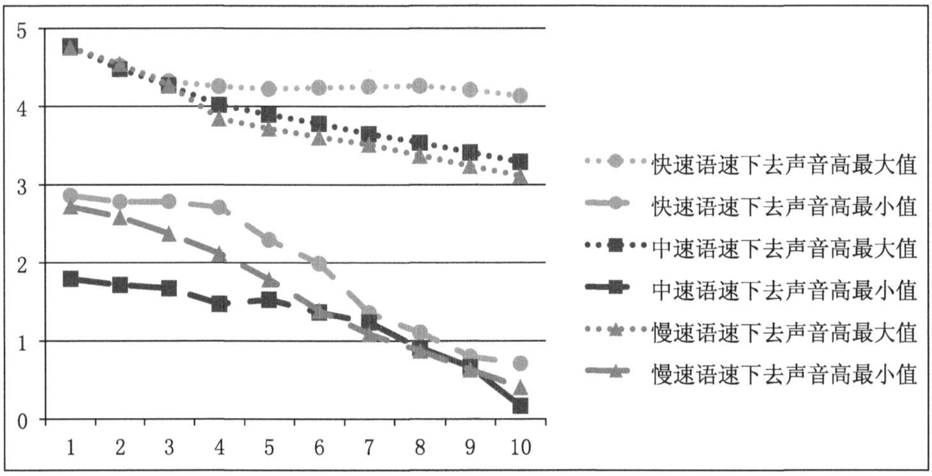

图16　快、中、慢语速下去声调极限分布

结　语

本文通过对语流中普通话四个声调在不同语速下的音高变化进行主体分布分析、极限分布分析以及对比分析，得到了普通话四个调类语流中发音和单字发音在音高上的异同，以及快、中、慢三种不同的语速对声调音高的影响。

阴平调是四个声调中最稳定的，其“高”“平”的音高特征在语流和单字发音下保持稳定，且不同语速下其声学空间差别甚微。

阳平调和去声调情况类似，其调型和各部分波动情况语流和单字发音的区别较小，受语速的影响也比较简单。声调整体呈平移式下降。随语速降低，阳平调和去声调呈重叠式下降，且去声调重叠部分更多。二者调型和波动情况在不同语速下保持稳定。阳平调始终保持中升调特征，折点位置不变，声调最高点为终点。在动态范围方面，其标准差皆在达到最大值后总体呈现递减趋势，至终点标准差达到最小值。稳定段始终为终点，只是随着语速的降低，标准差最大值点位置前移。去声调始终保持“高”“降”的特征，起点为最高点，下降至终点最低点。在动态范围方面，去声调起点始终为稳定段。

上声调在语流中变化最大，其调型、调值、波动情况都产生了变化。首先，语流中的上声调相较单字发音出现上声调折点后移的现象，三种语速下均呈“半上”状态，结尾部分不会达到声调的最高值。且随语速降低，折点位置出现轻微后移。同时，上声调的波动情况并不随折点的后移而发生改变，即语流中的上声调起点波动较大，中点位置（和上声调单字发音时折点位置相近）波动小，终点波动最大。单字上声调的稳定部分和非稳定部分不再完全适用语流中的上声调。在语流当中，上声调的稳定段为上声调单字发音时折点所对应的音节位置，上声调的开头和结尾依然为上声调的不稳定部分。随着语速的降低，上声调音高整体下降，语流中的上声调折点发生后移，标准差最小值点不变。伴随其声学空间的下移，声学空间大小变化不明显。最大值和最小值也基本保持随语速的降低而下降的规律，且下降幅度较小，但最小值略大于最大值。

参考文献

[1] 熊子瑜. 普通话语流中的声调音高特征分析 [C]//第八届中国语音学学术会议暨庆贺吴宗济先生百岁华诞语音科学前沿问题国际研讨会论文集. 北京. 2018：976－982.

[2] 赵元任. 中国言语字调底实验研究法 [J]. 科学，1922，7（9）.

[3] 石锋，王萍. 北京话单字音声调的统计分析 [J]. 中国语文，2006（1）.

[4] 邓丹. 普通话双音节韵律词的音高分析 [J]. 南开语言学刊，2008（2）.

[5] 贝先明. 普通话的声调格局和元音格局 [J]. 武陵学刊，2012（4）.

[6] 江海燕. 语速对语句内部音高变化的影响 [J]. 首都师范大学学报（社会科学版），2015（3）.

[7] 李爱军. 语调研究中心理和声学等价单位 [J]. 声学技术，2005，24（3）.

[8] 朱晓农. 语音学 [M]. 北京：商务印书馆，2010.

[9] 黄伯荣，廖序东. 现代汉语 [M]. 北京：高等教育出版社，2011.

[10] 孔江平. 实验语音学基础教程 [M]. 北京：北京大学出版社，2015.

[11] 林茂璨. 音高显示器与普通话声调音高特征 [J]. 声学学报，1965，2（1）.

[12] 石锋，王萍. 北京话单字音声调的分组统计 [J]. 当代语言学，2006（4）.

[13] 汤霖，尹俊勋. 普通话声调的客观评测 [J]. 中文信息学报，2007，21（6）.

[14] 邓丹，石锋，吕士楠. 普通话三音节韵律词中字的变调 [J]. 语言文字应用，2008（3）.

[15] 熊怀苑，周文骏，杨霞. 有关普通话声调的若干命题探讨 [J]. 现代语文，2013（4）.

附录

材料1：

阴平：张三今天登高山。

阳平：刘霞明年爬长城。

上声：小虎晌午找海港。
去声：赵丽饭后去寺庙。

材料 2：
311：李天一小溪边写诗歌。
312：沈潇然午餐前写诗集。
313：马英九晚风里赏灯景。
314：史忠义午餐后采蜂蜜。
321：李宏飞小河边洗球衣。
322：沈宏萌小河旁写旁白。
323：索宏远水房里洗苹果。
324：马如意起床后洗长裤。
331：李小姗五点钟写板书。
332：沈小萌洗澡前洗草莓。
333：韦小宝五点整写讲稿。
334：李小上五点半洗枕套。
341：古盛一礼拜天洗衬衣。
342：李俊杰午饭前打擂台。
343：沈慧敏起大早赶地铁。
344：葛梦丽午饭后写作业。
131：孙晓天七点钟吃烤鸡。
132：郭宛如操场旁接网球。
133：江晓蕾七点整吃水果。
134：金启悦三点半吃奶片。
231：陈启今芦苇间弹古筝。
232：钱晓萌烦恼时谈古琴。
233：邢芷水十点整读散曲。
234：唐景浩成长后学体恤。
431：赵小川四点钟去酒吧。
432：杜晓萌到厂房去补习。
433：邓紫美去广场练舞蹈。
434：路小曼四点半配眼镜。
113：秋一玮飞机场接亲友。
123：庄哲凯书房里吃苹果。
143：温智普仓库里拍电影。
213：白轩勇白天里读歌谱。
223：石白雪排球场夺魁首。
243：袁若水排练场学跳舞。
413：霍佳蕊去东北看风景。
423：魏文远去南海看群岛。
443：谢梦颖去大理练跳舞。

（翟萌　首都师范大学 2017 级硕士生　指导教师：江海燕）

早期儿童“要”习得的个案研究

褚文静

摘　要：本文通过对一名儿童的语料进行分析，探讨儿童词汇“要”的习得，包括儿童各阶段“要”的习得特点、“要”的语义习得、“要”和“有”的混淆三方面内容。通过对该儿童语料的分析，我们发现儿童“要”的产出时间较早；产出数量和儿童年龄成正比，并且在3—4岁阶段飞快增长；“要”的语义复杂多样，受到标记“了”、人称和否定形式这三个因素的综合影响，另外，在儿童说话的早期，就可以产出情态义。

关键词：要；语义；标记“了”；人称；否定形式；情态义

一、“要”的研究历程

对于“要”的研究，学界基本上是围绕以下几点来展开的：“要”的来源，“要”的语法化过程，“要”的词义、语法和功能研究，“要”的情态研究。

关于“要”的来源，卢卓群以太田辰夫、江蓝生、王力、杨伯峻、何乐士等人对“要”的探究为导入，认为助动词“要”最早出现在班固《汉书》中，是由先秦时期表示求取意义的“要”半虚化而来的，其动词又是由名词“腰”发展而来（腰—拦截—求取），并且对“要”在各个时期的词义进行全面描写，探讨其发展轨迹①。

卢卓群探讨助动词“要”的发展轨迹，在一定程度上为后来研究“要”的语法化过程提供了帮助。马贝加在卢卓群结论的基础上，进一步提出动词“要”的语法化始于汉代的《史记》记载，最先出现的是能愿动词“要”，将“要”细分为能愿动词、转折连词和假设连词，探讨三者的来源，从历时的角度来考察这三类“要”

① 卢卓群．助动词“要”汉代起源说［J］．古汉语研究，1997（3）：45－48.

的用法。① 古川裕同样探讨了“要”的语法化过程，并且进一步探讨了“要”语法化进程的机制和动因，创新性地归纳了“要”的本质功能——“非现实性”。②

关于“要”的词义、语法和功能研究，以《现代汉语词典》为代表的各类词典以及《现代汉语八百词》都对“要”的词义进行了详细描写。刘迪迪对“要”的将来时标记功能进行研究，提出“要”将来时标记的形式和边界，通过和“欲”的语义发展进行对比来探究“要”的语法化程度。③

关于“要”的情态研究，彭利贞具体考察了“要”的三种情态意义，动力情态、道义情态和认识情态④。郭昭军、尹美子从不同因素角度探讨了助动词“要”的三类模态语义，包括义务、意愿和认识，并归纳出影响“要”意义不同的因素。⑤

二、研究目的

虽然学者们对“要”的研究成果颇丰，但是对儿童“要”的习得研究方面有很大的空白。本文旨在通过对儿童“要”的习得的探讨，来补充儿童语言词汇习得方面缺少的内容，探究儿童语言发展与认识世界的能力，也希望能够对儿童说话教育提供帮助。

三、语料来源

本文所使用的语料来源于首都师范大学儿童言语习得实验室自建的儿童口语语料库，取一名女童 JBS（1;00;00—4;00;00）⑥的语料，语料收集为每星期一个小时不间断录音（录像）。该女童出生在北京，父母均为教师，使用普通话与人交流，所以排除了方言的影响。

四、“要”习得的总体情况

（一）儿童各阶段“要”习得的特点

1. 儿童 1—2 岁阶段“要”的习得特点

（1）产出数据特点：通过 Clan 检索 JBS 1—2 岁阶段的语料，发现此阶段的“要”共产出 247 例，其中有 92 种不同类型的“要”产出。首次产出“要”的时间

① 马贝加．“要”的语法化［J］．语言研究，2002（4）：81－87.

② 古川裕．关于“要”类词的认知解释［J］．世界汉语教学，2006（1）：18－28.

③ 刘迪迪．浅析“要”的将来时标记功能［J］．现代语文，2016（2）：140－142.

④ 彭利贞．现代汉语情态研究［M］．北京：中国社会科学出版社，2007：37－58.

⑤ 郭昭军，尹美子．助动词“要”的模态多义性及其制约因素［J］．汉语学习，2008（2）：35－40.

⑥ JBS 为儿童姓名的首字母。在语料库中，参与会话的所用对象均采用以首字母代指其姓名的方式。故文中所举例子中的对象，都采用以首字母代指其姓名的方式。

是在1;2;22。

（2）产出形式特点：此阶段儿童首次产出含有“要”的形式是“不要不要”。其中在1—2岁这个阶段产出较多的有两种形式：“不要”（共产出94例），“要”（共产出27例）。其他形式为含有“要”和“不要”的组合形式。

2. 儿童2—3岁阶段“要”的习得特点

（1）产出数据特点：通过Clan检索JBS 2—3岁的语料，发现这个阶段JBS共产出383例含有“要”的语句，其中有230例不同类型的“要”产出。

（2）产出形式特点：此阶段儿童不同类型“要”的产出更多，其中“要”“不要”“我要”的产出形式较多，“要”共产出18例，“我要”共产出17例，“不要”共产出46例。

3. 儿童3—4岁阶段“要”的习得特点

（1）产出数据特点：通过Clan检索JBS 3—4岁的语料，发现这个阶段JBS共产出935例含“要”的句子，其中有756例不同类型的“要”产出。

（2）产出形式特点：此阶段儿童不同类型“要”的产出更多，其中“不要”“我不要”“我要”的产出形式较多。“不要”共产出26例，“我不要”共产出13例，“我要”共产出21例。而此阶段“要”的产出较少，只有6例。

我们将以上数据进行列表，得出表1。

表1　儿童不同年龄段对“要”的习得数据情况统计

儿童年龄段（岁）	含“要”的总产量（次）	含“要”的不同类型（例）
1—2	247	92
2—3	383	230
3—4	935	756

综上，我们可以看出儿童“要”的产出数量是逐渐上升的，而且产出时间较早。在儿童开始说话的早期，即1—2岁阶段就有许多“要”的产出；2—3岁阶段产出速度较为平缓；到了3—4岁，“要”的产出速度急速加快。为什么儿童产出“要”的时间很早，而且刚开始产出的时候数量就比较多？这个现象我们可以对其进行解释：从词义上来看，儿童较早产出的词大多数是她所熟悉的、经常接触到的或者适合自身密切相关的词，“要”最常见的意思，就是希望获得某物或者是谓语动词所表示的动作行为能够实现，这对于儿童来说，是与自身利益息息相关的，所以“要”较早就能够产出。另外从语音上来看，“要”是一个去声词，而且没有辅音。根据儿童声调习得特点，我们知道儿童较早产出阴平和去声这两个声调，另外，对于i和a元音的习得也是非常早的。所以，对于儿童来说，发出“要”这个音节也是较为容易的。种种原因都使儿童能够较早地产出“要”，且数量还比较多。

那为什么在3—4岁儿童“要”的产出呈现迅速上升趋势呢？这和儿童的认知水平发展有关，也符合儿童词汇总体发展趋势。3—4岁是儿童词汇的发展期，在这一阶段，儿童的认知和心理都得到了极大的发展，所以词汇产出速度飞快。

从上面的分析中，我们可以发现“要”的习得类型是逐渐增多的。但是许多一开始常见的类型，像是“要”和“不要”的数量和年龄呈现出一种负相关，随着年龄的增长，“要”和“不要”这两种常见的类型数量在逐渐下降，这是为什么呢？我们知道1—2岁的儿童正处于独词句阶段，认知水平、学习能力还不够完备，许多词语对于他们来说，想要说出来还是比较难的。这也是造成此阶段“要”和“不要”大量单独产出的原因。例如：

*LXF：要什么，要，你说。*JBS：要。*LXF：书。*JBS：书。(1;04;03)

这里结合语境，我们可以发现JBS在这里是想要说出她想要的东西是书，但是又说不出来，所以只能单独产出“要”。

另外，交流者的引导也是“要”和“不要”大量单独产出的一个原因。我们发现在JBS 1—2岁阶段，大量“要”和“不要”的产出是来源于别人对她的引导，一方面是说话者经常反复产出“不要”，来引导她进行模仿；另一方面，在某一情境下询问她要什么，或者是要不要，来引导她产出“要”和“不要”。例如：

*ZLZ：说不要不要不要，说。*JBS：大，不，要。(1;02;28)

*ZLZ：要不要？*JBS：要。*ZLZ：不要，说不要。*JBS：不。(1;03;04)

这两个例子都表明了儿童“要”和“不要”的大量产出是来源于别人对他的引导，儿童是在单纯地模仿。但是随着年龄的增长，认知能力的不断提高，儿童开始向双词句和多词句阶段发展，产出的词的数量逐渐增多，对此进行搭配组合产出的数量也会逐渐增多，所以“要”和“不要”的产出随着年龄减少，但是由于这两个词自身的优越性，使得他们的数量产出比起其他类型来还是较多。

（二）“要”的语义习得

1.《现代汉语八百词》中“要”的语义情况

关于“要”的语义，《现代汉语八百词》以及许多词典都描写得很细致。本文的研究是建立在《现代汉语八百词》对“要”的语义分类的基础上，进一步对儿童“要”的语义习得作探讨。《现代汉语八百词》对于“要”的语义认识主要有以下两点。一是认为“要”是动词，表示希望得到；向别人索取；请求、要求，需要带兼语（例如：他要办公室给他开个介绍信）。二是认为“要”是助动词，表示有做某事的意志；应该、须要；表示一种可能；表示将来。

2. JBS各阶段“要”的语义习得的特点

(1) 1—2岁阶段：如上文表1所示，这个时期产出较多的就是“要”和“不要”的单独形式，但单独形式会受到某些干扰因素，像是儿童情绪干扰等，所以很多即使是放在上下文中考察，也很难判断出“要”的语义。所以，在此阶段产出能够判断语义的语句主要有以下几种类型。

①要/不要＋谓词（包括谓词性短语）/体词

例如：找呀要找爸爸（1;06;06）、不要妈妈（1;06;06）、要妈妈（1;06;06）、不要起（1;07;27）、要骑车（1;08;22）、不要它吃（1;08;29）等。

②第一人称＋要/不要＋体词/谓词（谓词性短语）

例如：我就要糖糖（1;07;29）、我要看见（1;08;13）、我要喝奶（1;09;12）、我不要你走（1;07;24）等。

③第二人称＋要＋谓词性短语

例如：你也要骑这车（1;08;22）等。

④第三人称＋要＋谓词性短语

例如：爸爸要买电池（1;10;17）等。

⑤其他情况

例如：不要按喇叭了（1;11;20）、我要喝奶了（1;09;12）等。

上述类型的“要”都是有意义的，但是对其意义的判定其实有一定的难度。我们这里根据1—2岁阶段所出现的含“要”的语句类型，认为影响“要”不同含义的因素有以下几点。一是是否带有标记“了”。两个形式相似的句子可能语义并不相同，上面的“我要喝奶”和“我要喝奶了”两个句子形式上相近，但是语义上所强调的不同，“我要喝奶”强调的是我想要喝奶，希望喝奶这个动作行为的实现，而“我要喝奶了”强调的是要喝奶这个动作还未实现，动作行为的实施者将要去实施这一行为，这说明“了”标记影响到“要”的语义的不同。二是否定形式对“要”的语义差异也产生影响。像是“不要按喇叭了”和“我不要你走”这两个句子都含有否定词“不要”，但是两者之间的意义差别较大。“不要按喇叭”里面的“不要”结合得较为紧密，基本上是一个词，表示说话人对某种行为的劝阻，一般可以用“别”来代替，而“我不要你走”其实就是“我要你走”的否定形式，表示的意思就是说话人不希望某种动作行为的实施。所以可以通过判断两种否定形式“不要”来对“要”的语义进行认识。三是“要”前面的人称也影响“要”的语义。“要”前面是第一人称，一般是表达某种意愿，希望获得某物，或者是希望动作行为能够实现。例如“我要喝奶”“我就要糖糖”。“要”前面是第二人称，一般表示说话人希望听话人应该或者需要去实施某种动作行为。例如“你也要骑这车”，意思是你应该要骑这车，是对听话人提出的一种建议或者说是要求。“要”前面是第三人称，像是“爸爸要买电池”，结合语境，上文提到没有电池了，儿童产出“爸爸要买电池”这句话，说明儿童认为爸爸应该要去买电池，也是一种建议或者说是要求。另外“要”前面人称的有无对于“要”的意义也产生了影响，因为如果“要”前面没有人称，但能够结合上下文判断出来人称，对于“要”的意义理解不会产生影响，但是如果不能判断出“要”前面的人称，那么就会对“要”的意义产生影响。像是“要”骑车，在语料中判断不出前面的人称，这时候就产生了几种含义，“我要骑车”表示我有想实施骑车这个动作行为的意向。“你要骑车”就表示说话者对于听话者提出的建议，认为听话者应该实施动作行为。“他要骑车”表示说话者认为动作行为的实施者有想要骑车的意愿，和上面的“爸爸要买电池”相比较，又可以发现同样的结构产生的语义情况有所不同，这就需要结合语境来考虑。

（2）2—3 岁阶段：随着“要”的产出增多，能够判断出“要”的语义情况的例子也逐渐增多。在此阶段，主要有以下几种类型。

①要/不要 + 谓词（包括谓词性短语）/体词

例如：不要枕头（2;02;13）、要尿尿（2;01;11）、还要好多（2;03;25）、要这个（2;03;25）、要拿钱（2;08;21）、不要你在这（2;08;00）等。

②第一人称 + 要/不要 + 体词/谓词（谓词性短语）

例如：我要玩具箱（2;00;04）、我要唱小燕子（2;00;19）、我要尿尿（2;00;19）、我不要爸爸（2;05;09）、我不要坐（2;10;15）、我不要你拿这个（2;04;01）等。

③第二人称 + 要 + 谓词（谓词性短语）

例如：你要躺着就更舒服了（2;00;22）、你不听话才要不管你（2;06;19）、你也要（2;11;13）、你要什么（2;09;25）等。

④第三人称 + 要 + 体词/谓词（谓词性短语）

例如：宝宝这次要喝水（2;04;08）、它要睡（2;04;08）、他还要枕头（2;09;04）等。

⑤其他情况

例如：要做饭了（2;02;06）、我要去洗澡了（2;03;11）、要不典典买一小筷子（2;04;22）、骑车要掉的（2;05;26）、小朋友要照相了（2;09;04）、它要这样（2;09;17）等。

2—3 岁阶段产出的形式和 1—2 岁阶段相似，前面说的影响“要”含义不同的因素在此阶段依然影响，但一些已经说明的情况就不重复，只说明一些新出现的情况。在儿童 2—3 岁阶段出现了含有“要”的疑问形式，最早的形式是“你要什么”，这里在疑问句中的“要”的含义是表达询问意愿的意思。另外出现了表达假设、提供建议意义的连词“要不”。值得注意的是，儿童在 2 岁多的时候就已经能够对事情出现的可能性进行判断，例如“骑车要掉的”，这里说话者猜测骑车要掉这一事件出现的可能性。

（3）3—4 岁阶段：此阶段儿童大量产出带有“要”的语句，类型多样，出现了很多与上面情况不一致的语句类型。

①要/不要 + 谓词（包括谓词性短语）/体词

例如：不要吃主食（3;03;03）、不要弄（3;10;28）、不要猪（3;03;10）、要个大的（3;03;18）、要吃鱼片（3;08;13）、还要长（3;11;19）等。

②第一人称 + 要/不要 + 体词/谓词（谓词性短语）

例如：我要新的弟弟（3;08;27）、我要喝水（3;01;15）、我要摸摸（3;02;12）、我不要锤子（3;02;19）、我不要喝里面的水（3;10;21）、我不要烫（3;09;

16）等。

③第二人称+要/不要+谓词（谓词性短语）/体词

例如：你要书（3;10;07）、你要喝牛奶（3;01;08）、你要放了（3;08;13）、你可不要欺负它们哦（3;10;01）、你不要这个啊（3;03;18）、你们不要走（3;01;01）等。

④第三人称+要/不要+体词/谓词（谓词性短语）

例如：他要大的（3;09;16）、它要踩在这儿（3;02;19）、他们要下船了（3;07;15）、乐乐不要这个绿的（3;09;23）等。

⑤其他情况

例如：我待会儿要出去了（3;01;08）、明天要卖了（3;05;11）、明天我再要笑笑（3;07;02）、过几天她还要来呢（3;06;04）、我给爸爸说今天要到游乐场去玩（3;08;20）、我们要唱歌了现在（3;10;01）、狼说晚上要来吃我（3;10;01）、待会要喝水用（3;03;18）、啊堵车了要（3;05;18）、又要下雨了啊（3;01;23）、要不就碰到我了（3;03;03）、要不然我爸回家打我（3;06;11）、你要是拿不出来（3;07;15）等。

分析其他情况的一些用例，我们发现在 JBS 3—4 岁阶段含“要”的语料中，出现了许多时间词语，像是“待会儿、明天、过几天、今天、现在、晚上”等。虽然时间词语各不相同，但是我们发现加上这些表时间的词语，“要”的语义都是表示将要实施谓语动词所表示的行为动作，这是为什么呢？这主要和“要”的语义特征有关。“要”表示意愿，表示将要，以及它所表示的所有含义，都有一个共同的特点——非现实性，不管是加上表示过去、现在还是将来的时间词，“要”所表示的意义对于说话人说话时的点来说都是未发生过的。

另外，前面提到过影响“要”语义不同的一个因素就是带标记“了”，但这个因素不是单独影响的，当它和人称因素叠加影响时，“要”的语义又会有所不同。如果“要”前面是第一人称和第三人称时，句尾加“了”就表示说话人认为动作实施者将要实施某个动作行为，不加“了”就表示说话人认为动作实施者有想要实施某种行为的意愿或者是有想要获得某物的意愿。如果“要”前面是第二人称，像是“你要放了”和“你们不要走”这两句话，“你要放了”中的“要”表示说话者认为听话人应该实施“放”这个行为动作而不是表示你将要实施“放了”这个行为动作。如果“要”前面没有人称，整句话是对某一现象的叙述，此时的“要”一般表示说话者的认识，是对于某一情景出现的可能性的预测。像是“又要下雨了啊”和“啊堵车了要”，“要”语义的不同常常不是受到一种因素影响，而可能是受到多种不同因素的综合影响，所以在考察“要”的语义时，我们应该全面考虑各种因素的影响。我们还注意到在 JBS 3—4 岁的语料中，“要”的连词形式开始增多，出现了“要不”“要不然”“要是”等，但这里我们不对其组合连词的语义做探讨。

3. “要”的语义分类

通过对 JBS 语料的分析，我们认为“要”的语义应该按照词性分为两类。一是

“要”是动词的情况下，“要”表示的是有想要获得某物、某人的意愿。二是“要”是助动词的情况下，又可以分为两种语义情况，一种“要”是表示说话者自己想要或者认为其他人想要实现谓语动词所表示的行为动作；另一种是表示情态意义。

我们从JBS的语料中发现了大量的“要”表达情态意义。彭利贞将情态定义为说话人对句子表示的命题的真值或事件的现实性状态表达的主观态度，认为可以将情态分为动力情态、道义情态和认识情态这三种。① 动力情态表示说话者对一个事件成真的可能性或必要性的观点或态度，一般与能力或意愿的意义相关。本文认为，“要”的动力情态意义是表示说话者认为谓语动词的实施者将要、打算去实施某种动作行为。道义情态表达说话人对事件成真的可能性与必然性的观点或态度，涉及许可与必要等概念。本文认为，“要”的道义情态意义是表示说话者认为谓语动词的实施者应该或者需要去实施动作行为。认识情态表达说话人对命题为真的可能性与必然性的看法或态度，或者是表达说话人对一个情境出现的可能性的判断，它是说话人的心理状态。本文认为，“要”的认识情态意义是表示说话者对某一情景出现的可能性或者情况进行判断。通过对JBS语料分析，得出“要”的语义分类，如表2所示。

表2　“要”的语义分类

词性	“要”的语义分类(包含否定形式)		首次产出时间	首次产出用例	总产量
动词	有想要获得某物、某人的意愿		1;06;06	不要妈妈	197
助动词	说话者自己想要或者认为其他人想要实现谓语动词所表示的行为动作		1;06;06	找呀要找爸爸	365
	动力情态义	说话者认为谓语动词的实施者将要、打算去实施某种动作行为	1;09;12	我要喝奶了	97
	道义情态义	说话者认为谓语动词的实施者应该或者需要去实施动作行为(否定一般是劝阻义)	1;08;22	你也要骑这车	86
	认识情态义	说话者对某一情景出现的可能性或者情况进行判断	1;09;12	这儿打电话要好	27

注：此表排除了一些难以辨别语义的情况，包括听不清楚的语句，“要”和“不要”的单独产出以及“要”和“不要”后面不加任何词语的例子，因为这些例子即使是联系上下文也很难判断出语义，所以就不予考虑，还有疑问句中“要”的语义和“要”和其他词组合形成连词的情况也不进行讨论。

通过上述表格，我们可以发现，儿童在说话早期就已经能够产出情态义了，而且符合Kuczaj和Daly（1979）、Shepherd（1981）对儿童语言的研究，即儿童先习得道义情态意义，然后再习得认识情态意义。②

（三）“要”和“有”的混淆

JBS“要”的产出中，会将“要”和“有”弄混淆。例如“你都要三个了”（3;06;18）和“看我还要飞车”（3;01;08），结合语境，可以很明确这两句话实际

① 彭利贞．现代汉语情态研究［M］．北京：中国社会科学出版社，2007：37－58．

② 转引自：彭利贞．现代汉语情态研究［M］．北京：中国社会科学出版社，2007：58．

上是“你都有三个了”和“看我还有飞车”。为什么在她说话时会容易将“要”和“有”弄混淆呢？我们认为这应该从语音角度来考虑。“要”和“有”都是由三个元音构成的音节，它们都没有声母，首字母都是 i，另外后面的复元音 ao（au）和 ou 也很接近，a 和 o 都是开口度较大的圆唇元音，所以发音时都是嘴唇慢慢张大。“要”和“有”在语音上的高相似度，使得儿童会将两种弄混。

结　语

本文是对一名女童 JBS（1—4 岁）的“要”的习得情况，尤其是语义习得情况做深入研究，希望能够弥补对儿童语言中“要”研究的空白。但是由于语料的限制，不能进行比较研究，所以所得数据也不尽客观，恳请各位师友批评指正。

参考文献

［1］卢卓群．助动词“要”汉代起源说［J］．古汉语研究，1997（3）．

［2］马贝加．“要”的语法化［J］．语言研究，2002（4）．

［3］古川裕．关于“要”类词的认知解释［J］．世界汉语教学，2006（1）．

［4］刘迪迪．浅析“要”的将来时标记功能［J］．现代语文，2016（2）．

［5］郭昭军，尹美子．助动词“要”的模态多义性及其制约因素［J］．汉语学习，2008（2）．

［6］彭利贞．现代汉语情态研究［M］．北京：中国社会科学出版社，2007.

［7］吕叔湘．现代汉语八百词［M］．北京：商务印书馆，1999.

（褚文静　首都师范大学 2016 级硕士生　指导教师：邹立志）

汉语儿童应答标记语“好”早期发展的个案研究

王晓雪

摘　要： 应答词是一种功能词，用来表示听话者对说话者所说的话做出的一种回应。本文通过对一名儿童的语料进行分析，将汉语儿童早期应答标记语“好”的功能类型分为七类：赞同功能、确认功能、妥协回应功能、反面回应功能、话题衔接功能、话题转移功能、话题结束功能，从年龄和功能两个角度对其进行统计和描写，并做出解释。当应答标记语“好”与“的、了、吧”等语气词连用时，表现出不同的话语功能色彩。

关键词： 好；应答标记语；功能类型；语气词

一、应答标记语本体及习得研究述评

现代汉语中的应答语，有一部分在言谈交际中经常单独使用，不仅具有应答的意义和功能，而且具有话语标记的功能。当应答语的应答义减弱，其他语用义增强并且固化的时候，应答类话语标记就形成了。

（一）话语标记的界定

由于研究的范围和研究的角度不同，话语标记一直缺乏一个统一的定义和固定的指称术语。本文采用话语标记语来指称研究对象，指那些在语言中不影响句子真值、只表达态度或步骤意义的语言成分。对于话语标记的定义，在学术界也一直没有一个统一的说法。浩尔克（Hŏlker）认为话语标记语具有以下四个基本特征：（1）话语标记语不影响话语的真值；（2）它们不增添任何新的命题内容；（3）它们与语境（speech situation）有关，而与所谈论的情景（situation talked about）无关；（4）它们有情感和表达功能而没有指称、内涵（denotative）和认知（cognitive）功能。① 目前，国内对话语标记的研究刚刚起步，在很多方面有空白。

① Hŏlker, K. Franzosisich: Partikelforschung. Lesikon der Romanistischen Linguistik, Vol V. 1 [M]. Tubingen, Niemeyer, 1991.

（二）应答标记语的本体研究

基于前人的分类，本文将汉语话语标记语分为两大类：关联标记语和填充标记语。随着口语研究以及话语标记研究的逐渐发展，应答词作为话语标记的语用功能逐渐引起了学者们的注意。在现代汉语中，“好”具有副词、名词、形容词和助动词等几种词性，在话语中起交际作用的“好”，具有某种特定的语用功能，可以称为“功能词”。应答类话语标记作为话语标记的重要类别，对于交际中的话语组织、话轮延续和话轮转接具有十分重要的作用。关于“好”作为应答词的研究，主要见于词典。在《现代汉语八百词》中对“好”的解释为①：

> 【好】表示某些语气。单用，类似叹词。
>
> 表示同意。如：好，就这么办。
>
> 表示结束。如：好，今天就到这。
>
> 反话。如：好，这下可糟了。

目前，应答类话语标记的研究主要集中于个案研究。Schiffrin 对英语话语标记中的应答标记“well”做了具体分析②。陆恩着重探讨了话语标记“好”的语用功能，认为话语标记“好”有四种功能：表评价，表从一个话题引到另一个话题，表一个活动或一段谈话的结束，表赞同或接受对方说的话。③ 许家金对青少年汉语口语中“好”的话语功能进行了较为细致的考察。④

（三）应答标记语的习得研究

前人对儿童语言中的话语标记研究成果很少，在话语标记的习得研究中，Inji Choi 研究了 4—12 岁的儿童在叙述故事时如何使用话语标记⑤，Juliane House 研究了儿童话语标记的使用和语用能力的发展⑥，Reyhan Furman 等对土耳其儿童的群案研究表明，话语标记的频率和功能使用随年龄而逐渐增加，儿童自然会话中的话语标记早于叙述话语中话语标记习得⑦。

对汉语儿童应答标记语的研究更是凤毛麟角。Kanyu Yeh 等对汉语儿童在与同龄人交流中使用话语标记“好”和“对”的情况进行了研究⑧，许家金对青少年汉

---

① 吕叔湘. 现代汉语八百词［M］. 北京：商务印书馆，1999：326－327.

② Schiffrin，D. *Discourse Markers*［M］. Cambridge：Cambridge University Press，1987：27－32.

③ 陆恩. 汉字“好”的语义和语用功能分析［J］. 绥化学院学报，2006（2）：140－143.

④ 许家金. 青少年汉语口语中话语标记的话语功能研究［M］. 北京：外语教学与研究出版社，2006：95－121.

⑤ Inji Choi. *How and When do Children Acquire the Use of Discourse Markers*［C］. Universtity of Oxford：CambLing，2007，41－47.

⑥ Juliane House. Development Pragmatic Competence in English as a Lingua Franca：Using Discourse Markers to Express（inter）Subjectivity and Connectivity［J］. *Journal of Pragmatics*，59（2013）.

⑦ Reyhan Furman，Asli özyürek. Development of Interactional Discourse markers：Insights from Turkish Children′s and Adults′ Oral Narratives［J］. *Journal of Pragmatics*，39（2007）.

⑧ Kanyu Yeh，Chiung－chih Huang. Mandarin－Speaking Children′s Use of the Discourse Markers Hao“okay” and Dui“Right” in Peer Interaction［J］. *Language Sciences*，（57）2016.

语口语中话语标记进行语体对比研究①，但并不是从发展的角度探讨。

二、研究目的

虽然学者们对应答话语标记“好”的研究成果颇丰，但是对儿童在习得话语标记“好”的研究方面存在很大的空白，所以本文旨在通过对儿童话语标记“好”的习得的探讨，来补充儿童语言词汇习得方面缺少的内容，也希望能够对儿童说话教育提供帮助。

三、语料来源

本文语料选自首都师范大学言语习得实验室自建语料库。本文选取了一名女孩JBS②从1;02—4;11的语料，该女童出生于北京，父母均为大学学历，说普通话，该语料的采集是对儿童进行追踪，在家里或者常见的生活场景下，由儿童自然产出的语料，在没有任何干预的情况下收集。语料采集每星期一次，每次为一个小时不间断录音（录像），共208份，之后由儿童语言习得专业研究生将十几万字的语料，以访谈格式进行转写，并进行标注。

四、应答标记语“好”的话语功能分类

“好”作为应答标记语，判定依据如下：在语音上，形成独立的语调单位，可以重叠或与其他应答词连用；在句法上，较多出现在句子开头，不担任句子成分，具有独立性；在语义上，应答标记语编码程序义，不表达真值意义；在语用上，应答标记语本身具备某些话语功能，对言语交际进行调节。

对于应答标记语的分类，不同学者有不同的分类标准。邵敬敏等认为要研究功能词“好”的话语功能，必须结合语境，特别是上下文进行，据此将功能词“好”的话语功能分为三大类：积极应对功能、消极应对功能和话语衔接功能。③赵聪从话语分析角度探讨“是、对、行、好”作为应答词的功能，将四个应答词的话语功能分为应对功能和话语衔接功能两类，其中话语应对功能包括赞同功能、接受功能和判断功能。④本文参考邵敬敏和赵聪对应答标记语话语功能的分类，又根据儿童早期语言的具体特点，对“好”的功能分类做了增减。本文将应答标记语“好”的

---

① 许家金．青少年汉语口语中话语标记的话语功能研究［M］．北京：外语教学与研究出版社，2006：119－120.

② JBS为儿童姓名的首字母缩写。在语料库中，参与会话的所有对象均采用首字母形式来代指其姓名。故文中所举例子中的对象，都采用首字母代指其姓名。

③ 邵敬敏，朱晓亚．“好”的话语功能及其虚化轨迹［J］．中国语文，2005（5）：399－407.

④ 赵聪．应答词“是、对、行、好”的话语功能分析［D］．延吉：延边大学，2006：5－45.

功能分为四大类：一是积极回应功能，二是妥协回应功能，三是反面回应功能，四是篇章衔接功能。

（一）积极回应功能

一个话轮实际包括“引发语”和“应答语”两个部分，“好”的主要功能即用于应答语，且一般出现在应答语的开头，是对引发语的一种正面回应，属于积极的言语反应。积极回应功能又细分为以下几种。

1. 赞同功能

引发语表达某种建议、请求、询问或命令时，用“好”来表示接受、答应、同意的态度。例如：

（1）语境：孩子找豆豆。

LXF：哪有啊，再找一个吧，再拿一个好不，再去给你拿一个好不好，这没有，掉了，好吗？

JBS：<u>**好**</u>。（1；05；08）

这个功能是“好”的常见功能，上面例子中成人发起是非问提问，意在表达一种建议，儿童使用“好”表示接受该建议。在儿童应答之后，说话人采取行动。

2. 确认功能

引发语为通知、告诉应答者某件事，应答者用“好”来确认已接收到信息。例如：

（2）JBS：好啦，呜呜呜呜，一手抓着这，呜呜呜，要到哪儿去？

ZLZ：到北戴河。

JBS：<u>**好**</u>，呜呜呜呜呜，到了，下车吧。（2；07；15）

在会话里，成人是会话的主导者，儿童是会话的聆听者，儿童的“好 ”并不具有实际意义，只是对说话人的言语进行一个反馈，表明自己已经接收到说话人的信息。

由“赞同”到“确认”，“好”的积极应对功能意义有所减弱。区别以上两种类型，主要依据引发语及“好”的语调差异：赞同功能“好”的引发语为祈使句或命令句，也可以是用“好不好”构成的附加问。从应答标记语“好”的语气来看，第一类较强，语调可以拉长，“好”的后面可以重复部分引发语；第二类一般，语调较为平稳。

（二）妥协回应功能

“好”不但可以表示听话者积极的反应，还可以表示消极的反应。出于交际的需要，即使听话者表面上说“好”，实际并非如此，这便是妥协回应功能。当说话者的建议、请求遭到听话者的婉言拒绝时，说话者也经常用“好”进行回答。使用“好”的主要作用是显示对听话者的理解，同时为延续话题进行铺垫。例如：

（3）JBS：快一点儿。

LWX：哎呀，我一个手，宝贝儿你让我快我怎么快。

JBS：**好**，那那那我帮你拿着。（3;07;28）

在上面的例子中，儿童JBS提出的要求可以看作一个“引发”行动，成人的回答是对JBS所提要求的“反应”，儿童用“好”表示对结果接受的同时，从行动上做出了妥协，这是交际的礼貌原则在起作用。

（三）反面回应功能

表面上说“好”，实际上却是“不好”，此时的应答词“好”即为一种反语，表现出应答者的不满情绪。例如：

（4）XWE：在家干嘛呢？

JBS：在家玩。

XWE：玩什么呀？

JBS：**好**，别问我了。（3;00;19）

从“妥协回应”到“反面回应”，消极意义逐步增强。区别以上两种类型，主要依据上下文来进行。妥协回应“好”有引发语表示对方的拒绝，反面回应“好”之后必然会出现表示说话者不满的句子。上面的例子中，儿童JBS对说话者的回答“好”，其实是反语，意为不想回答说话者的问题。

（四）篇章衔接功能

表篇章衔接功能的“好”是不同话段之间的一个标志，在话语中起到一种连接作用。“好”在句中的位置很灵活，而且不同位置的“好”具有不同的衔接功能。根据“好”在话语中的位置和作用，可以从以下几个方面来观察它的这种功能。

1. 话题结束

在会话过程中，当会话的一方想要结束会话时，应答者会使用“好”来表示话语的边界，主要表示旧话语的结束。这里的衔接功能主要是指结束旧话语，即使“好”的后面有后附内容，依旧是结束话语的作用。例如：

（5）ZLZ：这气球太小了，是吧？

JBS：嗯。

ZLZ：吹大一点儿，使劲。

JBS：**好**，大一点了。（2;01;30）

在上面的例子中，儿童JBS用“好”表示吹气球这个动作已经结束，同时把气球吹大这件事已经完成，标志着旧话语的结束。

2. 话题延续

应答标记语“好”在表示回应功能的同时，也会起到延续话题的衔接作用。例如：

（6）ZLZ：你脱了衣服就一定要睡觉。

JBS：**好**，脱这个啊？

ZLZ：嗯。

JBS：全脱了。(2;03;01)

在上面的例子中，儿童 JBS 的应答省略了主语“我”，但仍是就脱衣服睡觉这一话题进行讨论，延续了引发语的话题。

3. 话题转移

除了结束话题和延续话题外，“好”还可以转移话题，用在某个话语中间，作为话题之间的转换标志，它既标志一个话段的结束，又预示着新话段的开始。例如：

(7) JBS：妈妈，我跟你睡觉。

ZLZ：那我跟你睡觉。

JBS：***好***，这是你买的脚印啊？

ZLZ：对啊。(2;03;01)

上面例子中，儿童 JBS 用“好”结束了上一话题（跟妈妈一起睡觉）的同时，也开启了另一新的话题（谁买的脚印）。在 JBS 的语料中，表衔接功能的“好”通常后附语气词，包括“啊”“了”“吧”等。

五、“好”与语气词的共现

在实际使用中，“好”可以与“的”“吧”“了”几个语气词共现，这些词语具有不同的话语功能色彩，也成为区别不同功能“好”的形式标记。

（一）“好”与“的”的共现

“的”在《现代汉语词典》中的解释是“用在陈述句末尾，表示肯定语气”。在表达回应时，单独使用“好”语气较为直率，肯定语气强，加上“的”以后肯定的语气有所缓和，态度更为诚恳。通过比较发现，积极回应功能都可以用“好的”。但是，妥协回应功能和反面回应功能的“好”则不能换为“好的”，这是因为应答者的态度在主观上都有些不情愿和勉强，无须用“好的”来显示自己态度的诚恳。例如：

(8) JWD：上哪儿去，来爸爸把头给你梳一下，太乱了，好吧，可不可以？

JBS：***好的***。(1;07;16)

（二）“好”与“了”的共现

语气词“了”主要表示新情况的出现和变化，“好”加上“了”之后便具有了“好”所不具有的功能，即劝阻功能，阻止对方的动作行为或话语。例如：

(9) 背景：捉迷藏

LHX：你又向哪跑了，我听见了。

JBS：***好了，　好了***，别抓了。(3;04;08)

“好了”也具有篇章衔接功能，表示说话者即将结束谈话，预示对方自己所说的已经足够了。例如：

(10) ZHM：把这个放这。

JBS：这个，放厨房里，***好了***，关上门啊。(2;07;21)

(三)“好”与“吧”的共现

语气词“吧”的作用主要是表示说话人不是很肯定的揣度性语气，用“好吧”表示回应，往往要经历一个反复考虑的心理过程，给人的感觉是说话人本不太想答应，经过考虑才表示同意，其肯定程度远不及“好的”。例如：

(11) ZLZ：钓鱼了，是吧？

JBS：啊哈，钓蓝色的。

ZLZ：先钓黑色的吧？

JBS：***好吧***。(2;07;01)

上面例子中，儿童JBS对妈妈提出先钓黑色小鱼的建议用“好吧”来回应，表明儿童JBS在应答之前经过了一个选择和犹豫的心理过程，因为儿童JBS本想钓蓝色的，最终经过考虑才表示同意。上例中的“好吧”看似属于赞同功能，但用了“好吧”，赞同的意味便明显减弱，应答者经过考虑才勉强接受，此时接近确认功能。

表1　“好”同语气词共现后的话语功能

		好的	好了	好吧
积极回应功能	赞同功能	+	-	-
	确认功能	+	-	+
妥协回应功能		-	+	+
反面回应功能		-	-	-
篇章衔接功能		-	+	+

上述讨论可归纳总结为表1所示。对于“好”单独使用时话语功能的判断，主要依赖于上下文语境，脱离语境，容易产生歧义。加上语气词“的、了、吧”之后，就可以区别“好”的不同功能。

第一，积极回应功能、妥协回应功能、反面回应功能以及篇章衔接功能可以根据能否添加语气词“的”来区别。“好的”语气缓和，显然只适用于积极回应功能。

第二，积极回应功能内部可依据“的”“吧”来区分。“好的”适用于赞同功能和确认功能，“好吧”的语气有犹豫不决之意，因而不适用于赞同功能。

第三，妥协回应功能和反面回应功能之间可以根据“的”和“了”来区别。“好了”不适用于反面回应功能，但适用于妥协回应功能，“好的”态度诚恳，不适用于这两个功能。

第四，篇章衔接功能可以用“好了”“好吧”，但不能用“好的”。

六、儿童早期应答标记语“好”的使用情况

（一）各功能类“好”的习得时间和产出概况

表2 应答标记语“好”分年龄段的使用统计

年龄段	使用频次
1—2岁	130
2—3岁	844
3—4岁	1018

由表2可见，1—2岁阶段，儿童应答标记语“好”的产出数量是最少的，儿童交流意向和维持话语的能力都很弱；2—3岁阶段，儿童应答标记语“好”的产出速度较急速加快；3—4岁阶段，“好”的产出速度缓慢上升。

儿童应答标记语“好”最早产出时间为1;03;04。情况如下：

（12）ZLZ：典，出去玩好不好？

JBS：***好***。

ZLZ：好。（1;03;04）

上面例（12）是在家里，妈妈提出出去玩的建议，儿童JBS在1;03的时候，掌握的词汇还比较少，只能用“好”做简单的应答来表达自己的意愿，这个例子中儿童用“好”表示自己想要出去玩。

儿童应答标记语“好”各功能类型的首次产出时间如表3所示：

表3 各功能类“好”的习得时间

序号	功能类型	产出时间
1	赞同功能	1;02;04
2	确认功能	1;07;20
3	话题转移	1;12;03
4	话题结束	2;01;30
5	话题延续	2;03;28
6	反面回应功能	3;00;19
7	妥协回应功能	3;07;28

我们对儿童JBS 1—4岁应答标记语“好”的功能类型进行标注，并分类统计，如图1、图2所示：

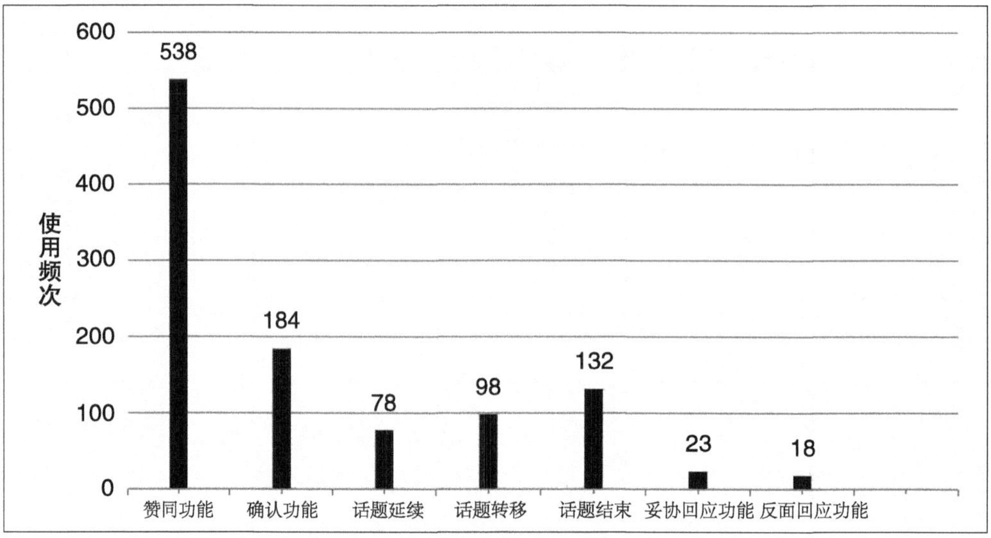

图 1　早期汉语儿童 1—4 岁应答标记语“好”的功能分布

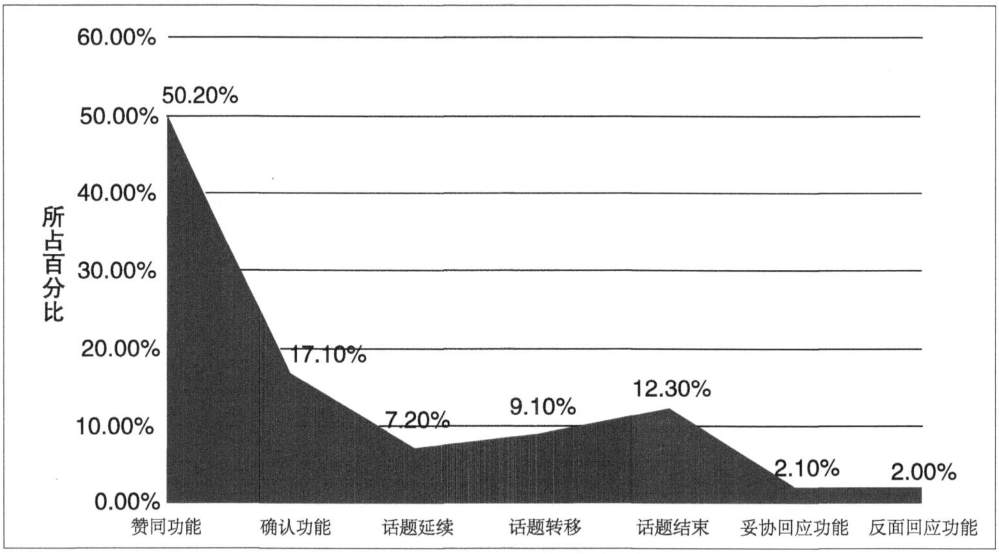

图 2　早期汉语儿童 1—4 岁应答标记语“好”的功能占比

儿童 1—4 岁应答标记语“好”产出最多功能的是赞同功能，占总产出的 50.2%，其次是确认功能，占总产出的 17.1%，儿童产出许多起到篇章衔接功能的应答标记语“好”，占总产出的 28.6%，话题结束占 12.3%，话题转移占 9.1%，话题延续占 7.2%，其他功能类别产出比例就比较少了，妥协回应功能占 2.1%，反面回应功能占 2%。因为儿童早期语言能力发展迅速，应答标记语的产出数量和功能也有较大差异。所以我们分年龄段对儿童早期应答标记语的发展情况进行阐述。

儿童 1—2 岁阶段应答标记语“好”共产出两个类型，分别是赞同功能和确认功能。总产出 130 例。这个阶段儿童的应答标记语“好”的主要功能是赞同功能，占比83%；确认功能也有较多产出，但总占比不超过20%。2—3岁阶段应答标记语“好”的五个功能类全部产出，主要功能类型是赞同功能，占比55.4%，篇章衔接功能也使用较多。3—4岁阶段应答标记语“好”的七个功能全部产出，但主要功能依然是赞同功能，占比39.4%，确认功能和篇章衔接功能也使用较多，妥协回应功能和反面回应功能占比不足10%。

（二）汉语儿童早期应答标记语“好”的发展特点及解释

1. 应答标记语“好”在不同年龄段的发展特点

通过对汉语儿童早期应答标记语“好”的统计和分析，我们发现汉语儿童早期应答标记语的习得有以下几个特点。

第一，1—2岁儿童词汇产出常使用“好”作为应答，表达肯定意愿，有时配合手势，共同实现儿童的交际意图。我们的语料发现，1岁两个月到2岁的儿童，较多使用手势配合简单的发音“好”来实现复杂的交际意图。在这种交际模式下，需要有共同的心理基础和语言环境。儿童早期首先具备了共享意图的心理基础，接下来在共同的语言环境中，通过手势配合简单的语音，参与到交际当中，表达意愿，实现自己的交际意图。这里的语言环境不是指周围的一切，而是说话双方共同关注的点，儿童首先要实现与对方形成共同关注，使话语参与者认为儿童所指或都知道的环境因素与交际相关，儿童也认定话语参与者知道这些相关因素，于是简单的语音配合简单的手势，就可以在语境中得到推演，得出儿童想要表达的信息。在儿童2岁前，产出的词汇很少，所以儿童想要实现交际意图，必须先让会话参与者关注自己想要表达的话题，儿童这个时期产出大量表示赞同功能的“好”，表明了儿童在1岁就已经掌握的认知能力和交际策略。

第二，2—3岁大部分功能类型已产出。这一阶段儿童应答标记语“好”的功能类型又增加了篇章衔接功能。该阶段应答标记语“好”的各项功能使用占比比较均匀，主要的功能类型是赞同功能和确认功能，应答标记语“好”具有多种功能，并在同一语境下儿童会使用“好”的不同功能来维持话语延续，达到交际意图。

第三，3—4岁阶段“好”的功能类型全部产出，4岁后各项功能类型产出基本稳定。儿童3岁后应答标记语“好”的功能类型增加了妥协回应功能和反面回应功能，其他功能产出百分比变化不大，4岁后各功能类型产出基本稳定。这个时期的儿童已经熟练运用应答标记语“好”促进交际互动，达到交际意图。而且儿童话语中对语境的依赖度降低，更多用符号化的语言表达自己的意思。比如用“好”确认信息时，还会通过重复引发语进行补充。同时，应答标记语“好”的功能也在整合，很多应答标记语“好”不止具有一种功能。

2. 汉语儿童早期应答标记语“好”的发展机制解释

根据上面儿童1—4岁应答标记语“好”的发展特点，我们进行如下解释。

（1）儿童应答标记语“好”的使用体现了儿童认知发展成熟度。

本文中对应答标记语“好”的功能类型分类与前人对成人口语中“好”的功能类型分类有些不同，儿童早期产出的“好”有相当一部分是无意义发声，且不具有讽刺功能和让步功能，这体现出早期儿童认知发展不成熟。随着年龄增长，这些“自我中心言语”逐渐减少，无意义发声类降到0.1%，概念系统逐渐完善，语言经验逐渐积累，邵敬敏统计的成人口语中的应答标记语“好”主要的功能类型，如反面回应、妥协回应等，随儿童年龄增长使用逐渐增加，体现了儿童认知能力的成熟。

（2）儿童应答标记语“好”的使用体现了语用能力的发展。

儿童很早的时候就具有一定的交际需求，促使他们努力实现交际意图。但早期儿童的语言和认知能力有限，词汇、语法尚处于发展时期，所以儿童需要借助手势等体态语和话语标记实现语用功能，达到交际意图。儿童利用语言表达要求和愿望，并用语言控制和调节他人的行为。赞同功能、确认功能体现了儿童的交流功能。反面回应和妥协回应体现了儿童表达个体功能。话题延续、话题转移、话题结束体现了儿童的表现功能。韩礼德将儿童语言功能的发展共分为三个阶段①，前两个阶段是儿童语言功能出现和掌握的时期，也就是1岁阶段，应答标记语“好”的主要功能也是在这个阶段产生。到第三个阶段，2岁后，各功能开始整合，韩礼德将七种功能整合为人际功能、概念功能和篇章功能，应答标记语“好”的各项功能在这个阶段也都有较多使用，并在自然口语中发挥多种功能，共同达到儿童的交际意图。

话题转移、话题延续、话题结束的使用可以体现出儿童对话题的掌控和保持能力，话题转移功能在1岁时的占比不足3%，话题延续功能和话题结束功能到儿童2岁时才开始产出，我们可以看出，儿童1岁阶段的话题保持能力非常低，常常从一个关注点跳到另一个关注点，当儿童从一个关注点中获得与成人的共同关注并得到自己想要的信息后，便会将自己的注意力转入另一个关注点，并会试图吸引成人的注意到另一个关注点上。儿童到2岁后才有了一定的话题保持能力，在3岁后使用比例逐渐增加，可以看出这个阶段儿童的话题掌控和保持能力与成人还有较大的差距。

（3）语言能力发展与应答标记语“好”使用的共变关系。

朱曼殊对儿童平均句长的研究表明，儿童的句子平均长度随着年龄增长而增长。② 儿童说出的句子长度增长，思维难度加强，在句子中组织语言时出现的短暂思考也随之增多，所以起到篇章衔接功能的“好”也随年龄增长逐渐增加，在话语组织中起到重要作用。

话语标记是自然口语中说话人传情达意的一种辅助手段。随着语言能力的发展，儿童越来越能够准确地说出自己的意图，传达完整的信息，所以，作为语言辅助手段的应答标记语“好”的一些功能使用也呈现缓慢增长趋势。如儿童在1—2岁阶段大量产出具有赞同功能的“好”，这种类型随着儿童年龄的增长逐渐减少。同样，因为儿童随着年龄的增长，语言能力也逐渐发展，所以用应答标记语“好”表达意愿的情况逐渐减少，应答标记语作为辅助语言表达的情况也随之减少。

---

① 李发根．元话语功能与韩礼德三大元功能对比分析［J］．中国外语，2012（3）：24－28.

② 朱曼殊．儿童语言发展研究［M］．上海：华东师范大学出版社，1986：108－115.

结　语

本文对一名女童JBS（1—4岁）的应答标记语“好”的习得情况进行了考察，对话语功能的习得情况做了详细的描写，希望能够弥补对儿童语言中应答标记语“好”研究的空白。但是，本文只考察了一名儿童持续的语言发展，虽然能够比较完整地展示儿童应答标记语“好”的连续性发展，但没有大数据的支持，普遍性不强。其次，对儿童应答标记语的考察，只统计和描写了“好”这一个词语，缺乏其他应答标记语的佐证，还有待进一步研究。在对应答标记语“好”的功能分类上，虽然由一人完成，结合视频、音频和文字共同确定功能类别，但因为儿童口语的灵活性和不确定性，仍有许多值得商榷的地方。最后，因时间精力有限，没有对成人输入语言的应答标记语“好”的功能类型进行标注和统计，缺乏与成人输入之间的对比，不能很好地说明儿童与成人口语交际的互动性问题，在这方面还有待进一步研究。

参考文献

[1] Jucker, Andress H. The Discourse Marker Well: A Revelent—Theoretical Accout [J]. *Journal of Pragmatics*, 1993, 19.

[2] 吕叔湘. 现代汉语八百词 [M]. 北京：商务印书馆，1999.

[3] Schiffrin, D. *Discourse Markers* [M]. Cambridge: Cambridge University Press, 1987.

[4] 陆恩. 汉字“好”的语义和语用功能分析 [J]. 绥化学院学报，2006 (2).

[5] 许家金. 青少年汉语口语中话语标记的话语功能研究 [M]. 北京：外语教学与研究出版社，2006.

[6] Inji Choi. *How and When do Children Acquire the Use of Discourse Markers* [C]. University of Oxford: CambLing, 2007.

[7] Juliane House. Development Pragmatic Competence in English as a Lingua Franca: Using Discourse Markers to Express (inter) Subjectivity and Connectivity [J]. *Journal of Pragmatics*, 59 (2013).

[8] Reyhan Furman, Asli özyürek. Development of Interactional Discourse Markers: Insights from Turkish Children's and Adults' oral narratives [J]. *Journal of Pragmatics*, 39 (2007).

[9] Kanyu Yeh, Chiung - chih Huang. Mandarin - Speaking Children's Use of the Discourse Markers hao “okay” and Dui “right” in Peer Interaction [J]. *Language Sciences*, 57 (2016).

[10] 邵敬敏，朱晓亚. “好”的话语功能及其虚化轨迹 [J]. 中国语文，2005 (5).

[11] 赵聪. 应答词“是、对、行、好”的话语功能分析 [D]. 延吉：延边大学，2006.

[12] 李发根. 元话语功能与韩礼德三大元功能对比分析 [J]. 中国外语，2012 (3).

[13] 朱曼殊. 儿童语言发展研究 [M]. 上海：华东师范大学出版社，1986.

（王晓雪　首都师范大学2017级硕士生　指导教师：邹立志）

·汉语国际教育·

"也好"的主观性及主观化探究

曾　妮

摘　要：本文结合历时和共时两种取向，从语义、句法、语用三个角度综合分析了现代汉语中"也好"的主观性及主观化。现代汉语中同时存在的三个形式的"也好"，其主观性及主观化程度有差异，"也好$_1$"的主观性程度最低，"也好$_2$"的主观性最高，"也好$_3$"的主观性程度介于"也好$_1$"和"也好$_2$"之间；从"也好$_1$"到"也好$_3$"的主观化程度并非成正态发展倾向，"也好$_1$"到"也好$_2$"的主观化程度高于"也好$_2$"到"也好$_3$"。

关键词：也好；主观性；主观化；语义；语用

"也好"在现代汉语中是一个多义形式，不同形式的"也好"具有不同的句法功能、语义特征和语用功能，前人已有较为丰富的研究。潘国英、齐沪扬研究了"也好"的词汇化过程①；雷冬平研究了语气助词"也好"的语法化过程及其功能②；樊中元探究了"也好"的语法和语义特征，揭示了现代汉语中三个"也好"的特征联系和差异③；陈杰一、吴颖描写了现代汉语中三种形式的"也好"功能，总结了其句法意义，并从历时角度分析了语气助词"也好"的虚化动因和功能扩展④；张恒君分析了"也好"的话语标记功能及其形成，并且追溯了"也好"发展的历史状貌⑤；杨琳琳从共时角度探讨了"也好"话语标记功能的形成及其表现⑥。虽然前人的研究结果已有不少，但是"也好"作为现代汉语中使用频繁、功能多样

---

① 潘国英，齐沪扬. 论"也好"的词汇化 [J]. 汉语学习，2009 (5)：20 - 27.

② 雷冬平. 语气助词"也好"的语法化过程及其功能 [J]. 牡丹江师范学院学报（哲学社会科学版），2009 (6)：56 - 59.

③ 樊中元. 论现代汉语中的三个"也好" [J]. 浙江工商大学学报，2014 (5)：10 - 17.

④ 陈杰一，吴颖. "也好"的多功能性及重新分析 [J]. 暨南大学华文学院学报，2009 (4)：41 - 46.

⑤ 张恒君. "也好"的话语标记功能及其形成 [J]. 中南大学学报（社会科学版），2015 (4)：262 - 268.

⑥ 杨琳琳. 论"也好"话语标记的形成 [J]. 文学教育（下），2016 (7)：52 - 53.

的一个多义形式，仍然值得我们探究。

现代汉语通行的词典，如《现代汉语八百词》①、《现代汉语虚词词典》②、《现代汉语词典》③ 对“也好”的释义都是“同也罢”，但语气较轻。实际上现代汉语中共时存在不同形式的“也好”，先来看下面几个例句：

（1）我厂开发了用腈尼针织物制作的连裤袜，其外观和手感近似羊毛，价格低廉，保暖性能也好，并具有较好的弹性和防皱性。（BCC 语料库）

（2）大家都知道，浓度高的豆浆营养也丰富，口感也好。（BCC 语料库）

（3）天气好好，我想出去玩，骑车也好。（BCC 语料库）

（4）不仅 420 座位的视听室座无虚席，走廊外仍有三三两两的人涌进来，再三恳求售票的小姐“照顾”一下，没座位站着也好。（BCC 语料库）

（5）说我数（鼠）目寸光也好，胆小也好。我觉得不必要的贷款就尽量避免。（BCC 语料库）

（6）不管是做工也好，种田也好，当教员、当医生也好，在食堂里作（做）饭、在托儿所里教养孩子也好，都是建设社会主义不可缺少的工作，都是为人民服务的崇高的光荣的工作，我们都应该好好去作（做）。（BCC 语料库）

例（1）（2）中的“也好”是一个由副词“也”加上形容词“好”的偏正结构，“也”表达的是类同义，“好”是跟“坏”的意思相对，表示“优良”，在句中作谓语；例（3）（4）的“也好”语义已经开始虚化，更多的表示情态义，意义上相当于“也行、也还可以”，带有勉强让步的语气特征，但是其述谓功能并没有完全消失；例（5）（6）中的“也好”，虚词词典及前人的研究一般认为它是一个语气助词，通常两项或者多项列举时连用，以“X 也好，Y 也好”的格式出现，表示不管列举条件怎么变结果都一样。我们将前面所述三种情况的“也好”分别表示为也好$_1$、也好$_2$、也好$_3$，以便后文讨论。

前人的研究主要是从词汇化和语法化以及话语标记的角度对“也好”进行研究，虽然或多或少地会涉及主观性和主观化问题，但是从这一角度进行系统研究的文章还比较少。关于主观性和主观化问题，沈家煊先生曾专门撰文对其做介绍。沈先生指出，“主观性”（subjectivity）是指语言的这样一种特性，即在话语中多多少少总是含有说话人“自我”的表现成分；“主观化”（subjectivisation）则是指语言为表现这种主观性而采用相应的结构形式或经历相应的演变过程。④

学界对“主观化”的研究主要有历时和共时两种取向，但也有不少学者将两者

---

① 吕叔湘．现代汉语八百词（增订本）［M］．北京：商务印书馆，1999：597 – 598.

② 王自强主编．现代汉语虚词词典［M］．上海：上海辞书出版社，1998：235.

③ 中国社会科学院语言研究所词典编辑室．现代汉语词典（第 6 版）［Z］．北京：商务印书馆，2012：1518.

④ 沈家煊．语言的“主观性”和“主观化”［J］．外语教学与研究，2001（4）：268.

结合起来，将语义研究、句法研究和语用研究三个方面结合起来做整体观的主观化研究。因此，本文将在前人研究成果的基础上，基于BCC语料库及语料库在线中的现代汉语语料库中抽取的语料为样本进行分析，拟结合历时和共时两种取向，从语义、句法、语用三个方面对“也好”的主观性及主观化表现进行考察探究。下文所用的例句来源于北京语言大学BCC语料库的将标注“BCC语料库”，选自语料库在线的语料将标注“语料库在线”。

一、“也好”在语义上的主观化表现

主观义指词汇意义或者语言形式的意义不是对言语事件的客观描述，是表达说话人或作者对事件的评判或态度①。“也好”有没有主观义呢？或者有没有发生主观化？下面我们将从语义特征的角度分别对“也好”的三种形式进行分析。

（一）“$也好_1$”的语义特征

“$也好_1$”的语义是“也”的类同义加上“好”“优点多、使人满意的”语义，整合其语义就是“一样好”。

（7）她唱得好，念白也好。（BCC语料库）

（8）窗前风景依旧，风很柔软，阳光也好。（BCC语料库）

例（7）、（8）中的“也好”都是“$也好_1$”，描述的是“也好”的词义加合义，即后项跟前项一样好，同样使人满意，保留了“也”和“好”的实义；她唱得好，念白跟唱的一样好，一样让人满意。在这里，“$也好_1$”的语义是词汇意义，是对言语事件的客观描述，还没有体现出说话者对事件或事态的主观评判或态度，因此，“$也好_1$”只有客观意义，主观义和主观性还没有凸显。

（二）“$也好_2$”的语义特征

“$也好_2$”是语义有所虚化的“准助词”②，带有勉强让步义，同时也带有评价义。

（9）额滴个神哦，好想吃红烧排骨，小笼包子，韭菜馅的饺子，凉粉，米线，哪怕是热干面（正宗武汉的）也好……［泪］馋的我真是折磨！（BCC语料库）

（10）觉得自己变懒了好多，懒的去应酬和参加活动，每天只想安安静静呆③寝室，即使什么也不做也好。（BCC语料库）

（11）紫云把刚收来的两块钱工钱全给了他，说：“出去散散心也好，省得

---

① 徐学萍，尚军，吴爱芝．语言主观化、句法表现和话语交际功能［J］．燕山大学学报（哲学社会科学版），2006（1）：16－19＋49.

② 潘国英，齐沪扬．论“也好”的词汇化［J］．汉语学习，2009（5）：23；张恒君．“也好”的话语标记功能及其形成［J］．中南大学学报（社会科学版），2015（4）：262.

③ 笔者按：“呆”应为“待”。

愁闷出病来!”(语料库在线)

(12)其实，心里却想着：“就再见一面也好，万一去了回不来呢……”(语料库在线)

仔细观察以上几个句子可以发现，其实这几句中的“也好”所在的位置不同，一种是位于前一分句的句末（我们称其为句中“也好$_2$”），一种是位于后一分句的句末（我们称其为句末“也好$_2$”），虽然位置不同，但在语义上都表达了主观上的让步性和评价义。尤其是例（9）和（10），跟“哪怕”“即使”等表达让步语义的连词共现，其让步语气更为明显，表达了说话者对事件的主观态度和评价。例（9）表达的主观态度和评价义是：虽然更想吃红烧排骨、小笼包子等，但要是没有这些，能吃到正宗的武汉热干面也行。其隐含的语义是，热干面没有红烧排骨、小笼包子这些好，但是退而求其次也未尝不可，总比没有强。例（10）的语义是：即使什么也不做，也比出去应酬和参加活动好，宁愿安安静静待在寝室什么也不做，也不愿出去应酬和参加活动，表达了说话者对于应酬和参加活动的不满意和不愿意。这里的让步义体现在，与安静地待在寝室里做一些事和什么也不做之间的对比和让步。这种位于后一分句句末的“也好”是对前列项的让步和对整个事件的评价，也隐含了对各项的评价。

而位于前一分句句末的“也好”，表达了对前列项的倾向性，其中隐含了用于比较而产生让步义的更高或更好语义量级。例（11）和（12）表面上是假设复句，相较于后一项不好的结果（“愁闷出病来”“万一去了回不来呢”），说话者倾向于前项（“出去散散心”“就再见一面”），但实际上说话者的话里隐含了一个更高的语义量级“不要待在家里，出去见见朋友或者干点别的”“想再多见几次面”，但是说话者知道这个更高量级是达不到的，所以做出让步，“出去散散心也好”“就见一面也好”，因此也算是隐含的让步义。“也好$_2$”的让步义和评价义体现的正是说话者的主观态度，所以，“也好$_2$”的语义已经表现出明显的主观性了。

（三）“也好$_3$”的语义特征

“也好$_3$”的实义已脱落，完全虚化为一个表列举的语气助词。先来看下面几个句子：

(13)他的书稿，回忆也好、随笔也好、表演札记也好，都像是亲切隽永的散文。(BCC 语料库)

(14)但是，工程建设也好，经济发展也好，社会进步也好，不按科学规律办事，不讲经济效益，不顾客观条件，往往会好心办坏事。(BCC 语料库)

(15)最后画一句曲终人散也好，画一句花好月圆也好，我们像一个过客，眼看着无数自己和别人的故事，从自己身边流过。(BCC 语料库)

这几句都是“也好”连用，用于列举两项或者多项，对于“也好$_3$”表达的语义特征，学界没有太大争议，一般是认为表示列举义，不管列举项怎么变，其结果都不会改变。本文也认可这种观点。那“也好$_3$”在语义上有没有主观性呢？笔者认为是有的，甚至已经成为表达主观情态的重要标志。如例（13），“也好”已经不具有实义，只是在句中起连接和列举的作用，语义已经完全虚化，我们可以用“不管……还是”或“不论……还是”将“也好”替换，替换后的句子为“他的书稿，不管/不论是回忆还是随笔，还是表演札记，都像是亲切隽永的散文”。其命题的语义真值并不受影响，但是语气上却有差异，用“也好”进行多项列举，更能体现说话者对“他的书稿”的认可度，也更能表达出说话者对所描述事件的积极评价义和赞美的态度。

（四）小结

按照 Traugott，主观化是说话人越来越从自我的视角出发，用会话隐含义或语用推理来表达未用语言形式表达的意义，结果也是主观化程度越高，相应的表达形式越少。① 语义的主观化的演变趋势是，意义基于对外部情景的描述 > 意义基于对内部（评价/感知/认知）情景的描述，意义越来越基于言者对命题的主观信念或态度。② 从“也好$_1$”到“也好$_2$”，其说话者的会话隐含义越来越凸显，而听话者越来越需要运用语用推理来理解说话者想要表达的真实含义，意义也由客观描述趋向于内部情景的描述，越来越体现言者的主观信念和态度。所以，从“也好$_1$”到“也好$_2$”是主观化逐渐增强的一个过程，但是从“也好$_2$”到“也好$_3$”，主观化程度并没有明显的进一步增强。

二、“也好”在句法上的主观化表现

（一）组合关系

从组合关系上看，“也好”的句法组合越发紧密，由自由形式变成黏着形式。

“也好$_1$”是一个偏正式结构，由副词“也”+形容词“好”构成一个自由短语，在句中作谓语成分。其中“好”是谓语中心，“也”是作为“好”的修饰语，二者之间的联系并不十分紧密，可以插入其他成分，比如“也很好”“也挺好”“也十分好”。如例（7）改为“她唱得好，念白也很好”，句子的语义不变，所以“也好$_1$”还是一个比较自由松散的结构。

“也好$_2$”从组合关系来看，具有相对融合性，其凝固性比“也好$_1$”强，一般不宜随便插入其他成分，插入其他成分后会影响句子的语义。如：

（16）“说说也好，让小萌先有个准备。”（语料库在线）

（17）也好，也好，我做丈人的总之陪你好了。（语料库在线）

（18）周大勇说：你老人家把家搬到那里也好，免得东奔西跑，担惊受怕！（语料库在线）

---

① 沈家煊．语言的“主观性”和“主观化”［J］．外语教学与研究，2001（4）：275.

② 潘海峰．语言的主观性与主观化研究及其相关问题——兼论主观化与语法化的关系［J］．上海师范大学学报（哲学社会科学版），2016（6）：124－132.

（19）他又想结婚的事并不急急（紧急），自家的年纪还很青（轻），若没有理想的伴侣，迟一点结婚也好。（语料库在线）

例（16）、（17）中的“也好”位于句首，不能插入其他成分，“也好”的结构变得比较紧密。但是例（18）、（19）似乎又能勉强插入，变成“也挺好”，但仍会觉得别扭，语义也有差别，如果实在要插入其他成分，就要把“也好”变成“也挺好的”，才能勉强说得通。语义上，“也挺好的”表达的是比较满意的态度，“还不错”；“也好”表达的语义相对来说就更为勉强，容忍让步义较强。所以组合关系上，位于句首的“也好”比句中和句末的“也好”稳定性更强、结合更紧密。“也好$_2$”在结构上已经有所固化，具有词汇化倾向，而这种紧密的结合是出于语义表达的需要，是说话者“自我”成分的体现，其主观性增强。

“也好$_3$”已经固化成一个语气助词，因此其结构更加凝固，不可插入切分。从“也好$_1$”的自由形式到“也好$_2$”紧密结合，再到“也好$_3$”的词汇化完成，可以看作“也好”逐渐主观化的体现。

（二）句法功能

从句法功能上看，“也好$_1$”到“也好$_3$”的述谓功能逐渐减弱，逐渐发展出表情态的功能。“也好$_1$”在句中充当独立述谓成分，通常位于句子末尾或者分句句末，且不能省略，如果省略了“也好$_1$”，那句子的成分就会缺失，结构不完整，语义也不明确。如：

（7a）*她唱得好，念白。

（8a）*窗前风景依旧，风很柔软，阳光。

“也好$_2$”的述谓功能已经弱化，但并未完全消失，在一些情况下仍保留了较弱的实义，在有的语境下又可以当作虚化的语气成分，因此具有“功能的游离性”①。

（20）也许能从这些从那边过来的女难民身上打听到有关哥哥一家的消息，哪怕是一点点也好。（语料库在线）

（21）那么也好，我们再看以后的情报怎么样来决定吧！（语料库在线）

（22）“当然我也不要，也没有人要的，事实上也许不能如我们的意，不过”，——他转了一个话头，“我们不要管这些吧，还是多想想眼前要做的事也好”。（语料库在线）

（23）……一个工厂，两个领导中心，也好，防止片面性嘛。（BBC 语料库）

（24）三哥重七给人家招了上门女婿，得给人家种一辈子地，也好，家里省一张嘴。（语料库在线）

（25）转念一想，她回来了也好，我可以“单刀直入”，很快打开局面！（语料库在线）

---

① 樊中元．论现代汉语中的三个“也好”［J］．浙江工商大学学报，2014（5）：12.

例（20）—（22）中的“也好”可以理解为对事件的陈述，此时“也好”具有一定程度上的述谓功能，也可理解为表达说话者的主观语气。若进行句法删略，也不会影响命题的客观意义，但是会影响主观情态和语气的表达。因此，这里的“也好$_2$”实际上由命题功能发展成了言谈功能。这是其主观化的一种体现。

另一方面，从“也好$_2$”在不同句子中的句法功能也能看出这种游离性。如前所说，例（20）—（22）中的“也好”在一定程度上还带有述谓性，但是到了例（23）—（25）中，“也好”已经没有多少述谓功能在里面了。虽然不是作述谓成分，但是这几句中的“也好”却不能省略，“也好”完全成为表达主观情态的需要。因此，笔者认为“也好$_2$”这种句法功能的游离性，正好体现了其主观化的方向。

“也好$_3$”通常是处于“X也好，Y也好”这样的列举格式中，这种成对出现或者两个以上连用的“也好$_3$”一般被认定为语气助词，已经完全丧失了其述谓性功能。陈杰一、吴颖认为，成双形式出现的“也好”是其词汇化完成的标志①，樊中元也认为列举格式中的“也好”通过“去范畴化”，句法特征逐渐丧失，词汇特征逐渐增强，实现了由句法范畴到词法范畴的过渡②。

“也好$_3$”没有了实义和述谓功能，只是作为一种格式标志起关联成分的作用，将多个陈述项关联起来，表达说话者对事件的主观态度和看法。虽然“也好$_3$”的主观性也增强了，但是从“也好$_2$”到“也好$_3$”，其主观化倾向似乎并没有更强或者更明显。

（三）句法环境

从“也好$_1$”所在的句子环境上看，“也好$_1$”作谓语中心的句子往往是处于一个并列复句的后项，且它不独立完句，有前依赖性③。如：

（7b）＊她念白也好。

（8b）＊窗前阳光也好。

如果省略前一分句，整个句义就不完整。所以“也好$_1$”是一个强述谓性自由短语，在句法结构中不可缺失，是对句中事件或事物的客观描述。

前文已提到，“也好$_2$”可位于句中和句末，“也好$_2$”还能单说，位于句首或者句中。句中“也好$_2$”通常是处于一个因果复句或者目的复句中，后一分句是对前一分句的补充，也就是说，后一分句才是句子的语义重心，所以句中“也好”语义较弱，如例（11）；句末“也好$_2$”一般处于让步复句中，常常与表示让步转折的连词“即使、哪怕、就算”等共现，在让步复句中，语义重心在后一分句，因此句末“也好$_2$”是整个句子的语义重心，所以，句中“也好$_2$”比句末“也好$_2$”的语义更虚化，也可以说句中“也好$_2$”是从句末“也好$_2$”虚化而来的。单说“也好$_2$”，由于其可以独立成句，不用作附着成分，此时“也好”的述谓功能进一步弱化，语义

① 陈杰一，吴颖．“也好”的多功能性及重新分析［J］．暨南大学华文学院学报，2009（4）：41－46.

② 樊中元．论现代汉语中的三个“也好”［J］．浙江工商大学学报，2014（5）：12.

③ 樊中元．论现代汉语中的三个“也好”［J］．浙江工商大学学报，2014（5）：11.

也更虚化。因此，潘国英①、张恒君②等人称其为“准助词”。由此可见，从“也好$_1$”到“也好$_2$”，其语义表达的主观性增强，“也好$_2$”中的“好”的语义产生了蚀失，对事物属性的描写义蚀失为表示对事件性的评价义，语义上虚化了③。

另一方面，从主语的角度分析，“也好”的主语由句子主语变成了言者主语。这是其主观化的又一个体现。

（7）她唱得好，念白也好。（BBC 语料库）

（8）窗前风景依旧，风很柔软，阳光也好。（BCC 语料库）

（23）……一个工厂，两个领导中心，也好，防止片面性嘛。（BCC 语料库）

（13）他的书稿，回忆也好、随笔也好、表演札记也好，都像是亲切隽永的散文。（BCC 语料库）

（14）但是，工程建设也好，经济发展也好，社会进步也好，不按科学规律办事，不讲经济效益，不顾客观条件，往往会好心办坏事。（BCC 语料库）

例（7）、（8）中的主语是句子主语，“念白也好”的主语是句子主语，即主语“她”，这句话的意思是，“她不光唱得好，她的念白也很好”；后面三个例句都是言者主语，是说话者的主观态度。R. W. Langacker 认为，主观化从认知出发来观察日常语言的使用，看说话人如何出于表达的需要，从一定的视角出发来“识解”（construe）一个客观的情景。④ 例（7）、（8）就是说话者从观察者的角度去识解客观情景，而例（23）中，说话者则已经处于“言语场景”之中，是从自我的角度说，也是站在舞台上说的，所以例（23）中的“也好$_2$”的主观性很强，句子主语变成言者主语，这是“也好”主观化的体现。但是，例（13）、（14）中“也好$_3$”的主观性，似乎处于“也好$_1$”和“也好$_2$”之间的状态，其主观性强于“也好$_1$”但低于“也好$_2$”，“也好”的主观化表现出非正态化发展倾向。

三、“也好”在语用上的主观化表现

（一）“也好”的话语标记功能

单说的“也好”或者与“这样”“那样”连用的“也好”，可以看作一个话语标记，作为话语标记的“也好”，我们认为是虚化程度更高的“也好$_2$”。在会话结构中，处于话轮转接的位置，因此也就具有了话轮转接的功能，承接了上文或者前一个说话者的话语，可以是对前一说话者所说内容的让步性弱认同，也可以是为了

---

① 潘国英，齐沪扬．论“也好”的词汇化［J］．汉语学习，2009（5）：20－27.

② 张恒君．“也好”的话语标记功能及其形成［J］．中南大学学报（社会科学版），2015（4）：262－268.

③ 樊中元．论现代汉语中的三个“也好”［J］．浙江工商大学学报，2014（5）：15.

④ 沈家煊．语言的“主观性”和“主观化”［J］．外语教学与研究，2001（4）：273.

引出自己的观点、态度、看法，或者作为一个舒缓语气词，帮助停顿，同时给说话者更多思考话语的时间，还可以是对自己话语的修正，这种情况下是礼貌原则的体现。

（26）也好，自己刚刚上来，好好表现表现，给他们留下一个快刀斩乱麻的印象，让他们看看自己高出一筹的工作能力。（语料库在线）

（23）……一个工厂，两个领导中心，也好，防止片面性嘛。（BBC 语料库）

（27）奶奶沉思了一会，说："也好，先把乐乐送回家，再作商量。"（语料库在线）

（28）"三万元，是不是多了点？不过，也好，继续往下说吧！"（谌容《梦中的河》）（转引自陈杰一，2009）

例（26）就是一个很明显的舒缓语气助词，也引出了后面言者的态度。例（23）的"也好"位于句中，有很明显的停顿和舒缓作用，表达了对"一个工厂，两个领导中心"的弱认同性，同时也是对后面自己的观点的提示，"一个工厂，两个领导中心"也有其可取之处（防止片面性），所以也是可以接受的。例（27）中的"也好"，因为处于对话（话轮）中，所以肯定具有话轮转接作用，是对前一说话者话语的承接和让步性弱认同。例（28）中的"也好"是转折性话语标记，前面的"不过"也更明显地体现了其转折语气，从会话原则的角度来看，可以认为是出于礼貌原则对自己话语的修正，因为前面说了"三万元，是不是多了点？"，说话者可能认识到自己的话语有不合适的地方，于是修正说"也好"，"也好"表达的语义是，三万元是有点多，但是也是可以接受的。

作为话语标记的"也好$_2$"，其主观性主要体现在表现说话者对事件的认识、态度、评价等主观情感，以及主观语气的表达和言谈交际中会话原则的体现。

（二）"也好"的列举功能和断言语气

由"也好$_3$"构成的"X 也好，Y 也好"格式，有表示列举的功能，这种列举义并非"也好"本身所具有的意义，而是整个格式义。这一格式表达的是说话者认为无论列举项怎么变，其结果都是一样的，即说话者认为言语事件的结果不会受列举项变化的影响。

（13）他的书稿，回忆也好、随笔也好、表演札记也好，都像是亲切隽永的散文。（BCC 语料库）

（14）但是，工程建设也好，经济发展也好，社会进步也好，不按科学规律办事，不讲经济效益，不顾客观条件，往往会好心办坏事。（BCC 语料库）

例（13）的语义是"他的回忆、随笔、表演札记都像是亲切隽永的散文"，例（14）的语义是"如果工程建设、经济发展、社会进步不按科学规律办事，不讲经济效益，不顾客观条件，往往会好心办坏事"，这里若将"也好"略去基本上不影响命题的意义和表达。有的列举格式中的"也好"不能简单略去，但由于其格式语义是不论列举项怎么变化，其结果是一样的，因此，该格式从语义上来说具有“任意义”，我们可以用“不管……还是”或“不论……还是”将“也好”替换，替换后其命题意义仍然不会改变。所以笔者认为，列举格式中的“也好$_3$”只与说话者的认识、态度、情感有关，而与命题意义无关。因此，“也好$_3$”体现的是说话者的主观认识和对事件的主观评价，而这种主观的评价和认识，是对事件的一种断言，能够表达一种弱断言语气。虽然是弱断言语气，但是在表达上又比不用“也好”列举的命题或者用“不管/不论……还是”替换后的命题语气更强，所以“也好$_3$”也具有一定的主观性。

（三）“也好”的形式－意义演变机制

首先是语用推理导致重新分析，“也好”由自由形式演变为比较黏着的形式。由于说话人在会话时总想用有限的词语传递尽量多的信息，当然也包括说话人的态度和感情①，“也好”中的“好”受带有舒缓语气的“也”的修饰，“也好”的长期共现使得“也”的舒缓语气在“也好”中也得以体现，于是衍生出“让步义”，而由语用推理引起的语义变化又会引发结构上的重新组合或重新分析（reanalysis）②。“也好”在使用过程中的长期共现，使人们在心理认知上形成一种“完型”（gestalt）的概念，原本结构比较自由松散的“也好$_1$”在使用上更为凝固，就引起了其结构的重新分析，语用推理的反复运用和最终的凝固化③，结果就形成了主观性表达成分“也好$_2$”。这种由于重新分析导致的底层结构的变化体现了语法化中的主观化。

其次，“也好$_1$”到“也好$_2$”的演变，其语音也有所弱化，“也好$_2$”的语音比“也好$_1$”更轻，这种语音弱化也是由于语用表达的需要而导致的。“也好$_2$”本身实义弱化或者脱落，主要表达的是让步性语气，让步性语气带有勉强的意味，说话者主观上是弱认同，是退而求其次，所以说话者的语气也会更轻，导致语音弱化。因此，这种语音弱化也是体现了“也好”的主观化。

（四）“也好”的语体分布

通过对“也好”在不同类型的语料中出现次数的统计，我们得到表1，发现“也好$_2$”在微博和语料库在线中出现的频率相对较高，而“也好$_3$”在科技、报刊等专业性或者正式语体中分布更广。在笔者看来，这种情况产生的原因主要是受到语体限制：科技、报刊相对是比较正式的语体，多为报道性或者报告性文体，能够表达评价义和言者态度的“也好$_3$”更容易进入这样的语体中，而更具有主观性的“也好$_2$”由于更多的是表示让步义，是言者情感态度的体现，因而更容易用于口语和类似口语的语体中，如微博、文学作品中的人物对话等。所以，“也好$_2$”主观性高于“也好$_3$”。

---

① 沈家煊．语言的“主观性”和“主观化”［J］．外语教学与研究，2001（4）：271.

② 沈家煊．语言的“主观性”和“主观化”［J］．外语教学与研究，2001（4）：272.

③ 沈家煊．语言的“主观性”和“主观化”［J］．外语教学与研究，2001（4）：271.

表1 “也好$_1$”“也好$_2$”“也好$_3$”的语体分布情况统计

语料来源	BCC语料库				语料库在线	总计
	微博类	科技类	报刊类	作文类		
也好$_1$	5	10	10	1	19	45
也好$_2$	26	4	3	2	109	144
也好$_3$	18	71	40	4	99	232
总计	49	85	53	7	227	421
无效语料	51	15	16	3	117	202

结　语

本文在前人研究的基础上，立足于主观性和主观化视角，通过对语料的分析总结，从语义、句法、语用这三个角度对现代汉语中三种形式的“也好”进行了研究，认为现代汉语中“也好”的三种形式在主观性和主观化方面有不同的体现。“也好$_1$”的主观性程度极低，“也好$_2$”的主观性比较强，“也好$_3$”的主观性程度处于“也好$_1$”和“也好$_2$”之间。虽然“也好$_1$”到“也好$_3$”的虚化程度是逐渐增强的，但是其主观化并未呈现一致的倾向。

语义上，“也好$_1$”到“也好$_2$”和“也好$_3$”，由描述客观意义变为对主观意义的描述。句法上，从组合关系上看，“也好$_1$”到“也好$_3$”由自由形式变为紧密的黏着形式；从句法功能上看，其述谓功能逐渐减弱至消失，而表达主观情态的功能增强；从句法环境上看，从“也好$_1$”到“也好$_2$”，其语义表达的主观性增强了，“也好$_2$”中的“好”的语义产生了蚀失，对事物属性的描写义蚀失为表示对事件性的评价义。语用上，“也好$_2$”作为话语标记的功能体现了极强的主观性，主要体现在表现说话者对事件的认识、态度、评价等主观情感，以及主观语气的表达和言谈交际中会话原则的体现；表列举功能的“也好$_3$”只与说话者的认识、态度、情感有关，而与命题意义无关，体现了说话者对事件的主观认识和主观评价。同时这种主观的评价和认识，是对事件的一种断言，能够表达一种弱断言语气，虽然是弱断言语气，但是在表达上语气更强。在形式－意义演变机制上，语用推理导致“也好”的重新分析使其底层结构改变，由描述客观情景的自由短语变成表达语气的助词，表达让步语气的“也好$_2$”语音弱化。

参考文献

[1] 潘国英，齐沪扬．论“也好”的词汇化［J］．汉语学习，2009（5）．

[2] 雷冬平．语气助词“也好”的语法化过程及其功能［J］．牡丹江师范学院学报（哲学社会科学版），2009（6）．

[3] 樊中元．论现代汉语中的三个“也好”［J］．浙江工商大学学报，2014（5）．

[4] 陈杰一，吴颖．“也好”的多功能性及重新分析［J］．暨南大学华文学院学报，2009（4）．

［5］张恒君．“也好”的话语标记功能及其形成［J］．中南大学学报（社会科学版），2015（4）．

［6］杨琳琳．论“也好”话语标记的形成［J］．文学教育（下），2016（7）．

［7］吕叔湘．现代汉语八百词（增订本）［M］．北京：商务印书馆，1999.

［8］王自强主编．现代汉语虚词词典［M］．上海：上海辞书出版社，1998.

［9］中国社会科学院语言研究所词典编辑室．现代汉语词典（第6版）［Z］．北京：商务印书馆，2012.

［10］沈家煊．语言的“主观性”和“主观化”［J］．外语教学与研究，2001（4）．

［11］徐学萍，尚军，吴爱芝．语言主观化、句法表现和话语交际功能［J］．燕山大学学报（哲学社会科学版），2006（1）．

［12］潘海峰．语言的主观性与主观化研究及其相关问题——兼论主观化与语法化的关系［J］．上海师范大学学报（哲学社会科学版），2016（6）．

［13］李静．基于主观性视野的“来着”“也好”“似的”的主观性分析［D］．天津：天津师范大学，2013.

［14］李思旭．从词汇化、语法化看话语标记的形成——兼谈话语标记的来源问题［J］．世界汉语教学，2012（3）．

［15］董秀芳．词汇化与话语标记的形成［J］．世界汉语教学，2007（1）．

［16］石吉梦．“也罢”与“也好”及其相关格式研究［D］．上海：上海师范大学，2008.

［17］季安锋．“X也好，Y也好”格式及其主观性［J］．江西教育学院学报，2008（1）．

［18］卢烈红．配对型“也好”源流考［J］．中国语文，2012（1）．

（曾妮　首都师范大学2016级硕士生　指导教师：洪波）

网络语言“一言不合就X”的构式探究

孙月霞

摘　要：网络语言是网络时代的产物，这一语言现象引起了学界广泛关注。本文借助构式理论探讨网络语言“一言不合就X”的构式形式特征和构式意义，运用压制理论和重新分析理论分析其形成机制，并从语用学角度分析其语用动因。

关键词：“一言不合就X”；构式意义；压制；重新分析；语用动因

随着互联网时代的到来，人们的表达方式更加多元化，网络语言的使用日益频繁。2016年，网络用语“一言不合就X”被语言文字规范类刊物《咬文嚼字》选为年度十大流行语之一。网络语言“一言不合就X”是时代的产物，也是一个新生的语言现象，它对社会和人类的交流具有不可忽视的价值和意义。但截至目前，学界对于网络语言“一言不合就X”的研究论述并不多见，研究者主要从语义、句法、语用、概念整合和模因论几个方面对其进行探讨。笔者通过梳理前人的研究成果，认为学界对网络用语“一言不合就X”的研究尚有不足之处，如构式意义的概括还不够清楚、缺少形式上的证明、没有厘清构式意义之间的关系、“一言不合就X”的形成机制不够全面等，尚有很大的研究空间和研究价值。

鉴于此，笔者重点从构式理论出发探究网络用语“一言不合就X”的构式形式和构式意义，并结合认知语言学和语用学分析其形成机制和语用动因，旨在帮助人们更清楚地认识网络语言“一言不合就X”的构式义，促进网络语言的发展，并为网络语言的相关研究提供一些参考。

一、网络语言“一言不合就X”的构式概念义分析

（一）构式的界定

构式语法始于20世纪八九十年代，构式语法理论是在认知语言学、框架语义学的基础上发展起来的，但有所不同的是，认知语言学和框架语义学都强调形式和意义是可以根据语法规则推演出来的，而最早由Adele E. Goldberg提出了构式的“不

可预测性”①。也就是说，我们不能用现有的语法规则、意义生成的规则推测出构式的整体意义，构式的意义不是构式内部成分的意义的集合，即整体义不等于部分意义之和，构式的意义主要包括原型意义和扩展意义两部分。因而笔者认为，无论何种语言结构类型，只要在形式、意义和功能上不能从其内部成分推测出整体意义，且使用率较高的，都可以称为“构式”。

（二）“一言不合就X”构式的界定

从被选为年度十大流行语之一可以看出，“一言不合就X”的使用率很高，这就具备了构式的基本要素之一。“一言不合就X”最初的意义是“因为言语不和，而发生冲突”，最初的形态也是松散的，“一言不合”、“就”和“X”是彼此独立的结构，它们语义上是可以推测的，有因果关系，如“一言不合就打架”。随着“一言不合就X”使用的泛化，“一言不合”与“X”失去了语义上的逻辑联系，如“一言不合就卖萌”“老师一言不合就表扬学生”，其意义因语境的不同而异，不能再根据语法规则和“一言不合就X”的内部成分去推测它的意义。这些可以用构式语法去解释，即形式、意义和功能的“不可推测性”。

综上所述，笔者认为“一言不合就X”在形式、意义和使用率方面都具备了构式的特征。形式上，构式“一言不合就X”由两部分组成，不变项“一言不合就”和变项“X”，随着使用率的提高逐渐被泛化，即约定俗成为一个抽象的半固定的结构。意义上，构式可以表示“经常，动不动”的意义，也可以表示“出乎预料”令人吃惊的意义。根据构式的理论，构式和意义存在对应关系，一个构式仅有一个构式意义，因此我们认为“一言不合就X”共有两种构式形式，即有两种不同的构式义：

S1：一言不合就X——无因果关系，表示惯常性义。

S2：一言不合就X——无因果关系，表出乎预料义。

二、网络语言“一言不合就X”的构式形式特征和构式意义

（一）S1：“一言不合就X”的构式形式特征和构式意义

1. 构式形式特征

“X”多为动作性动词，非言说性动词，是大家喜闻乐见、习以为常的一些行为，通常为在日常网络生活中常见的、熟悉的一些行为活动且多是VP结构②。VP的施事可以是多人，也可以是一人。该类动词多是动作性动词，非言说性动词，且多数为网络用语，如写信、卖萌、尬舞、开车、晒图、发自拍、秀恩爱等。该类动作行为的发生有一定的前提，即实施者有做该类行为的能力、特点。其身份与其发生的动作在某方面具有一致性，在人们的预期之内，是符合逻辑的。该类动词的施

① 张娟. 国内汉语构式语法研究十年［J］. 汉语学习，2013（2）：65. 转引自Goldberg，A. E. *Construction：A Construction Grammar Approach to Argument Structure*［M］. Chicago：University Chica - go Press，1995.

② VP结构：VP表示动词性结构。

事往往是单方的，也可以是多方的，但该动作行为不会给交涉的对象带来伤害，相反，可能有利于交际这一关系的进一步发展，或活跃紧张的交际场面。该类动词都可以进入下列的句式：S：NP + VP，如：

（1）【人生赢家】民间舞王！一言不合就飚（飙）舞！

（2）老师一言不合就表扬学生。

（3）今天，记者就来给大家盘点，一言不合就写信的基金经理们，这些年都写了什么？作为投资者，我们又该从这些信里关注到哪些有效信息？

例（1）中，被称为“舞王”的人，必然具备跳舞的技能，且善于跳舞，跳舞的次数也会高于普通人，因此，与构式S1的“动不动”意义相一致。同理，例（2）和例（3），老师具有表扬和批评学生的权利，表扬学生对于老师这个职业的性质也是高频率的言语行为；例（3）中，“一言不合就写信的基金经理们”与“这些年都写了什么”，从后面的语境中我们可以推知，基金经理们经常写信，对于他们来说，写信这一行为出现率较高。

2. 构式意义

第一，表面意义。“一言不合就X”的表面意义是由“一言不合就”和“X”两部分组成，似乎存在必然的因果义，但事实并非如此。如一言不合就卖萌、一言不合就晒图、一言不合就秀恩爱，无法用表面义去解释这些句子的真正意义。

第二，深层意义。S1“一言不合就X”的深层意义也就是真实意义，这种构式常常表示一种“惯常”“动不动”“任性”的意义，表示倾向于做什么，具有经常性、多次、出现频率高的特征。

根据构式的语法理论观点，构式的形式和意义是相对应的，一种构式有且仅有一种构式意义，这种构式意义无法从构式的内部成分推测出整个构式的意义。构式S1“一言不合就X”中，“一言不合就”和“X”之间没有语义上的因果关系，没有发生言语不和，也不会出现具有矛盾性的行为。随着“一言不合就X”的高频使用和语境提供语义的表达倾向，这种构式常常表示一种“惯常”“动不动”“任性”的意义。“一言不合就”摆脱了句法和语法的制约，不仅可以与动词及动词性短语共现，还可以与名词共现，且常与副词“又”“都”共现，如：

（4）南昌这几家烧饼店一言不合就排队，一出炉就被抢光，你吃过几家？

上例中，“一言不合就”和“排队”首先是属于不同的认知范畴，语义上也不能形成一种联系。我们不能用常规推断出，“排队”是日常生活中常出现的一种文明的令人满意的行为，而“一言不合就”和后面的语境“一出炉就被抢光”，这一构式被赋予一种“动不动”的意义。

（二）S2：“一言不合就X”的构式形式特征和构式意义

1. 构式形式特征

“X”常为出现概率较少的动词、动词性短语，多为动作性动词，如“扔钱砸人”“跪下”“趴”等，也可为表示变化的静态动词，如“免门票”“老”“飙”

等。此类动词没有矛盾义和致损义，动作的发出者可以是多方的，也可以是单方的。该类动作行为都是罕见的，出现的几率较少，或某一情景变化消失之快，往往是非预期的，如“免门票”“扔钱”“脱掉鞋子”“跪下”等。该类动词皆能进入下列句式：S：NP + VP，如：

（1）厉害了我的姐！土豪姐一言不合就扔钱砸人。

（2）女子带着现男友找前男友讨债，一言不合就趴上引擎盖狂飙3公里。

（3）杨幂一言不合就飙“河南话”，女神秒变逗比！

（4）尖叫实验丨火柴一言不合就飘起来了！

例（1）和例（2）中，“扔钱砸人”和“趴上引擎盖狂飙3公里”与“一言不合就”显然不存在语义上的因果意义。从词性上看“扔、趴”都是动作性动词，这些动作行为举止在我们的认知中是不同寻常的、出现频率较低的、出其不意的；而例（3）和例（4）中，“飙”和“飘”一个是言说性动词，一个是动作性动词。“飙河南话”对于河南人来说是再寻常不过的了，但对于公众人物“杨幂”，她不是河南人，去飙河南话，这种行为也是较少见的；而例（4）中的“飘”所对应的论元是“火柴”。“火柴飘起来”这一事件，会激活人们认知中具有“飘起来”这一特性的实体，即实体具有重量级别的框架，如火柴、气球、羽毛。根据常识可知，在相同的条件下，越重的物体越不可能飘起来。所以“火柴”与“气球”、“羽毛”相比较重，即重量级别高，在此框架中最重。“火柴飘起来”在人们的认知中是少有的情况，是不可思议的，据此我们就可推理出“一言不合就X”的出乎预料义。

2. 构式意义

S2：构式“一言不合就X”。单纯从表面上看，“一言不合就”和“X”打破了传统的因果意义的关系，即通过“一言不合就”便可理所当然地联想到“X”可能是一种不好的结果，但构式S2中，我们无法通过“一言不合就”去推测“X”，同理我们也不能通过“X”去回推“一言不合就”的意义。它们的意义是不能用常规、常识去推理的，但它们表面上已然存在一种修饰关系，构式“一言不合就”具有副词的功能去修饰“X”，完全失去了因果关系义，而是表示不同寻常、出乎预料的意义。如：

（5）郑恺费尽心思见前妻居然被痛批，一言不合就下跪惨遭拒绝。

按常识来说，例（5）中“一言不合就下跪”这一动作行为是令人吃惊的，是出乎预料的。“一言不合”受到构式义的压制，摆脱了传统的“语言不和”义，而产生一种“出乎预料”的新义。构式S2也就被赋予了这种意想不到的新义，同时出现在新闻媒体中有让人耳目一新的感觉。

三、构式“一言不合就X”的形成机制

（一）构式压制和词汇压制

构式语法理论认为，构式是具有独立意义的，针对构式义的来源提出了“构式压制”的观点。Michaelis将“压制”定义为：如果一个词汇的意义与其所在的句式结构义不匹配，那么词汇的意义就会妥协于其所在的结构意义。① 压制包括构式压制、词汇压制、时体压制、惯性压制、选显压制、仿压制等。网络语言“一言不合就X”的构式形成机制是复杂的，仅从压制观一个方面去解释是不充分的，笔者尝试从构式压制和词汇压制两个方面去分析。

构式压制观认为，动词的意义必须有相关的框架才能得到较为明确的解释，而句子的整体意义不是其组成成分意义之和，当组成成分的意义和构式的意义不一致时，构式就会迫使其组成成分改变其原有意义，这是一种以“构式”为中心的说法，从构式的整体意义出发而不是从其组成部分出发来分析句子。赵晨认为，构式义既独立于构式的组成成分的意义，又与其组成成分之间有着密不可分的关系②。王寅认为，构式与词汇在语义矛盾消解的过程中得到协调，其结果主要有两种情况：要么词汇做出让步，获得增益或新义；要么构式做出“妥协”，获得增益和新义③。因此，我们认为仅用构式压制去分析构式“一言不合就X”不够全面。本文认为，句子的意义是由构式义和词汇义组成的，结合两种压制去解释构式“一言不合就X”更具有说服力。

通过语料统计整理和分析，构式S1：“一言不合就X”表示“动不动”，具有惯常义；构式S2：“一言不合就X”表示“出其不意”义。这两种构式义是在原本有因果关系的句式“一言不合就X”发展而来的，如“一言不合就吵架”。这些表达是符合逻辑的表达形式，“一言不合”、“就”和“X”三者之间的关系是松散的，我们可以加入“因为……所以”不影响原有的语义，如“因为一言不合所以就吵架”，这是汉语中较为常规的表达方式。但“一言不合就卖萌”“一言不合就扔钱砸人”等，并不能继续添加连词“因为……所以”，也就意味着“一言不合就X”的意义不是其构成成分简单相加，也失去了原有的因果意义。我们不能再根据字面意思和常规推导出其真实意义，新的构式义是“一言不合就X”的字面意思不具有的。为了适应其构式义，“一言不合就X”就做出了让步，原有意义弱化甚至消失。整个构式具有副词的功能去修饰“X”，即表示“动不动”义和“出乎预料”义，这也就是构式“一言不合就X”构式对词汇“一言不合”的压制产生的结果。当然词汇“一言不合”的新增义，对“一言不合就X”构式义也具有制约作用。短语

① 赵晨．构式和组成构式词之间的互动关系：构式心理表征探索［J］．山东外语教学，2011（2）:1.

② 赵晨．构式和组成构式词之间的互动关系：构式心理表征探索［J］．山东外语教学，2011（2）:1.

③ 王寅．构式语法研究上：理论思索［M］．上海：上海外语教育出版社，2011:29.

“一言不合”引发矛盾性行为，本身也具有一种非常态义，所以才会使构式“一言不合就X”有“出乎预料义”。某种程度上使“一言不合就X”这一构式更加稳定，有利于人们从心理上接受，因此流行开来，这也反映出“一言不合”对构式“一言不合就X”的压制效果。综上，本文认为构式S1：“一言不合就X”和S2：“一言不合就X”是构式压制和词汇压制交互作用产生的结果。

（二）重新分析

对于构式“一言不合就X”，我们不仅可以从“压制观”的角度去审视，也可以从“重新分析”的视角去分析其产生的原因。Harris & Campbell 在 Langaker 1977 年定义的基础上，将“重新分析”定义为“一种改变句法结构的底层结构却不涉及表层表现的任何直接或内在的调整的机制”①。那又是什么导致了“重新分析”呢？关于这一问题，学界有“多元互动说”“旧瓶新酒说”等不同的说法，但这些说法并不能解释“重新分析”的单向性。刘丹青先生认为真正推动“重新分析”发生的动力来自语言的标记性特征②，那只无形之手，就是人类语言向无标记状态演化的强烈倾向，并将其定义为“无标化”（de－marking）解释③。“重新分析”可以使有标记的语言变成无标记的，也可以使无标记的语言变成有标记的。

一般来说，语言最初的状态都是无标记的。但是随着社会的发展，新事物、新思想产生，旧理念、旧事物消失，语言的表达也会发生相应的变化。随着E时代的到来和交流方式的改变，人们所表达的内容越来越丰富，也愈加抽象化。E时代网络语言使用最多的是青年人，他们为了张扬个性、表现自我，常常倾向于使用一些新奇词语，以显得与众不同。“一言不合就卖萌”和“一言不合就打架”在语义上截然不同，但是形式相似。可以说这是“旧瓶装新酒”，表达的手段相似，但表达的意义发生了根本性变化，以“一言不合就X”为例，由因果义发展为无因果义。

但旧瓶相对于新酒毕竟不是最匹配的容器，所以旧瓶一般不是原封不动的旧瓶，通常会有某些方面的功能扩展。而既有语法手段的扩展用法，往往使原来无标记的现象变得更有标记，从而带来有标记现象。如“一言不合就X”就成为一种标记，其原始的意义在网络用语中已经弱化或者消失，它成为年轻人为了追求新异的普遍性或流行性表达，或可称其为一种网络方言。

四、构式“一言不合就X”的语用动因

（一）网络语言的外部语境的推动

哲学观认为世界是不断发展的，总会有新事物的产生和旧事物的灭亡。在没有网络的年代，人们通常通过书信的方式传递信息，面对面进行交流，既有语言行为

① 刘丹青. 重新分析的无标化解释［J］. 世界汉语教学，2008（1）:6.

② 刘丹青. 重新分析的无标化解释［J］. 世界汉语教学，2008（1）：6－7.

③ 语言单位的有标记、无标记属性，是现代语言学不同流派普遍采用的概念。

也有副语言行为，如肢体动作、表情等。但进入网络时代后，人们的交流方式便发生了巨大的变化，人们开始进入虚拟的世界。一方面，人们可以摆脱思想和礼节的束缚，更自由地表达自我，如电子邮箱、MSN、BBS、QQ、微博等新媒体交流平台的构建，为人们提供了新的交流方式。但另一方面，新的网络语言是文字的输入将口语转化为文字，由于网络语言要求信息的及时、简洁、明了的特点，为了保障网络语言的质量和效果，网络语言内部便会产生新的语言现象。网络语言“一言不合就X”构式就满足了这种网络语境的需求，因此被各大媒体和新闻标题广泛使用，如“一言不合就开医药单”“一言不合就跪下”等。

（二）语言表达的经济性原则

语言的经济性原则，即语言的数量最少，表达的意义最多。换句话说，即使用简洁、经济的语言符号表达清晰、明确的意义。这一原则符合人类行为遵守的内在准则即“省力原则”。随着人们生活节奏的加快，人们的时间被“碎片化”，因此人们在日常生活中往往追求一种高效率。在语言交际中，为了在短时间内说清楚一些事，人们不断力求用简洁的语言形式去表达丰富的语义内容。如今，网络语言“一言不合就X”构式的产生和扩展，本质上是语言经济性原则的促动的结果。“一言不合就X”的构式形式简单，但所表达的意义复杂，且在原有意义和形式的基础上演化出新的构式义。因为“一言不合就X”的简单、便捷、经济实用，所以得到了广大网民的追捧，这也说明语言的经济性原则对网络语言“一言不合就X”构式的产生具有不可忽视的作用。如“一言不合就卖萌”，简短的几个字告诉我们：这个人喜欢表现很可爱的样子，而且是经常这样表现。同时，“一言不合就X”可以表达出人们含蓄的主观性评价，根据语境的不同而可以表达某种情绪，如“不喜欢或喜欢”。“一言不合就X”就是经济性原则的体现，言简义丰。

（三）语言的新颖性

网络语言“一言不合就X”构式的出现，满足了人们求新求异的心理。网络语言是网络时代的新产物，具有时尚、幽默、简练、意义独特等特点，会给人眼前一亮的感觉。因此，网络语言“一言不合就X”在各种媒体的新闻标题中被广泛使用，以博得更多的关注，如：

（1）Mike一言不合就秀中文。

（2）一言不合就秀录取通知书。

这些网络语言“一言不合就X”被广泛用于新闻标题中，不仅是因为其言简义丰，更是由其构式新颖所致。因而，无论是外部媒体的力量，还是语言经济性原则、语言的新颖性，都在某种程度上对网络语言“一言不合就X”构式的产生具有不可忽视的作用。

结　语

本文主要从构式语法理论、认知语言学、语用学三个角度探究了网络语言“一言不合就X”。运用构式理论对网络语言“一言不合就X”的构式进行界定，具有构式语义上的“不可预测性”和高频使用的特点。文章主要探讨了网络语言“一言不合就X”的构式形式特征和构式意义，认为网络语言“一言不合就X”具有两种构式形式，即S1和S2，也有两种相对应的构式义：“动不动”义和“出其不意”义。我们运用压制理论和重新分析理论探讨了其形成机制，并从语用学角度出发分析它的语用动因。网络语境的推动、语言的经济性原则和语言自身的新颖性，促使了网络语言“一言不合就X”的广泛运用和传播。

参考文献

［1］［美］Adele E. Goldberg. 构式：论元结构的构式语法研究［M］. 吴海波，译. 北京：北京大学出版社，2007.

［2］樊孟轲. 模因论视角下网络流行语的探究——以“一言不合就XX”为例［J］. 湖北科技学院学报，2017（5）.

［3］李婵. 网络流行语“一言不合就X”的“小三角”研究［J］. 洛阳理工学院学报（社会科学版），2017（2）.

［4］刘丹青. 重新分析的无标化解释［J］. 世界汉语教学，2008（1）.

［5］陆俭明. 构式与意象图式［J］. 北京大学学报（哲学社会科学版），2009（3）.

［6］罗雪. 网络语言“一言不合就XX”的概念整合解析［J］. 现代语文（学术综合版），2017（9）.

［7］沈家煊. 句法的象似性问题［J］. 外语教学与研究，1993（1）.

［8］孙青波. 新闻标题中“一言不合就X”构式的语法特征、语义特点及其语用价值［J］. 宿州学院学报，2017（8）.

［9］王未主编. 语言学新思潮［M］. 北京：中国社会科学出版社，2005.

［10］王寅. 构式语法研究（下卷）：分析应用［M］. 上海：上海外语教育出版社，2011.

［11］王寅. 构式语法研究（上卷）：理论思索［M］. 上海：上海外语教育出版社，2011.

［12］王寅. “新被字构式”的词汇压制解析［J］. 外国语，2011，34（3）.

［13］许娜. 网络流行语“一言不合就XX”探析［J］. 现代语文（语言研究版），2017（1）.

［14］于根元主编. 中国网络语言词典［M］北京：中国经济出版社，2001.

［15］赵晨. 构式和组成构式词之间的互动关系：构式心理表征探索［J］. 山东外语教学，2011（2）.

［16］张娟. 国内汉语构式语法研究十年［J］. 汉语学习，2013（2）.

（孙月霞　首都师范大学2016级硕士生　指导教师：李秉震）

虚词“别说”作为连词的语法分析

巴 莹

摘　要：本文通过分析 CCL 现代汉语语料库中有关“别说”的语料，找出其中“别说”作为连词所占比例，并对连词“别说”进行二次分析，得出其在小句中的位置不同时，在构式、语义、语用上都存在差异的结论。

关键词：别说；连词；构式；语义；语用；对比分析

“别说”作为动词词组具有实际意义，释义为“不要说”，如“行了，你别说了”。之后“别说”发生了词汇化和语法化演变，成为连词和话语标记，吕叔湘、丁力、邢福义、董秀芳、王健等学者从“别说”的连词角度对其进行分析①。本文通过梳理 CCL 现代汉语语料库中有关“别说”的语料，发现作为连词的“别说”由于所处小句的位置不同，在构式、语义、语用上都存在差异。

一、语料分析、词典释义

（一） CCL 语料库检索

检索条件及结果：现代汉语语料库，语料共 3494 条。

语料选取方法：采取等距抽样，每 10 条抽一条语料，得到语料 350 条，删除无效语料 17 条，剩余有效语料 333 条。

（二） 词典释义

《现代汉语八百词》：＜连词＞用于表示让步的复句。先把某一人或事物往低处说，借以突出另外的人或事物。

1. 用于前一小句，后一小句常用“即使（就是）……也……”或“（就）连

① 这些论著包括：吕叔湘主编，《现代汉语八百词》（1980）；丁力，《反逼“别说”句》（1999）；邢福义，《词类辨难》（2003）；董秀芳，《“X 说”的词汇化》（2003）、《词汇化与话语标记的形成》（2007）；王健，《说“别说”》（2008）。

……也……”。

别说这么点小事，即使再大的困难，我们也能解决。

这几位专家，**别说**在国内，就是在世界上也是很有名的。

2. 用于后一小句，句尾多用“了”。前一小句常用“都、也”。

（即使）再复杂的算术题他都能算出来，**别说**是这么简单的了。

这件事他连自己的亲人都没告诉，**别说**是你我了。

《现代汉语虚词词典》朱景松：<连词>，姑且不要说；撇开某种情况。

别说是他，谁也经不起这么折腾。

《现代汉语虚词词典》张斌：<连>表递进关系。连接小句，有“不要说”的意思，用以贬低某一事物的重要性，突出另一事物的重要性。

3. 用在前一小句的开头，后一小句常用“即使（就是）……也……”或“连……也（都）……”等与之搭配。

这几个字，**别说**小孩子不认识，即使大人也不一定认识。

4. 前一小句有时形式上是一个名词性词语或介词宾语，省略或隐含的动词在下文出现。

别说是水，连片雪花也找不到了。

别说白酒，他黄酒也不喝。

5. 用在后一小句的开头，句末常用“了”；前一小句用“都”或是“也”等与之搭配。大致相当于“何况”。

人家经常复习都不容易巩固，**别说**你不复习了。

6. 后一小句有时形式上是一个名词性词语或介词宾语，省略或隐含的动词出现在前边的小句中。

连西藏那么远的地方都去玩过，**别说**是杭州了。

这种问题谁也解决不了，**别说**你这样的同志了。

由上所述词典释义可见，《现代汉语八百词》、《现代汉语虚词词典》（朱景松）、《现代汉语虚词词典》（张斌）都将“别说”的词性定义为连词。

二、语义类别

通过阅读相关文献，总结出“别说”的语义分类多为以下三种情况。

1. “别说”作为动词短语，义为“不要说”，在所抽取的语料中也有所呈现。

（1）“**别说**了！**别说**了！”马老先生揉着眼睛说：“不刮脸啦，行不行?”

（文章标题：二马，作者：老舍）

（2）你就**别说**这些了，你的女儿的生命都快保不住了。

（文章标题：在细雨中呼喊，作者：余华）

作为动词短语，意思是“不要说”的“别说”共有123条语料，占总语料的37%。

2.“别说”为连词，是递进复句关联词。

常见搭配“别说……，就是……”“别说……，连……也/都”，共搜集到语料176条，占总语料的53%。

他严辞拒绝：“白给的钱，**别说**是3万元，就是30万元，我也不要！转告你们老板，老老实实做生意……”（1998年《人民日报》）

3.“别说”作为话语标记，可提醒听话者，起突出强调的作用，或是有说话者恍然大悟之意，共搜集到语料34条，占总语料的10%。

（1）原来如此，你**别说**，他今天的打扮还真像红军时代的陈大将军。

（新华社2003年3月新闻报道）

（2）你还**别说**，还真的亲自来了……

（文章标题：雪驹，作者：冯苓植）

（3）嘿嘿，**别说**，还真有些像。第二天，儿媳妇欢天喜地拿到街面上卖，可是卖了一个……

［《历史的天空》（当代影视）］

三、连词“别说”

（一）在小句中所处位置分析

在所抽取的333条语料当中，作为连词的“别说”共有176条，占总语料的53%，可见我们日常使用“别说”时多用其连词词性。因此我们对“别说”的连词词性再次分析，并得出表1：

表1　“别说”的连词词性分类语料统计

类别	数量（个）	占比（%）
别说……就是……	69	39.2
（更）别说（位于后一小句）	28	15.9
别说……（就）连	30	17.0
别说……即便/便/便是	6	3.4
别说……即使	5	2.8
别说（省略了“就是/连”等关联词，“别说”位于前一小句）	38	21.6

由表 1 可见，连词“别说”在小句中所处位置不同，处在前一小句的“别说”有“别说……就是……”“别说……（就）连”“别说……即便/便/便是”“别说……即使”以及省略形式的“别说”共有 148 例，占选取的作为连词“别说”的 176 条语料的 84%。位于后一小句的连词“别说”，在所调查语料中只存在一种情况就是“（更）别说”，共有 28 例，占选取的作为连词“别说”的 176 条语料的 16%。因此我们发现，在连词“别说”的使用中，我们常常选用“别说”位于前一小句的形式，多为完整的让步或是假设复句。

（二）比较分析

本文把作为连词的“别说”分为两种，后一小句的“别说”设为“别说$_1$”，前一小句的设为“别说$_2$”，分析两者差异。

1. 构式不同

我们将“别说”句式写为：别说$_1$：p，（更）别说 q（了）记作 S1：“B 都 Y，更别说$_1$A（X）。”别说$_2$写为：别说 q，p，记作 S_2：“别说$_2$A（X），B 都 Y”。“别说$_1$”前一般可以加副词“更”，句尾常有“了”出现，如：

(1) 除了哥们儿，从来还没一个人这么亲昵地对待我，更**别说**是个姑娘了，她那种满不在乎、随随便便的态度一下就把我迷住了。

（文件名：\当代\文学\大陆作家\王朔\文章标题：动物凶猛作者：王朔）

(2) 其实这才十二点呢，下一点的事情人们就都不知道了，更**别说**是下半夜两三点钟。两三点是最平安无事的钟点，连虫子都在做梦。这……

（文件名：\当代\文学\大陆作家\王安忆《长恨歌》）

而“别说$_2$”之前不可以加“更”，但可以加其他副词，如“先、且”等，例句如下：

(3) 且**别说**与年经费近 2 亿美元的美国国会图书馆比，就是与美国许多大学图书馆也没法比。

通过分析语料我们发现，两个句子形式并不能总是对等互换，体现出两个“别说”所在小句的形式差别。“别说$_1$”的前后分句里一般要求有被省略的共项存在，即使补出来也不影响表达，但补充后的 X 必须与 Y 同形，即 $X = Y$，否则句子不成立，而“别说$_2$”所在的句式中，只要 X 与 Y 语义类同即可，即 $X \approx Y$，不允许出现语义相似成分。

2. 语义关系

“别说$_1$”的语义关系是 q 是 p 的衍推义，分句之间的关系是语用衍推，其主观情感是直接肯定。

(1) 因为在西雅图，知道他“李小龙”这个中文名字的人极少，更**别说**知道他在香港的从影经历了。

（文件名：\当代\史传\张小蛇《李小龙的功夫人生》）

(2) 手术很成功，但手术后需要营养补充，而小军的家境连吃饭钱都不充足，更**别说**掏钱给他补身子。

（文件名：\当代\报刊\人民日报 \1998年《人民日报》）

(3)我们家连在区里当官的都没有，网上传的省级领导我从来没见过，更**别说**认识了。

（文件名：\当代\报刊\新华社\新华社2004年1月份新闻报道）

“别说$_2$”的语义关系是q是p的隐含义，分句之间对应的关系为递进关系，其主观情感是间接证实关系。

(4)农民现在的法律意识比干部还强，再这样下去，**别说**出了乱子难摆平，可能连发言权都要没了。

（文件名：\当代\报刊\新华社\新华社 2001 年 8 月份新闻报道）

(5)陈日升说：“现在**别说**想要提升业绩，就连维持现状都困难。为此，岛内图书业者都在考虑……”

（文件名：\当代\报刊\新华社\新华社 2004 年 7 月份新闻报道）

(6)**别说**不知道那是什么一回事，即使知道，如果自觉不宜发言，还是少说几句。

［文件名：\当代\报刊\读者\《读者》(合订本)］

3. 语用功能

通过上述例子可知，别说$_1$主要表达的语用功能是评价大于语篇连贯的，如例(3)，而且句子通常为叙述形式。别说$_2$的语用功能中认知连贯更为主要，预提叙述和对话都有。

结　语

本文通过分析CCL语料库中333条“别说”语料，并对176条作为连词“别说”的语料进行二次分析，探究其中处于后一小句的连词“别说$_1$”与处于前一小句的连词“别说$_2$”的异同。构式方面，一般“别说$_1$”前可以加副词“更”，句尾常有“了”出现，而“别说$_2$”之前不可以加“更”，但可以加其他副词，如“先”“且”等。语义方面，“别说$_1$”的语义关系是q是p的衍推义，分句之间的关系是语用衍推，其主观情感是直接肯定；“别说$_2$”的语义关系是q是p的隐含义，分句之间对应的关系为递进关系，其主观情感是间接证实关系。语用方面，“别说$_1$”主要表达的语用功能是评价大于语篇连贯的，而且句子通常为叙述形式；“别说$_2$”的语用功能认知连贯更为主要，预提叙述和对话都有。

参考文献

［1］丁力．反逼“别说”句［J］．语言研究：1999（1）．

［2］刘永华，高建平．汉语口语中的话语标记“别说”［J］．语言与翻译（汉文），2007（2）．

[3] 周莉．前后分句中不同的连接成分“别说”[J]．世界汉语教学，2013，27（4）．
[4] 侯瑞芬．“别说”与“别提”[J]．中国语文，2009（2）．
[5] 吕叔湘．现代汉语八百词［M］．北京：商务印书馆，1980.
[6] 邢福义．词类辨难［M］．北京：商务印书馆，2003.
[7] 董秀芳．词汇化与话语标记的形成［J］．世界汉语教学，2007（1）．
[8] 王健．说“别说”[J]．语言教学与研究，2008（2）．

（巴莹　首都师范大学2017级硕士生　指导教师：洪波）

韩国留学生汉语口语中的趋向补语偏误情况分析

——以《青蛙，你在哪里?》为例

孟欢欢

摘　要：趋向补语的掌握和运用，是在韩国留学生中长期存在的难点问题。本文以15名韩国留学生为对象，通过使用图画《青蛙，你在哪里?》，运用现场口述的方法，对韩国留学生口述中出现趋向补语的偏误情况进行统计和分析，并提出相应的教学建议。

关键词：趋向补语；偏误；教学建议

一、研究目的和意义

在汉语本体的研究中，黎锦熙、赵元任、吕叔湘、朱德熙等诸多学者都对汉语趋向补语有过讨论，关于其性质和结构方面的研究也不曾间断。在汉语补语中，趋向补语的使用频率较高。在对外汉语教学中，述补结构是"汉语句法结构的特点之一"①，是对外汉语教学和对少数民族的汉语教学中一个突出的难点。趋向补语的学习一直是汉语学习者的重点，也是韩国留学生学习的难点。最重要的是，韩语中并没有与汉语补语相对应的句法成分，加上补语结构的复杂性，使得韩国学习者在使用趋向补语时难上加难。

本文选择以图画呈现的形式，让被试者针对图画当场进行口语表述，能够真实测试出被试者在日常生活中的汉语补语使用情况，有助于汉语教学研究。通过梳理语料，笔者发现在韩国留学生中，无论是初级汉语学习者还是中高级汉语学习者，均未完全掌握好趋向补语的使用规则，在实际运用中出现了各种偏误问题，主要是在结构形式和语义方面，体现在后接宾语、加"了"和引申意义等方面。所以，对韩国留学生趋向补语的习得情况进行考察，对其偏误情况深入分析，发现出现偏误的原因，有助于韩国学生的趋向补语的教学，完善教学对策，同时也可为其他母语

---

① 朱德熙．语法丛稿［M］．上海：上海教育出版社，1989：20.

的汉语学习者提供教学参考，互相促进，共同为对外汉语的语法教学增砖添瓦。

二、研究概况

（一）研究对象

本文的研究对象为在中国学习汉语的韩国留学生，他们是来自首都师范大学国际文化交流学院的本科生（14人）和研究生（1人），共15人，测试材料的录音地点选在首都师范大学国际文化学院大厦的教室、大厅及咖啡厅等场所，学生学习年龄为20岁到25岁之间。根据学习汉语水平年度不同，细分为学习汉语一年到四年不等，其中男生4名，女生11名，得出如下人数统计（表1）。

表1　不同年龄受访者学习年限分布人数统计（单位：人）

学习年龄	学习年限					
	1年	1.5年	2年	2.5年	3年	4年
20岁			1			
21岁		2			1	
22岁			2	2	1	
23岁						1
24岁	1		1		1	
25岁			1			1

（二）研究材料

此次调查选取的研究材料是黑白无文字图画书中的一则故事——《青蛙，你在哪里?》①，讲述了一个小男孩在发现自己养的小青蛙不见了之后，和他的宠物狗到森林里寻找小青蛙的故事。故事中的小男孩在寻找青蛙的路途中遇到了各种各样的动物，经历了大大小小的磨难，最后找到了小青蛙并把它带回了家。

（三）研究过程

被试者在不借助任何工具帮助且无时间限制的情况下，根据所呈现的图画，自由发挥想象，口述《青蛙，你在哪里?》。研究者对被试者所述内容进行录音，然后将所录内容按照统一标准转写下来，再从语料中筛选出使用了趋向动词的句子，后期进行语料的统计和分析，以供研究使用。

（四）研究范围

本研究讨论趋向补语的界定问题，主要根据趋向动词的类别和数目，有二分法和三分法。本文将其分为三类。第一类：来、去；第二类：上、下、进、出、回、过、起、开；第三类：上来、上去、下来、下去、回来、回去、进去、进来、出来、出去、过去、过来、起来、开来、开去。前两类是简单趋向补语，最后一类是复合

① ［美］梅瑟·迈尔．青蛙，你在哪里?［M］．贵州：贵州人民出版社，2008.

趋向补语。此外，有的学者也把“到”加入其中，本文也做此考虑。

根据上述界定的趋向动词的研究范围，笔者对15名韩国学生的语料进行统计。在筛选过程中，为了缩小研究范围以提高研究的准确性，本研究只关注被试者趋向动词的使用情况，不考虑被试者的语音语调、语篇连贯、词汇的使用正误及搭配是否恰当等因素。对于一篇口述文中出现的话语重复，根据转写要求，如明显属于调整式的话语重复只算一次，为一个小句，对于话语调整，按完整的意思算一次，为一个小句。

三、调查结果统计与分析

（一）趋向补语的使用情况

在统计语料中，我们可以明显地发现，每位被试者都不可避免地使用了趋向动词，而且在一篇口述文中使用趋向动词的次数高达14次，使用频次非常高。语料筛选后，共整理得出132个使用了趋向动词的小句和应该使用但遗漏了趋向动词的小句。其中正确的句子有52个，占总数的39.4%；错误的句子有80个，占总数的60.6%。具体统计结果如下（表2）：

表2　趋向补语语料统计表

统计项		上	下	进	出	回	过	起	开	到	总计
	来	上来	下来	进来	出来	回来	过来	起来	开来	到来	
	去	上去	下去	进去	出去	回去	过去		开去		
总数（个）	3	6	31	7	44	2	3	14	3	19	132
偏误（个）	1	4	16	6	28	2	1	9	2	11	80
偏误率（%）	1.2	5	20	7.5	35	2.5	1.2	11.3	2.5	13.8	100

根据分类，笔者对出现趋向补语的132条语料进行了如上筛选。由于语料较多，本研究主要考察被试者出现错误句子的情况。通过上述统计，得出错误句子在总的错误句中的概率。

（二）趋向补语的习得情况

通过表2的统计，分别说明上述语料中的十大类趋向动词的习得情况。

1.“来”和“去”的单用，出现总数共3次，偏误数1次。

使用“来”和“去”相搭配的动补结构的情况非常普遍，其本义表示趋向意义，引申义表示结果义。在表示趋向意义时，被试者出现了错误。

（1）到底青蛙走去，走到［改为“去”］哪儿了

2.“上”、“上来”和“上去”，出现总数共6次，偏误数4次。

由于材料背景，被试者都是“V＋上”表示趋向义的表达，但是没有使用“结

果义”和“状态义”。与“上”搭配的动词是“爬”（3次）和“套”（1次）。留学生习得时出现的问题是省略趋向补语，都只使用动词，缺少趋向动词“上”。

（2）他们爬［加“上”］大石头叫青蛙

3. “下”、“下来”和“下去”，共出现31次，偏误数16次。

被试者基本上使用动词“掉+下来/下去”的结构，表示趋向意义。表达状态义时，与“下来”搭配的形容词只有“安静”一词。在这项搭配中，主要有“V+了”、“V+下来/下去”、“V+下来/下去+了”和“V+了+下来+了”的结构。留学生习得此句式的主要问题是缺少和误用趋向动词和主要动词，错误使用“了”。

（3）蜂蜜掉了（蜂巢掉下来了）

（4）掉下来［改为下去］的时候，他们发现了他们要找的那只青蛙

（5）终于蜜蜂的家［加“掉”］下去了

（6）男孩，从窗户掉［改为“跳”］下来

（7）蜂窝从树上掉下来［加“了”］

（8）［那个］小狗不小心掉下了［从窗户上掉了下来］

4. “进”、“进来”和“进去”，出现总数共7次，偏误数6次。

被试者全部使用“V+进”来表示趋向义，但只有一次表达使用正确，其主要问题是补语残缺、误用介词。

（9）男孩和狗在水里掉了［掉进水里了］

（10）他们掉在河上［进河里］

5. “出”、“出来”和“出去”，共出现44次，偏误数28次。

被试者大部分用“V+出来/出去”表示趋向义，共39次，其中正确数为14次，偏误数量为25次，偏误率非常高，与其搭配动词为“跑、跳、飞”等，主要问题是只有趋向动词，而缺少前加动词（20次）、“了”的误用（5次）。此外，在表达结果义时，与“出”搭配的动词为“发、做”和表达趋向义的“跳”。还有该用动词“出现”而误用出来。

（11）他睡觉的时候青蛙突然从，嗯，瓶子，瓶里［添加“跑”］出来，出去

（12）然后蜜蜂都出来［改为“飞出来”］了

（13）有头鹰出来了［飞了出来］

（14）所以他给他的小狗［加上“做出”］——你不要说，“嘘”这样的手势

（15）然后，在男孩的面前突然出现，从地上出来［出现］的一个动物

6. “回”、“回来”和“回去”，出现总数共2次，偏误数2次。

被试者在使用“回来”的趋向义时，偏误较大。主要问题是“V+回来”和“回来+了”的结构掌握不好。

（16）原来青蛙有家人，然后他们把青蛙捡回了［改为“找回来了”］

（17）好狗再回来［加助词“了”］

7. “过”、“过来”和“过去”，出现总数共3次，偏误数1次。

被试者用“V＋过来/过去”主要表示趋向义和结果义。在表示结果义时，与“过来”搭配的动词有“醒”，但动词的搭配把握得不好。

（18）然后第二天早上，这个小孩睡醒［改为“醒”］过来

8. “起”和“起来”，共出现14次，偏误数9次。

被试者在使用“起”时，常与动词“抱”搭配，以表达结果义。在学习“V＋起”过程中的问题是搭配错误和补语残缺，如分不清“起”和“起来”。当用“起来”时，常搭配动词“跑”，来表趋向义，是补语残缺，主要出现缺少动词的问题。此外“了＋补语”掌握得也不够好。

（19）然后，然后抱［加“起”］小狗

（20）然后再拿这个小狗［改为“又抱起小狗”］

（21）但是，立刻，从河上［加“坐”］起来

（22）然后那个鹿突然带那个男孩就突然跑［加“起来”］了

（23）所以，鹿很吃惊，鹿跑步了［跑了起来］

9. “开”、“开来”和“开去，”共出现3次，偏误数2次。

被试者在使用“开”表结果义时，通常不搭配动词“打”，使用“开窗户”和“开了窗户”来回避使用“打开”。所以，此项的主要问题是缺少动词。

（24）他们开［改为“打开”］窗户

（25）所以他开了［改为“打开”］窗户喊叫，嗯，了

10. “到”和“到来”，共出现19次，偏误数11次。

被试者在使用“到”表示趋向义时，常搭配动词“爬”、“掉”和“跑”。在学习“V＋到”时，常出现的补语残缺，搭配不对，缺少助词“了”和句式杂糅。在表结果义时，搭配“看”和“听”，其主要问题仍是补语残缺。

（26）所以男孩就跑［改为“跑到”］了很高的石头上

（27）他们，跑了到［改为“跑到”］石后边的

（28）所以他这个小孩子，掉了一个草，草原［改为“掉到了草原上”］

（29）居然狗看［改为“看到了”］蜜蜂

（三）趋向补语的偏误分析

由于调查选取的图画材料是简单相同的故事，所以在口述过程中，不同的被试者不可避免地会使用相同的句子。同样的句子，会有相同正确和相同错误的句子。所以笔者再次对语料进行统计，对被试者出现的偏误分门别类，得出该阶段韩国留学生常发生的偏误类型及偏误原因。

1. 趋向补语的残缺

汉语趋向补语能够表达丰富且复杂的语法意义，如果句中缺少补语，便会导致语义不全面，从而影响整句的表达效果。由于材料的背景，韩国留学生在口述图画故事时使用趋向义的补语句子较多。调查发现，趋向补语残缺的现象较为多见，会经常只使用动词，其后不接趋向补语或者趋向补语不完整。

（30）那个情况中，狗掉，掉去了［改为“狗掉下去了”］

（31）然后他掉了［“了”改为“进”］水里了

而在韩语中，趋向动词通常位于谓词后，表示的语法意义并不丰富，很多只表达趋向意义。而有些动词能够单独表示动作的方向、结果或状态，且不必借助后面的趋向动词。

2. 动词的遗漏

“动词＋趋向补语”这一结构中缺少动词，利用趋向补语独自承担整个结构的语义功能是动词遗漏的表现。在此次考察中，动词遗漏也是出现较多的问题。

（32）青蛙偷偷地［加“跑”］出去了

（33）但是，立刻，从河上［加“坐”］，起来

韩国留学生一般误以为趋向补语即动词，没有再加一个动词的必要。在例（32）中，用“出去”独自担当了动词的作用。而关于“来”作动词，因为“来”本身有动词的含义，所以很多韩国留学生没有在意，省略了本来使用的动词。

3. 趋向补语的混用

趋向补语的混用情况主要是在使用“来”和“去”，尤其是在使用复合趋向补语时。在汉语中，“来”表示“通过动作，使人或物体向立足点移动”，而“去”表示相反的意思“离开立足点，往另一目标移动”。“上”“下”表现得较为复杂：一是在空间上是高低位置上变化的意思，此处与“来”“去”不同，没有涉及立足点，而是靠近或离开立足点移动。①“下来”也有立足点，由高处向低处移动，“下来”是起点和终点都可以。相反，“下去”立足点在高处，由高向低，也是起点和终点均可。

（34）因此那个男孩和一只小狗，掉下来［改为“下去”］了，掉下来［改为“下去”］的时候，他们发现了他们找的那个青蛙

正是由于上述原因，例句（34）中的“下来”应改为“下去”。这两个词的使用常出现混用，问题就在于分辨不清它们在立足点上的细微差别。

此外，也出现了“出来”“下来”“起来”等的混用。

（35）青蛙从瓶子里，跳下来［改为“出来”］［加“了”］

---

① 刘月华，潘文娱等．实用现代汉语语法［M］．北京：商务印书馆，2002：551－552.

4. “动＋趋＋了”“动＋了＋趋”和“动＋了＋趋＋了”

这三种结构在语料中虽然出现得不多，但是留学生在使用时也会出现偏误。

（36）所以，马蜂窝掉［添加“了”］下来了

（37）好狗再回来［添加“了”］

“动＋趋＋了”中的“了”是“$了_2$”，而“动＋了＋趋”的“了”和“动＋了＋趋＋了”中的第一个“了”是“$了_1$”还是“$了_2$”，目前还存在分歧。杨德峰认为，“能进入‘动＋了＋趋’结构的都可以进入‘动＋趋＋了’结构中，但是能进入‘动＋趋＋了’中的趋向补语，大部分却不能进入‘动＋了＋趋’中”①。而刘月华认为，“‘动＋了＋趋’的结构中‘了’一般情况下是‘$了_1$’，但是某些表示引申意义的复合趋向补语的时是‘$了_2$’”②。所以，出现偏误的原因不仅是由于留学生没掌握好“$了_1$”和“$了_2$”的区别，还因为汉语学界还没有对上述结构讨论出结果。

5. 其他偏误

除上述出现的偏误外，韩国留学生还出现了少数趋向补语错序，如将“跑到了”说成“跑了到”；把介词误用为趋向动词，如将“掉进水里”说成“掉在水里”；句式杂糅，由于被试者的语言水平和测试时的心理原因，在表达时也会出现句式不清的情况，如“到底青蛙走去，走到哪儿了”，我们只能凭借前后句式意思来猜测被试者想表达的意思；动词的连用，将“醒过来”说成“睡醒过来”等。

结　语

经过对韩国留学生汉语趋向补语的习得和偏误情况进行分析，我们能够得出如下结论：韩国留学生在大学阶段对趋向补语掌握得不太好，调查中错误率偏高，习得情况并不理想。归纳出的共十种类型的趋向补语，其中有五种类型使用率不高，除材料背景限制外，不排除调查被试者采取回避策略的可能。

综上所述，影响韩国学生习得趋向补语的主要原因在于：

1. 母语负迁移。韩语中没有趋向补语的实际情况，加上汉语补语的干扰，使得留学生在趋向补语的运用中曲解，导致出现补语残缺、漏用的情况。

2. 趋向补语本身的复杂性。汉语是形式上多变、语义上复杂、句型丰富的语言，所以学习者经常会出现一些杂糅的情况。因为学习者既要掌握简单趋向补语和复合趋向补语，又要理解其本义和引申义。同时有些趋向补语的引申义虚化后变得很虚灵，看不出原来动词的意义，语法化程度更增加了学习者的难度。可以说，韩国留学生只是掌握了部分或未完全掌握趋向补语的使用和意义，使得在表达时出现偏误。

---

① 杨德峰．汉语的结构和句子研究［M］．北京：教育科学出版社，2004：24－25.

② 刘月华．趋向补语通释［M］．北京：北京语言文化大学出版社，1998：43－44.

3. 教师的教学策略。教师的教学方法是影响学生学习效果的重要因素，趋向补语的教学，通常是教师讲得多和细，学生操练的机会太少。所以虽然教师讲得很全面，但是学生并不理解，以至于学生在应用时产生偏误和误解。

4. 教材本身的问题。教材在编写趋向补语时，没有做到重点把握。比如编者在教学顺序、语义解释和语用特点等方面，似乎都没有做深入研究，可能较少去思考学生习得趋向补语的习得特点。同时，教材也缺乏针对性，中韩邻国交流广泛，学习汉语的韩国留学生较多，是否能够编制一部针对韩国留学生的汉语教材，以便韩国留学生的使用，也是值得思考的问题。

参考文献

[1] 朱德熙. 语法丛稿 [M]. 上海：上海教育出版社，1989.

[2] 刘月华，潘文娱等. 实用现代汉语语法 [M]. 北京：商务印书馆，2002.

[3] 杨德峰. 汉语的结构和句子研究 [M]. 北京：教育科学出版社，2004.

[4] 刘月华. 趋向补语通释 [M]. 北京：北京语言文化大学出版社，1998.

（孟欢欢　首都师范大学 2017 级硕士生　指导教师：邹立志）

试辨析介词“为”和“为了”

王宝琪

摘　要：在现代汉语中，“为”和“为了”的使用频率较高，用法也较为相似。作为介词，“为”有引进动作行为的受益者、引进行为或者动作的目的，介绍动作原因的用法。“为了”有引出动作行为的目的和介绍动作行为原因（这种用法极少）的用法。“为了”的“了”并不表示动作的状态，只是“为了”中的一个构词成分。由于“为”和“为了”在形式和语义上的相似性，经常会造成汉语学习者甚至汉语母语者的使用偏误。因此，本文将借助 CCL 语料库①对介词“为”和“为了”的用法进行全面的比较，以期明确两者在用法上的异同，为汉语学习者提供便利。

关键词：为；为了；用法

一、研究综述

介词“为”和“为了”在现代汉语中的使用频率很高，是汉语教学中很重要的一组介词。从形态上来看，介词“为了”只比介词“为”多了一个构词成分“了”，但在意义和用法方面却因此有了不少差别，很多汉语学习者并不能很好地区分这两者之间的差异，因此在使用时产生了偏误。

学界关于介词“为”和“为了”的差异有着深入探讨，但是意见并不统一。《现代汉语虚词例释》② 中指出介词“为”有三种作用：一是介绍出服务的对象，意思相当于“替”或“给”；二是表示动作的原因和由来；三是介绍动作或行为的目的。“为了”只有“为”的第三种用法，用以介绍出动作或行为的目的。吕叔湘③在《现代汉语八百词》中指出，介词“为”有两种作用：一是引进动作的受益

① CCL 语料库是由北京大学中国语言学研究中心建立的语料库，本文主要使用其中的现代汉语语料库。

② 北京大学中文系 1955、1957 级语言班．现代汉语虚词例释［M］．北京：商务印书馆，1962：320－323.

③ 吕叔湘．现代汉语八百词［M］．北京：商务印书馆，2005：484－485.

者；二是表示原因、目的，可加“了”，“为了”可在主语前，有停顿。

笔者认为学界意见不统一的原因可能和所选取的语料有关。郭伏良、杨柳通过对不同语体的作品进行分析，发现小说中使用“为了”的比例远高于公文语体。因此，为了排除语体差异对所得结论造成的干扰，本文将语料来源限定在介词“为”和“为了”出现频率都很高，同时也有更强口语色彩的小说内，通过对来自 CCL 语料库“当代/文学/大陆作家”条目下的语料进行分析，找出介词“为”和“为了”的异同，为汉语学习者提供便利。

二、语料统计

笔者通过 CCL 语料库，在“当代/文学/大陆作家”条目下搜索带有“为”字的条目，共得到 61701 条。由于“为”字有阳平和去声两种读音，在去除了包括读阳平时和包括“因为、为什么、为何”等无效条目之后，共得到读去声时单独使用的介词“为”条目 6770 条，“为了”条目 5340 条。从条目数量上看，介词“为”和“为了”的使用频率相差不大。笔者通过等距抽样的方法，每 10 条抽 1 条，共得到介词“为”样本 677 条，“为了”样本 534 条。

在介词“为”样本中，引出服务对象是出现最为频繁的用法，共有 428 条；介绍动作原因和引出动作目的出现频率相近，分别有 126 条和 123 条。在“为了”的样本中，525 条都是引出动作目的的用法，只有 9 条是在介绍动作原因。具体情况请参见表 1。

表 1　介词“为”和“为了”用法统计

介词	样本总数量	引出服务对象	介绍动作原因	引出动作目的
为	677	428	126	123
为了	534	/	9	525

三、“为”的用法

介词“为”有三种用法：引进动作行为的受益者，或者说表示行为动作关涉的对象，意思相当于“替”或“给”①；表示动作的原因和由来；介绍动作或行为的目的。

（一）“为”：引进动作行为的受益者

我们先来分析介词“为”最常见的用法，即引进动作行为的受益者。我们先来看几个语料中具有代表性的条目：

① 郭伏良、杨柳．试析“为”和“为了”的异同［J］．汉字文化，2009（2）：30－32.

1. 母亲一看小菲居然要[为]丈夫做菜,喜出望外。

（当代\文学\大陆作家\严歌苓《一个女人的史诗》.txt）

2. 我没想到你还会站在他的立场上[为]他着想。

（当代\文学\大陆作家\周大新《湖光山色》.txt）

3. 他刚才听说闯王来到丁国宝这里,很[为]闯王的安全担心。

（当代\文学\大陆作家\姚雪垠《李自成》2.txt）

4. 走,喝酒去,算[为]你们壮行。

（当代\文学\大陆作家\柳建伟《突出重围》.txt）

5. 金桥就按照那响声的节奏[为]猪腿盖图章。

（当代\文学\大陆作家\苏童《肉联厂的春天》.txt）

可以看出，上面五个例子遵循这样的结构：为 + 服务对象 + 动词。按照《现代汉语虚词例释》中的说法，将“为”替换成“替”或者“给”，句子还是成立的。刘瑞明将“打、作、为”称为“泛义动词”①，即一个动词可以指称或代替许多具体动词，远远超出它自身而使用范畴宽泛。文中举了古代汉语的例子——“疾不可为（医）也，在肓之上，膏之下”（《左传》）、“祖孙二人，相依为（度）命”（《陈情表》）、“臣生不能报陛下，死为（变）鬼以疠贼”（《新唐书》）等加以说明。在笔者看来，在使用过程中，动词“为”的泛义用法引申到了介词“为”的用法中，因而使“为”代替“给”和“替”出现在上述例句中，这一点还需要更深入地研究。

（二）“为”：表示动作的原因和由来

此种用法在语料中共出现了 126 次，例句如下：

1. 张猫突然大笑起来,[为]自己这个说法吓了一大跳。

（当代\文学\大陆作家\卫慧《床上的月亮》.txt）

2. 他的心里,[为]自己没有能够深刻理解和接受黄弼的教育而感到痛苦难过。

（当代\文学\大陆作家\吴强《红日》.txt）

3. 她不愿让老人再[为]这事担惊受怕。

（当代\文学\大陆作家\周大新《湖光山色》.txt）

4. 他[为]自己的知识贫乏深感羞愧。

（当代\文学\大陆作家\张贤亮.txt）

5. 他[为]自己学会了一点儿宽容而欣喜。

（当代\文学\大陆作家\池莉.txt）

---

① 刘瑞明. 论“打、作、为”的泛义动词性质及使用特点［J］. 湖北大学学报（哲学社会科学版），1992（1）：66－74.

上述例句的用法有一个显著的特征，即和心理活动有关。“为”后的宾语是心理活动的原因，如例1中“说法”是“吓一大跳”的原因，例2中“理解和接受……教育”是“感到痛苦难过”的原因。这里的“为”也可以替换为“因为”，意思并不受影响。

（三）“为”：介绍动作或行为的目的

此种用法在语料中共出现了123次，例句如下：

1. 都说小菲身材够少女型了，[为]演甜女还要天天吃斋。

（当代\文学\大陆作家\严歌苓《一个女人的史诗》.txt）

2. 依小的看来，[为]求机密，不妨把所有的马匹骡子都留在此处，留下少数弟兄看守。

（当代\文学\大陆作家\姚雪垠《李自成》2.txt）

3. [为]保证万无一失，你要亲自带部队趁夜黑插过去，越快越好。

（当代\文学\大陆作家\柳建伟《突出重围》.txt）

4. 墨索里尼在希特勒的支持下派兵入侵阿尔巴尼亚，[为]进一步入侵希腊和南斯拉夫建立了跳板。

（当代\文学\大陆作家\沈永兴、朱贵生《二战全景纪实》.txt）

5. [为]顾全你的狗命，快滚回中国去吧，否则我们要采取实际行动来对付你！

（当代\文学\大陆作家\苏雪林《棘心》.txt）

由上述例句可知，当“为”介绍动作或者行为的目的时，“为”后面紧跟着动词，并且“为”后面的宾语是整个句子的目的。如例1中“演甜女”是“天天吃斋”的目的，例2中“求机密”是“把所有的马匹骡子都留在此处”的目的。

四、“为了”的用法

“为了”有两种用法：其一，引出动作行为的目的；其二，介绍动作行为原因。

（一）“为了”：引出动作行为的目的

和“为”介绍动作或行为目的的用法相似，“为了”后面的宾语也是整个句子的目的。例句如下：

1. 她那样丧心病狂地舞动，就是[为了]挑逗和追求一个男人。

（当代\文学\大陆作家\严歌苓《穗子物语》.txt）

2. 一个眼神，一声轻轻的笑，好象都是[为了]叫香雪意识到，她是小地方来的，穷地方来的。

（当代\文学\大陆作家\铁凝《香雪》.txt）

3. 王贵提出了[为了]房子大干快上的家庭计划。

（当代\文学\大陆作家\六六《王贵与安娜》.txt）

4.“唉！算了。忍忍吧！就当[为了]孙子。又不是看她的面子。”

（当代\文学\大陆作家\六六《双面胶》.txt）

5. 原来到处搜查我还是[为了]抓住马。

（当代\文学\大陆作家\冯苓植《雪驹》.txt）

6. 当然，你提意见的本意还是好的，是[为了]咱铁道游击队整齐。

（当代\文学\大陆作家\知侠《铁道游击队》.txt）

7.[为了]消灭敌人，他们从不怕牺牲个人的生命。

（当代\文学\大陆作家\知侠《铁道游击队》.txt）

与“为”不同的是，“为了”后面有直接加名词的情况出现，如例3中的“为了房子”和例4中的“为了孙子”，“房子”是“提出大干快上的家庭计划”的目的，而“孙子”是“忍忍”的目的。

在“为”的例句中，只有使用“为……而……”的形式，才能在“为”后直接加名词，例如：

1. 他非常敬佩[为]祖国[为]壮丽的革命事业而献身的英雄行径。

（当代\文学\大陆作家\周而复《上海的早晨》.txt）

2. 要[为]真理而斗争！

（当代\文学\大陆作家\吴强《红日》.txt）

3. 信中骂她是五四思潮的叛徒，帝国主义的帮凶，[为]金钱而出卖人格的无耻者。

（当代\文学\大陆作家\苏雪林《棘心》.txt）

如上述例句，“为”后的名词是“而”后动作的目的：“祖国”是“献身”的目的，“真理”是“斗争”的目的，“金钱”是“出卖人格”的目的。

（二）“为了”：介绍动作行为原因

这种用法极其稀少，在抽取的语料中仅有9条为此种用法，并且其中5条都是“为了……的原因”句式。例句如下：

1. 她在想，或许耿将军家风独特，[为了]什么封建迷信的秘密原因把个小子扮成闺女了。

（当代\文学\大陆作家\严歌苓《穗子物语》.txt）

2. 她已经意识到她在我们眼里的狼狈，开始疑惑，到底是[为了]什么她不得而知的原因，我们集体和她翻了脸。

（当代\文学\大陆作家\严歌苓《穗子物语》.txt）

3. 那个孩子一准是他孙少勇的，[为了]个什么原因她翻脸不认人，死活不承认，他看不透。

（当代\文学\大陆作家\严歌苓《第九个寡妇》.txt）

如例句所示，这种句式全部出自作家严歌苓，在其他作家的作品中从未出现，因此可以看为严歌苓的个人习惯用语。严歌苓为美籍华人，常年使用中文和英文创作。英文中有“for what reason”这种用法，也许严歌苓受到英语的影响，在中文的创作中使用了“为了……原因”这种直译过来的句式，而在其他大陆作家中并没有发现此种用法。

1. [为了]怕漏出亮光，吴洪涛和许宁用棉被支成一个小窝铺，杨旭划着洋火。

（当代\文学\大陆作家\杨沫《青春之歌》. txt）

2. 他们白天不能上岸了，[为了]要吃饭，夜里派出一个分队，秘密的摸到庄子里。

（当代\文学\大陆作家\知侠《铁道游击队》. txt）

3. 说到这里，芳林嫂的喉头有点沙哑，显然是[为了]小坡在旁边，她是硬压住将要迸出眼眶的泪水的。

（当代\文学\大陆作家\知侠《铁道游击队》. txt）

4. [为了]怕出动静，他喜欢用刀砍头，或者无声的把人活埋。

（当代\文学\大陆作家\知侠《铁道游击队》. txt）

笔者认为，上述4例中的“为了”都可以替换为“因为”，替换之后反而更符合我们现在的语法，阅读和理解起来也更为方便、明确。《青春之歌》（1958年）和《铁道游击队》（1954年）两本著作的出版时间距离国家开始推广普通话的时间不远，在之后出版的作品中，“为了”表示原因这种用法在本语料中再没有出现。《现代汉语词典》在“为了”条目下特别提示：注意，表示原因，一般用“因为”，不用“为了”①。同时，不同于“为”引出动作原因的用法，“为了”表示原因时和心理活动无关。上述几个例子都是实际动作的原因，并不是心理活动的原因。

五、“为”和“为了”在介绍动作或行为目的时的对比

“为”和“为了”都有介绍动作或行为目的的用法，除了前文所说的“为”必须在“为……而……”格式中才能后面紧跟名词。为了辨别“为”和“为了”在后面紧跟着动词情况下的差别，笔者找出了下面几组例句：

1. 林铭球[为]表示自己的长者身份和对献忠的关心，问了问献忠的家庭情形和年龄。

（当代\文学\大陆作家\姚雪垠《李自成》2. txt）

2. 阳光[为了]表示自己好客，分外热情地烤着他们的全身。

（当代\文学\大陆作家\佳作 2. txt）

① 中国社会科学院语言研究所词典编辑室. 现代汉语词典（第5版）[M]. 北京：商务印书馆，2005：1422.

3. 最后是[为]保住这片园子冲上去，撞碎自己。

（当代\文学\大陆作家\张炜.txt）

4. 德军已肯定胜利无望，[为了]保住德国的军事骨干和生产潜力，应尽快通过外交途径结束这场战争。

（当代\文学\大陆作家\沈永兴、朱贵生《二战全景纪实》.txt）

5. 临走时留下一位石科长，大概是单[为]等你接头的。

（当代\文学\大陆作家\李英儒《野火春风斗古城》.txt）

6. [为了]等一封注定要让他失望的旧信，他就得警觉，就得绷紧神经。

（当代\文学\大陆作家\《残雪自选集》.txt）

由上述三组例句可以看出，在介绍动作或行为的目的时，“为”和“为了”在后面紧跟着动词的情况下，意义和用法方面没有差别。但是郭晓玮指出，有些句子中使用“为了”会违反语言的经济性原则①。如例5，“大概是单［为］等你接头的”，将“为”换成“为了”——“大概是单［为了］等你接头的”，较之前的句子，读起来略感别扭。问题就在于“单”“为”“等”“你”都是单音节的，“单为”和“等你”读起来形成了有韵律的两个双音节短语，将“为”换成“为了”，读起来就失去了韵律。为了找回韵律，还要将“单”改成“单单”——“大概是单单为了等你接头的”。因此，笔者同意郭晓玮的观点，“为了”的语言经济性弱于“为”，在有些句子中因为韵律的原因，“为了”不能替换为“为”，所以“为”的适用范围更广。

结　语

通过上述分析，我们可以总结出介词“为”和“为了”用法的异同。

1. 引出服务对象：是介词“为”独有的用法，也是介词“为”最常见的用法。遵循这样一个结构：为＋服务对象＋动词，实际意思相当于“替”或“给”。

2. 表示动作的原因和由来：“为”和“为了”都有这种用法，不过“为了”的这种用法极其稀少。

“为”表示动作的原因和由来这一类用法有一个显著的特征，即和心理活动有关，“为”后的宾语是各类心理活动的原因。“为了”表示原因的用法极其稀少，只有个别使用者因个人原因使用。在推广普通话以前的作品中“为了”含有“因为”的意思，但随着普通话的推广，之后的文学作品中不曾出现这种使用方法。同时，《现代汉语词典》在“为了”条目下特别提示：注意，表示原因，一般用“因为”，不用“为了”。

3. 引出动作行为的目的：“为”和“为了”都有这种用法。“为”和“为了”

① 郭晓玮．从语义特征看介词“为”“为了”［J］．现代语文（语言研究），2007（2）：45－46.

后面的宾语都是整个句子的目的。

不同有两处，一是“为了”后面有直接加名词的情况出现，而介词“为”后面，只有使用“为……而……”的形式时才能直接加名词。二是“为”和“为了”后面紧跟着动词的情况下，“为了”的语言经济性弱于“为”，在有些句子中因为韵律的原因，“为了”不能替换为“为”，“为”的适用范围更广。

参考文献

[1] 北京大学中文系1955、1957级语言班．现代汉语虚词例释［M］．北京：商务印书馆，1962.

[2] 吕叔湘．现代汉语八百词［M］．北京：商务印书馆，2005.

[3] 郭伏良，杨柳．试析“为”和“为了”的异同［J］．汉字文化，2009（2）．

[4] 刘瑞明．论“打、作、为”的泛义动词性质及使用特点［J］．湖北大学学报（哲学社会科学版），1992（1）．

[5] 中国社会科学院语言研究所词典编辑室．现代汉语词典（第5版）［M］．北京：商务印书馆，2005.

[6] 郭晓玮．从语义特征看介词“为”“为了”［J］．现代语文（语言研究），2007（2）．

（王宝琪　首都师范大学2017级硕士生　指导教师：刘贤俊）

·文艺学·

艺术的政治潜能

——论马尔库塞的艺术观

邵晓雪

摘　要： 马尔库塞在其晚期的美学思想中，对艺术与革命复杂矛盾的关系及艺术的政治潜能等问题进行了开掘。他认为，艺术的政治潜能在于其审美形式本身，而非其直接蕴含某一特定的政治性内容和目标。艺术正是因其形式的自律性而传达出了超越于现实的真理，并具有颠覆社会既存秩序的政治潜力。马尔库塞对艺术形式解放潜力的思考与其新感性的理论密切相关。艺术形式承载并传播着新的艺术感受，而这种由艺术塑造而成的新感性，能打破那些存在于社会既定规则和秩序中的感受方式，从而对充满压抑的现存体系构成挑战。

关键词： 艺术形式；政治潜能；新感性

在20世纪复杂和动荡的政治形势下，一些新左派理论家纷纷对艺术与政治的关系进行了思考与探究。本雅明在《作为生产者的作者》中将艺术家看作生产者，认为其在创作时，有责任运用特定的艺术技巧来启蒙大众，进行政治介入，借由艺术塑造出有反思能力的大众。而马尔库塞在其晚期的美学思想中，更是对艺术与革命复杂矛盾的关系及艺术的政治潜能等问题进行了开掘。马尔库塞认为，“艺术的政治潜能在于艺术本身，即在审美形式本身”①。因而，艺术的审美形式是理解与把握马尔库塞有关艺术与政治之关系思想的重要入口。

一、何为艺术的审美形式

马尔库塞认为，作品的“形式”从根本上界定了一件艺术作品的独一无二性。他指出，虽然一件作品经由大量复制后，可能会失去本雅明所说的那种“灵韵”，即作品的原初性，但艺术作品正是借助于自身的形式才得以不同于其他的艺术作品。艺术的“形式”不仅决定着艺术作品的独特性，还决定了艺术与其他人类活动的区

---

① ［美］赫伯特·马尔库塞．审美之维［M］．李小兵，译．桂林：广西师范大学出版社，2001：189.

别。因而，形式就是艺术的本质，形式就是艺术的现实。

作品的组成与结构、风格与技巧等都属于形式层面。对于文学作品来说，“形式”可以是结构、语言等方面的特征；对于音乐作品而言，“形式”则关系到音色、音调、节奏和布局等；而在绘画、摄影等一系列视觉作品那里，“形式”则意味着线条、色彩、构图等。此外，就形式与内容的关系来看，马尔库塞认为，通过审美形式，现实的内容被艺术家重新把握，并获得了秩序化，“内容被形式所改造，从而获得了超越其内容组成成分的一种意义。这个超越的秩序，就是作为艺术真理的美的显现”①。但同时，只有形式也不能实现艺术的完整性和真实性，纯粹的“技法”也不能代表艺术本质上的特征。因此，“一件艺术作品的真诚或真实与否，并不取决于它的内容（即是否‘正确地’表现了社会环境），也不取决于它的纯粹形式，而是取决于它业已成为形式的内容”②，亦即艺术的审美形式需要相应的现实内容来充实自身，以再现现实，内容也需要形式的秩序化以实现对自身的超越，二者是相辅相成的。

艺术的形式具有审美性，但并不是所有的艺术形式都能被归入美的范畴中。在艺术作品中，“所谓‘审美形式’，是指和谐、节奏和对比诸性质的总体，它使得作品成为一个自足的整体，具有自身的结构和秩序（风格）”③，在西方古典文化中，和谐、统一和秩序、比例等都属于美的范畴。因此，艺术形式需要遵循美的形式规律，将艺术的种种对象，如语词、声音、线条、色彩、思想、情感、意向等构成一个结构化的整体，在其中，美与真保持了完美的和谐。并且，“在审美形式的法则下，既存现实必然被升华了：直接内容被风格化，‘素材’依照艺术形式的要求被重新组合和重新排列”④，即艺术往往在这种美的形式中升华着人类现实，不管这种现实是罪恶的、痛苦的，还是美好的、幸福的，它都将在艺术形式化的过程中异于原来的性质。

此外，马尔库塞认为，艺术通过审美形式而具有自律性，独立自主且不受外在他者的控制。这种自律产生于人类脑力活动和体力活动的分工，艺术不再依附于物质生产过程，“由此抨击由统治而建立的现实”⑤。艺术的自律对艺术来说至关重要，它决定了艺术作品能否自由自在地表达出超越现实的真理，揭示出真实的现实关系。“艺术的真理，就在于它能够打破现存现实（或那些造成这些现实的东西）的垄断性，就在于它能由此确定什么东西是实在的。”⑥ 审美形式、自律和真理三者紧密关联，它们是特定社会历史的产物，同时又能够超越社会历史语境的限制。当审美形式的自律性受到社会现实条件的抑制时，艺术超越于现实的表达将受到破坏，其真

---

① ［美］赫伯特·马尔库塞．审美之维［M］．李小兵，译．桂林：广西师范大学出版社，2001：114．
② ［美］赫伯特·马尔库塞．审美之维［M］．李小兵，译．桂林：广西师范大学出版社，2001：150．
③ ［美］赫伯特·马尔库塞．审美之维［M］．李小兵，译．桂林：广西师范大学出版社，2001：101．
④ ［美］赫伯特·马尔库塞．审美之维［M］．李小兵，译．桂林：广西师范大学出版社，2001：123．
⑤ ［美］赫伯特·马尔库塞．审美之维［M］．李小兵，译．桂林：广西师范大学出版社，2001：203．
⑥ ［美］赫伯特·马尔库塞．审美之维［M］．李小兵，译．桂林：广西师范大学出版社，2001：233．

与美也将很难和谐地统一起来。

艺术更是极有可能就沦为纯粹美化现实的装饰品。马尔库塞关于艺术自律性的论述，主要针对的是那种机械的文学反映论及强调文学的意识形态功能与阶级特性的观念。他否定了传统美学中那种假定所有艺术都被生产关系、阶级地位所决定的观点，而是认为，从生产关系和阶级地位的角度出发去评判艺术作品显然与艺术的本质相违背。艺术的自律性要求艺术应当超越特定的阶级意识形态，去表现普遍的真理，普遍的美。“艺术的普遍性，不以特定阶级的世界或世界观为依据，因为，艺术要揭示的是一种具体的普遍性，即展示出人性”①，如艺术中所表现出的快乐与忧伤、成功与绝望、爱欲与死欲等这些人性中永恒的情感、思想与欲望。这种普遍性超越了特定的历史，并且存在于任何阶级中。只要表现了人类普遍存在的问题，那种伟大的艺术就不会只属于某一特定的阶级，而是属于全人类。所以，马尔库塞反对用艺术家的阶级身份来衡量艺术作品的水准。

艺术形式的自律性使得艺术家将其创作与由其自身的家庭环境、生活经历所造成的局限性相决裂，比如出身于贵族或资产阶级家庭的作家，也可以创作出反映底层劳苦人民的伟大作品，还有的作家虽然表现的是过去的社会、过去人们的生存状态，但他们的作品中能够反映出对普遍人性问题的思索，这就使得其作品能够跨越历史、国家和民族的界限，乃至成为经典。

二、审美形式的政治潜能

马尔库塞高度重视艺术形式颠覆现存社会关系的政治潜力，他的美学思想也有着浓厚的政治美学的色彩。马尔库塞曾说：“纵观全部有记载的人类历史，欺骗与幻象总是现存现实的性质。因此，神秘化就不仅是资本主义社会才有的一个特征。相反，艺术作品绝不隐瞒现实存在，艺术是揭露现实的。”② 这句话无疑流露出马尔库塞对于社会现实固有弊端的透彻洞察，及其对艺术的功能角色所寄予的厚望。

“艺术作品从其内在的逻辑结论中产生出另一种理性、另一种感性，这些理性和感性公开对抗那些滋生在统治的社会制度中的理性和感性”③，亦即艺术能生产出新的理性和感性，并以此来反对现存制度中的不合理。因此，马尔库塞认为，“无论艺术是怎样地被现行的趣味和行为的价值、标准以及经验的限制所决定、定型和导向，它都总是超越着对现实存在的美化、崇高化，超越着为现实派遣和辩解”④。而艺术与现实疏离和异在的程度，便构成了它的解放价值。正是从这种艺术的“异在”性出发，马尔库塞论证了艺术所具有的政治潜能。

---

① ［美］赫伯特·马尔库塞. 审美之维［M］. 李小兵，译. 桂林：广西师范大学出版社，2001：202.

② ［美］赫伯特·马尔库塞. 审美之维［M］. 李小兵，译. 桂林：广西师范大学出版社，2001：227.

③ ［美］赫伯特·马尔库塞. 审美之维［M］. 李小兵，译. 桂林：广西师范大学出版社，2001：195.

④ ［美］赫伯特·马尔库塞. 审美之维［M］. 李小兵，译. 桂林：广西师范大学出版社，2001：181.

艺术的政治潜能在于其审美形式本身，“艺术正是借助形式，才超越了现存现实，才成为在现存现实中与现实作对的作品”①。艺术在艺术形式这个最基本的维度上超越着现存的经验，进行着对于现实的控诉，以及对新的未来做出预示。艺术形式的王国独立于现实的世界，并对其中的习以为常性提出质疑，展开反抗。“有了审美形式，艺术作品就摆脱了现实的无尽的过程，获得了它本身的意味和真理”②，审美形式同现实原则相决裂，并创造出自身独立的价值和意义。因此，艺术的革命性也正体现在，其以不断变换的审美形式去颠覆既有的知觉和感觉方式，创造新的感受和理解事物的方式，展现出未来自由解放的图景。同时，虽然面对不同的社会结构，艺术作品的颠覆力量存在差异，但艺术的审美之维却可以表达出超历史性的特定历史。

因此，艺术的政治潜能并不等于说艺术可以直接、浅显地承载某些政治性的内容，表达具体的政治目标。真正的艺术仍要运用与现实保持疏远的审美形式，其“解放性”才能超越具体的政治目标，超越具体的社会批判。艺术所忠实的是一般性的理念，并非某一具体的、个别的事物。只要理念与现实、普遍与个别之间的冲突在实际生活中一直持续着，那么艺术也将永远保持着自身的“异在性”。因而，艺术有艺术之本性，革命有革命之使命，两者不能互相取代。让两者相互联系并实现良好沟通的是审美形式这一中介，“它只有通过把政治内容在艺术中变成元政治的东西，也就是说，让政治内容受制于作为艺术内在必然性的审美形式时，艺术才能表现出革命。所有革命的目标——自由和安宁的世界——都出现在完全是非政治的媒介中，都受制于美和和谐的规律”③。政治潜能总是附属于其审美之维，即使是在最缺乏政治内容的地方，也可以存在政治反抗性的艺术。或者说，艺术的政治潜能也总是在其最不具有政治性的时候才鲜明地彰显出来。

马尔库塞将艺术的政治潜能归于艺术的审美形式，这就更根本地立足于艺术的本体特征，从艺术的本质出发来讨论艺术与政治、革命之间的关系，驳斥了那种艺术为政治服务的相关观点。但既然艺术无法直接地转化为特定的政治实践，那么艺术如何以一种根本疏离于现实的方式进行述说？审美形式如何转化为某种具有政治潜能的东西？马尔库塞指出，“政治”的介入是一个艺术“技巧”的问题，艺术需通过审美形式的变形让现实成为形式中的现实。

艺术必须使用现存社会所通用的语词，依赖这些为人们所共享的文化质料才能传递自身的意义，并谋求在此基础上对语词的意义进行置换或改造。这恰恰是审美形式的力量所在，审美形式使得寻常的东西变得不寻常。“一出剧，一部小说，只有借助能‘溶合’和升华‘素材’的形式才能成为真正的艺术作品”④，在艺术作

① ［美］赫伯特·马尔库塞．审美之维［M］．李小兵，译．桂林：广西师范大学出版社，2001：190.

② ［美］赫伯特·马尔库塞．审美之维［M］．李小兵，译．桂林：广西师范大学出版社，2001：125.

③ ［美］赫伯特·马尔库塞．审美之维［M］．李小兵，译．桂林：广西师范大学出版社，2001：163.

④ ［美］赫伯特·马尔库塞．审美之维［M］．李小兵，译．桂林：广西师范大学出版社，2001：218.

品中，“素材”经过形式的“溶合”和升华，会脱离自身的直接性，发生质变，即使未经过明显的变形，其原本的意味也会被现实的整体所改变，甚至被转化为相反的意味。

形式使得那些习以为常的现实内容和经验产生了一种异在的特殊力量，但没有承载着具体内容的形式，即使是否定性的形式，也是对现实内容的歌功颂德。马尔库塞强调形式与内容的辩证统一，现实的素材在审美形式那里必然要经历“风格化”，“风格化”的艺术现实揭开了现存社会规范的神秘面纱，以一种新的感性方式去表现事物的本来面目，表达在现实中被掩盖的真理。

从审美形式这一联系艺术与现实的重要中介出发，马尔库塞对20世纪流行的反艺术、非艺术及活动艺术等给予了否定和批判。这些艺术极力地渴望取消任何艺术形式，打破传统艺术的窠臼，直接地去表现生活，然而由于放弃了审美形式而离真正的现实越来越远。“那种出现在反艺术中的发泄和反升华，由于缺乏审美形式的认知力和洞察力，因而同现实分离（或使现实虚假化）”①，反艺术、活动艺术等在对艺术形式的反抗中仍旧保留了艺术形式，但这种艺术形式却因其与现实形式的趋近而弱化或抹杀了自身反抗现实、升华现实的力量。可以说，它们背离了艺术与现实之间辩证的对立关系。相反，真诚的艺术作品会努力地使用新的语词、形象和音色，以不断地增强自身与现实的异化程度。

总之，审美形式应当是艺术作品发挥社会功用的根本前提。审美形式与政治内容之间的联系并非直接统一的，而是曲折复杂的。

三、审美形式与新感性

“马尔库塞的晚期著作基本上都是美学著作，而他学术生涯的起点也是艺术。他晚年的艺术观，是经历了本世纪实践经验后的一种理论回复”②，可以说，马尔库塞对于艺术问题一直保持着较为密切的关注，而艺术问题和马尔库塞毕生思索的问题息息相关，亦即人的解放问题。身为法兰克福学派的重要成员，马尔库塞继承了法兰克福学派对现代资本主义工业社会的反思，探求人如何在现代工业社会中摆脱异化，摆脱社会意识形态带给人的压抑。经历过历次社会运动的失败后，马尔库塞则更多地将解决此问题的着眼点放在了艺术上，亦即把艺术的感性解放潜能与政治实践的问题结合了起来，其理论上的独特性源自他对于弗洛伊德精神分析理论的吸收与挪用。如果说马克思的理论启发马尔库塞从社会经济的角度去思考人的解放，而弗洛伊德对人心理结构的考察则促使其由外向内转，去思考人在心理层面实现解放的可能性。循着弗洛伊德的压抑与升华理论，结合西方悠久的美学传统，马尔库塞找到了审美的道路，把人的解放指向了审美世界中的感性解放。人想获得解放，

---

① ［美］赫伯特·马尔库塞. 审美之维［M］. 李小兵，译. 桂林：广西师范大学出版社，2001：224.

② ［美］赫伯特·马尔库塞. 审美之维［M］. 李小兵，译. 桂林：广西师范大学出版社，2001：16.

就得先解放自身的感性，让自身的感官和自然本性摆脱压抑。

在《论新感性》一文中，马尔库塞这样去描述新感性的特质，“新感性，表现着生命本能对攻击性和罪恶的超升，它将在社会的范围内，孕育出充满生命的需求，以消除不公正和苦难；它将构织‘生活标准’向更高水平的进化”①。新感性的特征是反对压迫与戕害人的生命，反对社会的不公，它指向人的解放与社会的和谐安宁。一方面，社会的发展不断地被强大的工具理性主宰着，我们作为人所具有的感性遭到了压抑和贬斥；另一方面，社会的商业与政治体系往往向我们输出同样的感觉媒介，提供同质化的经验，并极大地限制了我们对于新世界的感受力和想象力。所以，“要与攻击性和剥削的连续体决裂，也就同时要与被这个世界定向的感性决裂。今天的反抗，就是想用一种新的方式去看、去听、去感受事物；就是要把解放与惯常的和机械的感受的消亡联系在一起”②。因此，马尔库塞为社会制度的全面变革，划定了人的感性革新这一属于心理层面的基础。

马尔库塞的艺术观与其建立新感性的理论关联紧密，因为新感性的建立需要以相应的艺术美学形式为载体。审美形式能给人带来感官上的快乐和精神情感的净化，具有重要的文化意义和心理价值。所以，艺术在解放人的感性、建立新感性的过程中大有作为。“形式是艺术感受的成果，该艺术感受打破了无意识、‘虚假的’、‘自发的’、无人过问的习以为常性”③，形式承载着新的艺术感受，亦即新的感受世界的方式，能激发人们感知上的变化。它们打破了那些存在于社会既定规则和秩序中的感受方式，对充满压抑的现存体系构成了挑战。这些体系是历史的积淀物，而想要变革它们，就需要人们对生活和事物产生新的感受，发展新感性。“对社会的改造，意味着把新的感性与新的理性结合起来。想象力也可以变成生产性的，只要让想象成为沟通以感性为一方与理论理性和实践理性为另一方的中介”④，而在艺术想象力的世界中，感性与理性和谐地统一于一体，因而艺术可以成为社会重建的向导。艺术应当不仅在文化上具有生产力和创造力，并且在物质上也能成为生产力，让艺术形式成为构建新的想象力并进而塑造新事物的关键性的感性媒介。阶级社会的秩序和组织曾塑造了人的感性和理性，也塑造着想象力的自由，但是想象力的自由在艺术的自律性中却可以被释放出来，从而进入对社会制度和社会道德的新的构想中，并激励人们运用自身的理性把想象付诸实践。

总之，马尔库塞以艺术中的审美之维去观照现实社会中物质生产和政治运转的秩序，思考由艺术形式中的美学因素向具体社会实践的美学转化的可能性。

---

① ［美］赫伯特·马尔库塞. 审美之维［M］. 李小兵，译. 桂林：广西师范大学出版社，2001：98.

② ［美］赫伯特·马尔库塞. 审美之维［M］. 李小兵，译. 桂林：广西师范大学出版社，2001：109.

③ ［美］赫伯特·马尔库塞. 审美之维［M］. 李小兵，译. 桂林：广西师范大学出版社，2001：111.

④ ［美］赫伯特·马尔库塞. 审美之维［M］. 李小兵，译. 桂林：广西师范大学出版社，2001：104.

结　语

20 世纪 60 年代学生运动衰落后，马尔库塞开始了对于之前社会实践与解放运动的反思。在激进者大喊着艺术已经终结的口号时，马尔库塞却深入艺术的世界，从内在精神与情感的角度去探索艺术审美形式的革命性、艺术与感性解放等问题，对艺术解放未来的图景做出预言。艺术与现实、政治的关系一直是人们争论的焦点，而马尔库塞在论述这些问题时，始终立足于艺术形式的独立性与自律性。他尊重艺术自身的发展规律，结合新感性的理论揭示了艺术形式的心理意义和精神价值，指出了艺术与政治之间曲折、复杂而隐秘的关联。无疑，马尔库塞将艺术的本体特征放在首位，指明艺术的政治功用需依附于其审美之维，强有力地驳斥了传统马克思主义美学中机械的反映论思想。这些都将启发我们思考艺术如何在解放人的精神与变革社会上发挥自身的潜力。

参考文献

[1]［美］赫伯特·马尔库塞．审美之维［M］．李小兵，译．桂林：广西师范大学出版社，2001.

[2]［美］赫伯特·马尔库塞．单向度的人［M］．刘继，译．上海：上海译文出版社，2008.

[3] 张和平．论马尔库塞的艺术形式论［J］．西北师大学报（社会科学版），2001（1）.

[4] 丁国旗．论马尔库塞的艺术政治观［J］．黑龙江社会科学，2010（3）.

[5] 杨晓莲．论马尔库塞的新感性［J］．华中师范大学学报（人文社会科学版），1999（3）.

（邵晓雪　首都师范大学 2016 级硕士生　指导教师：陶东风）

从"《诗》学"之"兴"到"诗学"之"兴"

孔伟静

摘　要："风、雅、颂、赋、比、兴"为《诗经》六义，本文着重谈"兴"的内涵流变。前《诗》学时代"兴于诗"侧重于君子人格的养成，礼乐修身，以诗言志，在诸侯会盟、宗庙朝堂之上能自如应对。汉代以后，《诗》被经典化，"兴"的讽喻意义和政教功能被着重强调。随着诗歌的发展，"兴"的手法不仅应用于《诗经》文本，也应用到了一般的诗中。魏晋以后论"兴"侧重于感物起情的诗兴和"兴"所带来的含蓄的审美效果。

关键词：起兴发端；引类譬喻；感物起情；象外之意

朱自清《诗言志辨·比兴》中论"兴"有"发端""譬喻"两个意思。

就发端之意而言，在儒家《诗》学中，"兴"被看作君子人格养成的起点；《诗》文本之"兴"，是全篇的发端之意，"先言他物以引起所咏之辞""托物兴辞"。诗学家从心物观的角度解释"发端"之意，赋予"兴"以"感物起情""因事感发"之意，至此，"兴"成为包含物、情、辞三者关系的文学概念，君子修身立身之意被淡化。

就譬喻之意而言，汉代经学家看重"《诗》学"之"兴"美刺讽喻之意，赋予"兴"以"托事于物""以善物喻善事""引譬连类"的意思。由譬喻这一层意义，《诗》学家往往将比兴并提。尽管都有譬喻的成分，但"兴"不同于"比"，刘勰、钟嵘、皎然等诗论家将二者进行辨析。"兴"利用物的形象性传达意义，具有间接性和暗示性的特点，也是某种程度上的"立象以尽意"。皎然《诗式》"取象曰比，取义曰兴。义即象下之意"① 的观点赋予"兴"以象外之意的内涵，超越了象本身，这也是继承了钟嵘"文已尽而意有余"② 的观点。至此，"兴"的概念完成了第三次跨越，不再为"譬喻"的意义所拘束，而有了"文已尽而意有余"的象外之意内涵。

---

① （唐）皎然著，李壮鹰校注．诗式校注［M］．济南：齐鲁书社，1986：24.

② （南朝梁）钟嵘著，曹旭笺注．诗品集注［M］．上海：上海古籍出版社，2011：47.

一、前“《诗》学”阶段的“兴”观念

《诗》被奉为五经之一前，似乎并未作为经典而被系统化地研究，因而笔者认为，这一时期还不是“《诗》学”阶段，这一时期存在的是关于《诗》的言论，这些论《诗》之“兴”的言论却是“《诗》学”之“兴”和“诗学”之“兴”的滥觞，启发了后世赋予“兴”以道德和政治色彩，以发端和譬喻之意解释“兴”。风赋比兴雅颂并举，可溯源到《周礼·春官·大师》“六诗”说：

大师教六诗：曰风，曰赋，曰比，曰兴，曰雅，曰颂，以六德为之本，以六律为之音。

（郑玄注“比，见今之失，不敢斥言，取比类以言之。兴，见今之美，嫌于媚谀，取善事以喻劝之。”“比者，比方于物也。兴者，托事于物。”）

（贾疏：“若《关雎》兴后妃之类是也。”①）

风、赋、比、兴、雅、颂“六诗”以知、仁、圣、义、忠，和“六德”为本，这里的“兴”富有政治和道德的色彩；以六律为之音，将人性和音律相和，有着感发人之性情的功能。

《论语》里有论《诗》之“兴”的观点：

诗可以兴，可以观，可以群，可以怨。迩之事父，远之事君，多识于鸟兽草木之名。（孔安国曰“引譬连类”）②

兴于《诗》，立于礼，成于乐。（包咸曰：“兴，起也，言修身当学《诗》。”）（《正义》曰：“兴，起也。言人修身，当先起于诗也。”）③

不学诗，无以言；不学礼，无以立。（《正义》曰：“以古者会同，皆赋诗见意，若不学之，何以为言也？”）④

由此可见，兴，有兴起、发端之意。《诗》不是作为文学作品被看待，而是君子人格养成的起点。“兴”是君子修身立身的起点。赋诗和熟悉礼乐是成为士大夫的必备素养。在庙堂之上献诗讽谏，在诸侯会盟的外交场合达言专对，游刃有余地化用《诗》句来表达政见，这是《诗》的“事君”之用。因此，出于实用的角度，“不学《诗》，无以言”“人而不为《周南》《召南》，其犹正墙面而立也与？”（无所观见也）⑤。因为周代对君子的要求就是能运用所学《诗》的内容进行讽谏或表明政治方面的志意，所以不懂《诗》的人是无法在政治场合和他人进行有效沟通的。

---

① 十三经注疏整理本．周礼注疏［M］．北京：北京大学出版社，2000：717－719.
② 十三经注疏整理本．论语注疏［M］．北京：北京大学出版社，2000：268－270.
③ 十三经注疏整理本．论语注疏［M］．北京：北京大学出版社，2000：115.
④ 十三经注疏整理本．论语注疏［M］．北京：北京大学出版社，2000：261－262.
⑤ 十三经注疏整理本．论语注疏［M］．北京：北京大学出版社，2000：261－262.

“颂《诗》三百，授之以政，不达；使于四方，不能专对，虽多，亦奚以为?”① 也反映了会同之事需要君子赋诗见意。而《诗》的委婉暗示也是和外交礼仪相匹配的，因此《礼记·学记》曰：“不学博依，不能安诗”，对于“博依”，郑玄注“广譬喻也”。《诗》因为“比兴”而具有喻的特征和委婉的言辞效果，这一点和孔安国说的“引譬连类”是一致的。因此，从儒家的《诗》学观点看，君子立身修德的起点，赋予了“兴”发端的内涵；政治上的婉谏需要，赋予了“兴”譬喻的功能和含蓄特征。

二、汉代“《诗》学”之“兴”到“诗学”之“兴”

荀子明确把《诗》列为五经之一，将其经典化，笔者认为自此以后，才有“《诗》学”。“《诗》学”之“兴”有着发端和譬喻的意味，表达了美刺讽喻和政教经义。

汉代《毛诗序》提出诗有“六义”：

故诗有六义焉：一曰风，二曰赋，三曰比，四曰兴，五曰雅，六曰颂。

(《毛诗正义》：风、雅、颂者，《诗》篇之异体；赋、比、兴者，《诗》文之异辞耳。②)

这继承了《周礼·春官·大师》中“大师教六诗：曰风，曰赋，曰比，曰兴，曰雅，曰颂”的“六诗”说。《毛诗正义》论“兴”，引用了《周礼》中的郑玄注，继承了郑玄认为“兴”是用善事劝美的观点，具有颂扬的意味，“谓美诗之兴也”“兴起志意赞扬之辞”，又为“兴”加入了“讽”的意味，认为“兴”不只可以劝善，还能谏过，“美、刺俱有比、兴者也”③。

“兴”是运用了譬喻的方法来美刺的效果。郑众认为“兴者，托事于物。则兴者，起也。取譬引类，启发己心，诗文诸举草木鸟兽以见意者，皆兴辞也”④。“兴”可以用事物说明道理，开端用比方和比喻的方法引起下文、启发本心。后代朱熹也顺着这个思路论“兴者，先言他物以引起所咏之辞”。“举草木鸟兽以见意者”看到了“兴”具有引人联想的特点，有点“立象以尽意”的意味。

“兴”劝善讽过、政治教化的经义，贯穿在汉代《诗》论家对于具体篇目的解读中。例如，《关雎》开篇“关关雎鸠，在河之洲”，毛传写道：

兴也。关关，和声也。雎鸠，王雎也，鸟挚而有别。水中可居者曰洲。后妃说乐君子之德，无不和谐，又不淫其色，慎固幽深，若关雎之有别焉，然后可以风化

① 十三经注疏整理本．论语注疏［M］．北京：北京大学出版社，2000：196.

② 十三经注疏整理本．毛诗正义［M］．北京：北京大学出版社，2000：14－15.

③ 十三经注疏整理本．毛诗正义［M］．北京：北京大学出版社，2000：13.

④ 十三经注疏整理本．毛诗正义［M］．北京：北京大学出版社，2000：14.

天下。①

毛公认为这首诗以关雎鸟各居其所、欣然鸣叫比附后妃各安其所，隐含着和谐崇德的意义，看重“兴”有譬喻的意味和化育民风的政教意义。

汉人言《诗》强调讽喻，“附会政教”② 的思想还可见于《蒹葭》开篇“蒹葭苍苍，白露为霜”，毛传认为这是“兴”：“白露凝戾为霜，然后岁事成；国家待礼，然后兴。”郑笺“兴者，喻众民之不从襄公政令者，得周礼以教之则服”③，此处以白露物象附会周礼，遵循儒家《诗》学理念，把《诗》和礼结合，有意规避诗意而恢复周礼的治国教化理念，强调“兴”的讽喻意义。这种传统的诗论观点被后代推崇复古的论诗者继承，例如陈子昂所提倡的“兴寄”，继承了对“兴”的讽喻教化之意的看重。

值得注意的是，《毛诗序》对“诗言志”的观点，已不再是周代赋诗明志，明政治教化与国家的进退得失之志，开始注意到人的个体化情感。例如，“在心为志，发言为诗”“情动于中而形于言”“发乎情，民之性也；止乎礼义，先王之泽也”，尽管在强调用礼义节情，汉人对“诗言志”中“志”的理解已包含“情”的成分，这“情”更是来自民之天性，在汉人看来，这种情是需要用“礼”来节制的。这种观点来源于《荀子》“人之性恶明矣，其善者伪也”“起礼义，制法度，以矫饰人之情性而正之”④。《诗》学家强调以礼节情，也肯定了情性自然存在的事实。

从“《诗》学”之“兴”到“诗学”之“兴”，转折的开端在汉人对《离骚》的评价。王逸注意到，不仅《诗》有“兴”的手法，屈原诗中也有“兴”。《离骚经序》中：

> 《离骚》之文，依《诗》取兴，引类譬喻，故善鸟香草以配忠贞，恶禽臭物以比谗佞，灵修美人以譬于君，宓妃佚女以譬贤臣，虬龙鸾凤以托君子，飘风云霓以喻小人。⑤

可见，《离骚》和《诗经》一样，运用了“兴”的手法，侧重其“譬喻”的功能。《文心雕龙·辨骚》点明其“轩翥诗人之后”，兼有“国风好色而不淫，小雅怨悱而不乱”⑥ 的特点，并且“虬龙以喻君子，云蜺以譬谗邪”具有“比兴之义”，也赞同王逸的观点“屈原之文，依经立义”⑦。“楚襄信谗，而三闾忠烈，依诗制骚，讽兼比兴。”⑧ 由此可见，《离骚》之“兴”，继承了《诗经》的美刺讽谏之旨，并

---

① 十三经注疏整理本．毛诗正义[M]．北京:北京大学出版社,2000:25－26.

② 漆绪邦，梅运生，张连第．中国诗论史［M］．安徽：黄山书社，2007：89.

③ 十三经注疏整理本．毛诗正义［M］．北京：北京大学出版社，2000：497.

④ （战国）荀子著，王先谦撰．荀子集解［M］．北京：中华书局，1988：434－435.

⑤ （南朝梁）刘勰著，范文澜注．文心雕龙注［M］．北京：人民文学出版社，1958：55.

⑥ （南朝梁）刘勰著，范文澜注．文心雕龙注［M］．北京：人民文学出版社，1958：45.

⑦ （南朝梁）刘勰著，范文澜注．文心雕龙注［M］．北京：人民文学出版社，1958：46.

⑧ （南朝梁）刘勰著，范文澜注．文心雕龙注［M］．北京：人民文学出版社，1958：602.

发愤以抒情，不再以礼节情，把忠君之情与个体的怨愤之情推向极端化（班固诟病屈原忿怼沉江）。此外，继承引类譬喻的比兴手法，运用香草美人意象规讽君王。《离骚》比《诗经》的物象更为瑰丽奇特，更具有辞采和想象的文学性特征，这也是对于比兴手法的变革。

三、魏晋以后“诗学”之“兴”

“兴”的内涵已不再局限在《诗经》这一特定文本中，被泛化应用到一般的诗歌中。《诗》学之“兴”，关心的是诗言志的问题，以及背后的政教讽喻观点，尽管也涉及情和辞的问题，但未曾深入审美效果的探讨。“诗学”之“兴”被作为诗歌创作规律和诗歌美学效果的鉴赏标准，在政教的讽喻婉谏的意味之外，还具有感物兴情的情感感染力特征和含蓄的象外之意的审美效果。

（一）情与兴：感物起情

朱熹言“兴”是“感发志意”，可见“兴”具有情感感染力，有“启发、鼓舞、感染的作用”①。“兴”的情感性被用在庙堂讽谏或诸侯会盟之中，赋诗言志有感动人心的力量，进而起到游说的作用。这里的“志”是言政教之志。《毛诗正义》赋予“诗言志”新的内涵，将关注点从政教之志转移到个人情感，“报关万虑，其名曰心；感物而动，乃呼为志”②。志已经不再是邦国会盟的政治倾向了，而是会因外界事物变化而变化个人情感。感物的观念可以上溯到《礼记·乐记》“人心之动，物使之然也”③。“志”的内涵已由表达政治教化之“志”，细化到个人情感之“情”。

魏晋以后的文论家有意识地将“比”与“兴”相区别，使“兴”摆脱“譬喻”的特点，强调其情感性内涵。例如，西晋挚虞《文章流别论》“比者，喻类之言也；兴者，有感之词也”，“兴”已不仅仅是托物言志，而是内心所感而成辞。

《文心雕龙·比兴》篇从心物关系的角度来定义起兴：

> 故比者，附也；兴者，起也。附理者切类以指事，起情者依微以拟议。起情故兴体以立，附理故比例以生。
>
> 诗人比兴，触物圆览。
>
> 拟容取心。④

以上引文注意到了客观物色对诗人情感的触动。诗人以敏感的心去体察万物，与天地四时之气相贴合，观览湖山草木、体验社会沉浮，情感也随之变化，感物起情，诗兴也由此而来。“兴”更侧重于感物而动，引发联想的意味，“触景生情，偶

① 郭绍虞．中国历代文论选［M］．上海：上海古籍出版社，2001：18.

② 十三经注疏整理本．毛诗正义［M］．北京：北京大学出版社，2000：7.

③ 郭绍虞．中国历代文论选［M］．上海：上海古籍出版社，2001：68.

④ （南朝梁）刘勰著，范文澜注．文心雕龙注［M］．北京：人民文学出版社，1958：601－603.

然感发”①，和“比”相比，不必追求形似，而更追求情感的感染性。黄侃《文心雕龙札记》“触物以起情，节取以托意”②，胡寅《与李叔易书》引李仲蒙之言曰“触物以起情，谓之兴，物动情者也”③，《诗人玉屑》引黄彻说“比者，引物连类；兴者，因事感发”④，朱熹“兴者，托物兴词”⑤，都侧重“兴”的发端之意，说明诗兴来源于感物起情。

《文镜秘府论》所录王昌龄《诗格》文字，也从情物关系的角度论“兴”：

> 凡诗，物色兼意下为好；若有物色，无意兴，虽巧亦无所用之。⑥
>
> 感兴势者，人心至感，必有应说，物色万象，爽然有如感会。⑦

“意兴”“感兴”是因景物所感，和景物相交融的感情。在“感物起情”之外，人的感情投射到物色上，使景物含情。这有王国维所说的“一切景语皆情语”“以我观物，故物皆着我之色彩”主观赋予物色以情感的意味，诗歌物象也因为有了“兴”而变成了意象。

皎然《诗议》曰“夫诗工创心，以情为地，以兴为经”⑧，物境的变化引起情感的波动，从而促进了诗兴的萌发。刘禹锡“案牍来时唯署字，风烟入兴便成章”⑨，注意到了风烟感物而动情的诗兴。“花木手栽偏有兴，歌词自作别生情”⑩，侧重兴致的意思，但联系后文，有从寻常景物中获得诗情诗兴的意味。《董氏武陵集纪》“风雅体变而兴同，古今调殊而理冥，达于诗者能之”⑪，看到了诗中所含之情可以不困诗体、跨越时间而引起共鸣的特点。由此可见，“兴”指的是诗内部的情感内涵，超越言辞的诗意。李东阳《怀麓堂诗话》“所谓比兴者，皆托物喻情耳为之者也……惟有所寄托，形容摹写，反复讽咏，以俟人之自得，言有尽而意无穷……此诗之所以贵情思而轻事实也”⑫，再一次从“兴”的角度强调情思和言外的无穷之意，揭示诗的尚情本质。黄宗羲《汪扶晨诗序》“凡景物相感，以彼言此，皆谓之兴。后世咏怀、游览、咏物之类是也”“其意句就境中宣出者，可以兴也”⑬也讨论了“兴”感物起情、情以境生的意味，这些意思是由“兴”的发端之意而来。徐渭也将“兴”与“情”相连，论诗之兴体起句是“天机自动，触物发声”，肯定

---

① （梁）刘勰著，詹锳义证．文心雕龙义证［M］．上海：上海古籍出版社，1989：1333.
② 黄侃．文心雕龙札记［M］．北京：中华书局，2018：177.
③ 王长征．中国新诗对古典诗歌的继承与发展［M］．北京：北京理工大学出版社，2017：31.
④ 詹锳．詹锳全集（卷八）［M］．石家庄：河北教育出版社，2016：2.
⑤ 郝永．朱熹《诗经》解释学研究［M］．上海：上海古籍出版社，2014：219.
⑥ ［日］遍照金刚撰，卢盛江校考．文镜秘府论汇校汇考［M］．北京：中华书局，2006：1339.
⑦ ［日］遍照金刚撰，卢盛江校考．文镜秘府论汇校汇考［M］．北京：中华书局，2006：1998.
⑧ ［日］遍照金刚撰，卢盛江校考．文镜秘府论汇校汇考［M］．北京：中华书局，2006：1446.
⑨ 刘枫主编．刘禹锡诗集［M］．银川：阳光出版社，2016：187.
⑩ 刘枫主编．刘禹锡诗集［M］．银川：阳光出版社，2016：213.
⑪ （唐）刘禹锡著，吴在庆编选．刘禹锡集［M］．南京：凤凰出版社，2007：260.
⑫ 丁福保辑．历代诗话续编［M］．北京：中华书局，1983：1374－1375.
⑬ 郭绍虞．中国历代文论选［M］．上海：上海古籍出版社，2001：18.

表达感情的自然合理性。和孔子论《诗》的兴、观、群、怨不同，他认为“如冷水浇背，陡然一惊，便是兴、观、群、怨之品”①，跳出了中和之美、以礼节情，主张抒发自然真情。

感物而起情是从创作论角度定义“兴”的，强调自然物色、社会境遇对创作主体心灵的感召，讨论了诗兴从何而来的问题。然而，“兴”不仅是感物起情的诗兴，还是含蓄隽永，引起他人共鸣的诗意。

（二）兴与象：象外之意

在政教上，“兴”的譬喻特点取得了微言婉谏的效果，“兴则环譬以记讽”（《文心雕龙·比兴》）。就诗歌本身而言，“兴”还有含蓄曲隐的美学效果，含蓄效果的源头在《诗》“主文而谲谏”的特点。

“兴”具有譬喻的特点，可以“托象以明义”，用形象化的手法说明“意”。《文心雕龙·比兴》篇提出了“观夫兴之托喻，婉而成章，称名也小，取类也大”②，化用了《周易·系辞下》“夫《易》彰往而察来，而微显阐幽”“其称名也小，其取类也大。其旨远，其辞文，其言曲而中。其事肆而隐”③，王弼注：“托象以明义，因小以喻大”④，孔颖达疏：“近道此事，远明彼事，是其旨意深远⑤”。《比兴》篇将比、兴和“象”相联系，注意到“兴”有喻的意味和感染力特征。由此可见，“兴”有两重含义，兴和形象相关联，“托象以明义”，借助象来说明意；象引发人的联想和想象，达到旨意深远的效果。《文镜秘府论·六义》也将“兴”与“象”相关联，赋予“兴”以“立象”的含义。“兴者，立象于前，后以人事喻之”，《关雎》之类有着《诗》学之“兴”讽喻的特点和“托物兴辞”的内涵。由此可见，“兴”有“托象明义”“立象尽意”的含义，这来源于它的譬喻意味。同时，“托象”“立象”更为间接和抽象，具有“隐”的特征，正如《文心雕龙·比兴》篇所说的“比显而兴隐”。“兴隐”的美学效果可以参考《隐秀》篇“情在辞外曰隐”。受魏晋玄学“言不尽意”观念的影响，文论家赋予“兴”追求含蓄、余味隽永的美学特点。钟嵘《诗品序》由《毛诗序》的“六义说”转变为“三义说”，“赋比兴”的排列顺序也被调整为“兴比赋”，“兴”在“三义”中的地位被凸显：

> 故诗有三义焉：一曰兴，二曰比，三曰赋。文已尽而意有余，兴也；因物喻志，比也；直书其事，寓言写物，赋也。宏斯三义，酌而用之，干之以风力，润之以丹彩，使味之者无极，闻之者动心，是诗之至也。⑥

---

① （明）徐渭撰．徐文长三集［M］．刻本．第十六卷．［出版者不详］．1600（万历二十八年）：43.
② （南朝梁）刘勰著，范文澜注．文心雕龙注［M］．北京：人民文学出版社，1958：601.
③ 十三经注疏整理本．周易正义［M］．北京：北京大学出版社，2000：367.
④ 十三经注疏整理本．周易正义［M］．北京：北京大学出版社，2000：367.
⑤ 十三经注疏整理本．周易正义［M］．北京：北京大学出版社，2000：367.
⑥ （南朝梁）钟嵘著，曹旭笺注．诗品集注［M］．上海：上海古籍出版社，2011：47.

钟嵘将“兴”定义为“文已尽而意有余”，赋予其“言不尽意”的玄学意味，“兴”的含蓄隽永的美学效果也由此而来。这是“兴”从“《诗》学”之“兴”到“诗学”之“兴”的重要转折，自此以后，“兴”抛弃了“开端”的概念，从“譬喻”的概念中破茧重生，被完全从审美角度赋予“言外之意”的诗意内涵。从诗人之情触物而兴的意义转换到物与情的交融，在读者鉴赏层面达到共情的情感互动和“余味隽永”的审美效果。

殷璠《河岳英灵集》多次提出“兴象”一词。例如，序中所言“都无兴象，但贵轻艳”，评价常建“其旨远，其兴僻，佳句辄来，无论意表”，评价刘昚虚“情寄兴远，思苦语奇”，评价陶翰“既多兴象，复备风骨”，评价孟浩然“无论兴象，兼复故实”。关于“兴象”，《中国诗论史》写道：“‘兴’就是情，但不是一般的感情，而是触物所兴，形之于诗之情，即所谓‘诗兴’”①，有“超于言外之意的意境美”。从两层含义解释“兴象”：其一，在情感上，使诗人触景生情感物起情的客观物象，由此产生的情感即是“诗兴”，“兴”包含诗中之情的意义；其二，在审美效果上，诗歌文本所描写的意象引起了超出诗文本身的共鸣或思考，使得诗歌有象外之意，富有“诗味”，丰富且含蓄的言外之意使得诗歌余味不尽。

皎然《诗式》：“取象曰比，取义曰兴，义即象下之意”②，又把象本身归于“比”，把表示事物内在道理的象下之义归为“兴”。因此，“兴”除了带有譬喻性之外，又超越了“托象”和“立象”的范畴，变成了象外之意。“虽词归一指而兴乃多端”的“兴”也是指的象外无穷的诗意，和“情在辞外”“文已尽而意有余”的含蓄隽永之美一脉相承。此外，高仲武《中兴间气集》“诗体幽远，兴用洪深”③、贾至《工部侍郎李公集序》“言近而兴深，语细而讽大”④、李益《诗有六义赋》“诗之为称，言以全兴”⑤，都触及了“兴”背后言近旨远、含蓄隽永的诗意特征。

此外，在讨论兴与情、兴与象的关系之时，“境”的概念也不可忽略。《文心雕龙·比兴》篇写道“拟容取心”，“兴”侧重于“取心”的功能，这是从诗兴产生的角度定义的。由于物色的感召、境遇的变化等原因，诗人内心动荡，反复咀嚼内心的情感，乘物游心，最后情感和景物相融合，创造出令人遐想的诗意境界。后世王昌龄所说的“取思”（“搜求于象，心入于境，神会于物，因心而得”⑥），皎然所说的“取境”“缘境不尽曰情”“诗情缘境发”⑦，司空图所说的“思与境偕”都是

① 漆绪邦，梅运生，张连第．中国诗论史［M］．安徽：黄山书社，2007：89.

② （唐）皎然著，李壮鹰校注．诗式校注［M］．济南：齐鲁书社，1986：24.

③ 陈伯海主编；张寅彭，黄刚编撰．唐诗论评类编（下）［M］．增订本．上海：上海古籍出版社，2015：1191.

④ 周绍良主编．全唐文新编（第2部）［M］．第3册．长春：吉林文史出版社，2000：4255.

⑤ 周绍良主编．全唐文新编（第3部）［M］．第1册．长春：吉林文史出版社，2000：5688.

⑥ （唐）皎然著，李壮鹰校注．诗式校注［M］．济南：齐鲁书社，1986：31.

⑦ （唐）皎然著，李壮鹰校注．诗式校注［M］．济南：齐鲁书社，1986：53，60.

和“拟容取心”一脉相承的，从情与境的关系阐释诗兴的产生。

在诗歌创造完成之后，“兴”的审美效果体现在超越言象的意境美。钟嵘论“兴”写道“文已尽而意有余”；刘禹锡《董氏武陵集纪》写道“义得而言丧，故微而难能；境生于象外，故精而寡和”①。二者从言不尽意的角度揭示了诗歌的力量：超越文本本身而给人以情的感染和审美的联想。“兴”的审美效果在于超越“言”“象”，而诗境的创设也在于此。

结　语

综上所述，从《周礼・春官・大师》中的“六诗”中的“兴”开始，“《诗》学”之“兴”多用于政治场合，用譬喻和感发人心的特点进行美刺功过或政治教化，中国文人血脉中有着儒家入世的思维方式，这使“《诗》学”之“兴”的兴寄讽喻意思并没有被抛弃。后代崇尚复古的诗论家始终在重申讽兴之意，例如陈子昂会呼吁“兴寄”，孟棨《本事诗》借李白之口宣扬“寄兴深微”，都在强调“兴”的寄兴发端、讽喻规劝的功能。“兴”的内涵是被不断丰富的，而原始讽喻意思并未被抛弃。

“兴”又是最能体现诗意和诗性的概念，富有形象性和联想性，从“《诗》学”到“诗学”，比和兴的界限由不明晰到明晰，“兴”的引类譬喻、政教意义的色彩逐渐淡化，象外之意的含蓄色彩在变浓。比兴的区别在于，兴可以不出现本体，它的譬喻背后有多重含义。《毛诗》中的比兴不分，侧重譬喻意义，寄托的是政教观念。诗学之“兴”讽喻美刺和托物兴辞的功能被淡化，更侧重于感物起情、得意于象外的美学内涵。“诗学”之“兴”，包含诗未写就之时触景生情的诗兴、兴致，也包含诗歌写完之后给读者带来的共鸣和想象空间，兴的多义性造成了含蓄隽永的效果，使得诗歌具有意境美。

参考文献

[1] 十三经注疏整理本．周易正义［M］．北京：北京大学出版社，2000.

[2] 十三经注疏整理本．周礼注疏［M］．北京：北京大学出版社，2000.

[3] 十三经注疏整理本．论语注疏［M］．北京：北京大学出版社，2000.

[4] 十三经注疏整理本．毛诗正义［M］．北京：北京大学出版社，2000.

[5]（战国）荀子著，王先谦撰．荀子集解［M］．北京：中华书局，1988.

[6]（南朝梁）刘勰著，范文澜注．文心雕龙注［M］．北京：人民文学出版社，1958.

[7]（南朝梁）刘勰著，詹锳义证．文心雕龙义证［M］．上海：上海古籍出版社，1989.

[8]（南朝梁）钟嵘著，曹旭笺注．诗品集注［M］．上海：上海古籍出版社，2011.

[9]（唐）皎然著，李壮鹰校注．诗式校注［M］．济南：齐鲁书社，1986.

---

①（唐）刘禹锡著，吴在庆编选．刘禹锡集［M］．南京：凤凰出版社，2007：261.

[10]（唐）刘禹锡著，吴在庆编选．刘禹锡集［M］．南京：凤凰出版社，2007.
[11]［日］遍照金刚撰，卢盛江校考．文镜秘府论汇校汇考［M］．北京：中华书局，2006.
[12]（明）徐渭撰．徐文长三集［M］．刻本．第十六卷．［出版者不详］．1600（万历二十八年）．
[13] 丁福保辑．历代诗话续编［M］．北京：中华书局，1983.
[14] 郭绍虞．中国历代文论选［M］．上海：上海古籍出版社，2001.
[15] 漆绪邦，梅运生，张连第．中国诗论史［M］．安徽：黄山书社，2007.

（孔伟静　首都师范大学 2017 级硕士生　指导教师：陶礼天）

卡拉OK的审美文化分析

唐　博

摘　要：20世纪70年代，卡拉OK在日本被发明。之后经由中国台湾的改造，于20世纪80年代末传入中国大陆。卡拉OK在中国大陆的发展基本和社会主义市场经济的发展是同期的，考察卡拉OK的审美建构，对把握大众文化生活的变化有着重要意义。卡拉OK特殊的消费形式，使参与者在欣赏者和表演者两种身份中不断切换，能够与音乐和同伴产生更深刻的共鸣，同时产生出狂欢化的效果，使情绪得以宣泄。卡拉OK困境关乎个人主义和集体主义的选择，结合中国的特殊语境，卡拉OK的兴起在反拨集体主义和禁欲主义压抑方面起到了积极作用，但是随后又落入了资本和技术的新的权力支配逻辑当中。市场经济的发展不仅促成了卡拉OK的引进，也造就了一批消费者。但是卡拉OK的空闲修辞却受到特权中产阶级的影响，造成了日常生活的审美化，主流的青年消费群体的审美文化被压抑。

关键词：卡拉OK；个人主义；集体主义；日常生活审美化

一、卡拉OK的发明与引进

1971年，日本乐队鼓手井上大佑发明了8-Juke（八声道点唱机）。这是一个红白色的木箱，装配了麦克风、放大器和八音轨的卡带播放机。起初井上大佑以这部机器作为无歌手乐队的鼓音伴奏，在沙龙中接受想唱歌的顾客点歌时播放。后来他又想到，可以借机器来达到伴奏的功能。于是，伴唱声轨配上可携式麦克风，就成了新发明——卡拉OK。在这个发明中，卡带录音机是关键引线。这是因为在卡带录音机发明后，左右立体声磁带可以录制两个音源，一路是伴奏音乐，一路是人声歌唱。人们学会一首歌后，就会关掉人声通道，通过麦克风演唱。日本人将此称为Karaoke娱乐游戏，KARA是日本语“空”的意思，OK是英文“伴奏乐队”（orchestra）的缩写，Karaoke即表示“无人伴奏乐队”。然而日本学者三井徹则解释，Karaoke前缀的“空”并不是指没有乐队的声音，而是指录制的伴奏是人声为空的。

并且强调并不是将人声抹除，而是在录制过程中就没有人声部分的加入。① 因此，更加准确的翻译应该是“人声歌唱部分为空的乐队伴奏”。

20 世纪 70 年代后期，卡拉 OK 传入中国台湾，台湾人将其译作“卡拉 OK”，中国大陆沿用了这一译名。在进入台湾之初，卡拉 OK 还是开放式的形态，但是效果不好，结合台湾本土 MTV（从音乐电视到电影录像厅）的经验，发展出包厢式卡拉 OK。随着 20 世纪 70 年代激光录像技术的发展，卡拉 OK 与影像进行了结合，也就是现在主流的 KTV 模式——Karaoke Television。

关于卡拉 OK 是何时何地以何种方式进入中国大陆的，学界说法不一。细川修平等考证到，卡拉 OK 最早于 20 世纪 80 年代中期出现在上海一家由香港商人经营的汉堡店内②。而 2015 年 2 月 10 日版《北京晚报》记录了一段口述历史：“北京的第一家卡拉 OK 厅是开在灯市东口红星电影院边上一个铺面房里……这家卡拉 OK 厅的开业大约在 1986 年或者 1987 年，而大叔我就是这家歌厅开业当天的客人。”20 世纪 80 年代中期，卡拉 OK 可能已通过各种渠道进入中国，但在当时，卡拉 OK 还并非大型经营性的娱乐场所，数量和对大众娱乐生活的影响也还较小。吴世彩认为，中国最早出现的营业性卡拉 OK 歌舞厅于 1988 年 1 月出现在广州，是由广州东方宾馆与日本株式会社合办的“东方卡拉 OK”③。这一观点和山东大学任飞的观点互相印证④。

据 1989 年 2 月 9 日版《文汇报》报道：“第一家黄楼‘卡拉 OK’夜总会半年前在上海市出现。”北京第一家经营性卡拉 OK 厅，则于 1989 年在三里河国华商场开业。⑤ 具体谁是第一家已难以考证，因为卡拉 OK 的引进是从广州、上海等地多元共生的。但是从上述资料可知，大型经营性卡拉 OK 的引入大概是在 20 世纪 80 年代末，并在 20 世纪 90 年代初迅速发展，这和我国的社会主义市场经济改革基本是同期发生的。同时可以看出，早期引入卡拉 OK 时通常有港台地区商人或外商资本的介入，有说法表示，卡拉 OK 的引入实际就是中国台湾商人将自己习惯的娱乐方式带到大陆，以满足贸易交往之余的消遣。卡拉 OK 的引进和市场的开放密切相关，而市场经济的发展促成的新一代消费群体也是卡拉 OK 迅速发展的基石。

---

① Toru Mitsui. “The genesis of karaoke: How the combination of technologe and music evolved”, Toru Mitsui, Shuhei Hosokawa (eds.), *Karaoke Around the World: Global Technology, Local Singing* [M]. London: Routledge, 1998: 38.

② Akiko Otake, Shuhei Hosokawa. “Karaoke in East Asia: Modernization, Japanization, or Asianization?”, Toru Mitsui, Shuhei Hosokawa (eds.), *Karaoke Around the World: Global Technology, Local Singing* [M]. London: Routledge, 1998: 177.

③ 吴世彩. 大众文化的和谐价值 [M]. 北京：中央编译出版社，2008：145.

④ 任飞. 传播学视野下的中国当代流行音乐研究 [D]. 济南：山东大学，2012：129.

⑤ 刘海岩，郝克路. 城市用语新释（七）[J]. 城市，2007 (7)：78.

二、消费形式与参与者角色

不同于以往对商品的消费，卡拉 OK 的消费过程即是消费本身，这就导致消费者在卡拉 OK 消费过程中更加注重体验，而且这类文化消费又不会消耗和破损，将长期积淀，默默对人们的文化生活产生影响。卡拉 OK 实现了从消费消费品到消费消费过程的转变，而消费又同时是生产的环节，每个参与者都在为音乐作品做出新的诠释。这也就导致卡拉 OK 活动的参与者同时具有欣赏者和表演者的双重身份，这两种身份又在不断地切换着。

由于既要欣赏，又要表演，人们在卡拉 OK 中的参与感被加强了，更加容易发生共鸣——与歌曲的共鸣和与人的共鸣。参与者一方面欣赏着歌曲的歌词、曲调和音乐录像带，另一方面也在欣赏着同伴的演唱，在自己表演时，也发生一定的自我欣赏。这就使参与者对音乐作品的理解更加深刻，并且具有个人化色彩。这对音乐活动的普及和深入、个人情感的表达大有裨益。

卡拉 OK 作为视、听、动结合的多维复合的系统，主要由点唱系统、麦克风、外放系统和播放 MTV 的屏幕组成。参与者不必了解点唱系统背后的工作原理，只需要享受高科技所带来的服务。麦克风和音响在卡拉 OK 中扮演了十分特别的文化角色，Zhou Xun 和 Francesca Tarocco 在《卡拉 OK：一种全球现象》中强调了麦克风在卡拉 OK 表演中的作用："卡拉 OK 通过让任何拥有卡拉 OK 系统和麦克风的普通人可以发出声音，将一种平民主义的元素传播到了世界音乐表演中。"① 在卡拉 OK 兴起以前，演唱是专业的歌手和乐队所专有的活动，普通人并没有机会通过麦克风展示自己的歌声。在卡拉 OK 兴起之后，任何人都有机会体验当明星的感觉，屏幕上除了会播放音乐录影带的画面，还会提示歌词，在点唱时还可以在系统进行升降调的选择。这不止给了普通人演唱的机会，还降低了演唱的门槛，促进了流行音乐的大众化和普及化。阿多诺在《音乐社会学引论》中指出，流行音乐的"听众总是被款待得大众文化产品似乎只是为了他一个人"②。参与者在表演和欣赏中，不只对音乐有了更加深入的体会，并且在一定程度上满足了普遍自恋心理③。

包厢内的大屏幕不只提供了画面和歌词，同时也成为大家目光的焦点，这样，唱歌的人可以选择藏匿在人群中，只发出声音。而这种歌声是不同于在卡拉 OK 之外的日常生活中的，可以说，当人们进入了卡拉 OK 空间，就如同戴上了面具，外界的社会身份在这个空间内被悬置起来。好似到了中世纪的狂欢节，等级被消除了，

---

① Zhou Xun, Francesca Tarocco. *Karaoke: The Global Phenomenon* [M]. Landcn: Reaktion Books, 2007: 168.

② Pauline Johnson. Marxist Aesthestics [M]. London: Routledge & Kengan Paul, 1984: 90 -91.

③ 自恋及自我表现与被认可相关，这是人们普遍具有的心理倾向。在卡拉 OK 的消费中，消费者的行为正是对自我的表达，而观众的反应和卡拉 OK 空间所营造的氛围正好满足了消费者的被认可和得到尊重的倾向。于是说，这满足了"普遍自恋心理"。

人们在这里可以放松、狂欢，进行休闲娱乐。而休闲则正是工业社会发展的产物①，在工业生产的制度下，人们每天重复着单调、乏味的工作，需要这样的休闲活动来帮助自己从无聊的生活中解脱出来，进行一定的宣泄和释放，而卡拉 OK 正可以作为现代社会里的现代人进行心理代偿的场所。

歌曲和影视文学作品常对卡拉 OK 进行文化想象，有时卡拉 OK 以狂欢场的形象出现，比如 2019 年春节档的电影《飞驰人生》，卡拉 OK 中唱歌和钢管舞的表演贡献了密集的笑点。有时卡拉 OK 又成了伤心地，比如电影《前任攻略》中，一人失恋了，一众好友一起到卡拉 OK 唱歌、买醉，借他人的歌曲，浇自己的块垒。香港歌手谭咏麟的一首《卡拉永远 OK》，唱出了卡拉 OK 的文化形象："还是再到这个卡拉 OK 作逃避""只有这里才是我唯一不变的堡垒"，卡拉 OK 在歌词中也是一个从外界逃离进来的"温柔乡"，可以将在外面承受的痛苦和压力痛快发泄。以上这些文化现象都说明了卡拉 OK 作为现代人休闲的选择，所发挥的释放与宣泄的功能。

而卡拉 OK 中人们所演唱的内容也体现了卡拉 OK 空间的包容性。在卡拉 OK 兴起的 90 年代，国内形成了主流文化、精英文化和大众文化三分天下的局面。刘悦笛以一份排列无序的卡拉 OK 点唱歌单向我们展示了 90 年代中后期的文化现场，其中既包括《红梅赞》《走进新时代》《春天的故事》这类主流歌曲，也有《我的太阳》《三套车》《红莓花儿开》等具有精英文化色彩的歌曲，还有《爱上一个不回家的人》《同桌的你》《相约九八》这些大众文化歌曲。② 而在卡拉 OK 里面，各种文化形态的歌曲都融会在同一个空间之中。在这样一个狂欢化的场所中，歌曲本身所具有的文化意味已经不再重要，重要的是以什么姿态和心态来演唱。在卡拉 OK 中，表演者往往"将附着在各种上的政治意义剥离掉了，而只关注歌曲的审美意义和娱乐价值"③，达到了"消解崇高"的效果。这在一定意义上促进了中国世俗化的过程，"市民社会"的兴起是卡拉 OK 发展的文化背景，同时，卡拉 OK 的消费也在进一步促进市民社会的形成。

三、卡拉 OK 的困境：个人主义与集体主义

在卡拉 OK 中存在这样一种文化现象——卡拉 OK 困境（Karaoke Dilemma），是一种关乎个人主义和集体主义的两难选择。"卡拉 OK 困境源于人们为了平衡两种冲突的欲望进行的选择，甚至是争斗。一种欲望是为了获得隐私和安全感，而在卡拉 OK 公共空间的人群里保持匿名状态。另一种欲望是在卡拉 OK 中冒着丧失隐私和安

① 刘悦笛．夜半歌声［M］．北京：中国文联出版社，2011：115.

② 刘悦笛．夜半歌声［M］．北京：中国文联出版社，2011：67.

③ 刘悦笛．夜半歌声［M］．北京：中国文联出版社，2011：70.

全感的风险，走到台前，展示自我。”① 卡拉 OK 困境所揭示的是人们两种身份认同的形式：一是通过融入群体而形成群体性的认同，一是表现自我而形成的自我认同。而考察卡拉 OK 在中国大陆的传播，还要针对当初中国的特殊环境。

改革开放以前，集体主义的传统在国内的社会环境中长期居于主导地位，“众人拾柴火焰高”“众人划桨开大船”，而个体的意志没能够得到充分重视。在这期间，“人”是“螺丝钉”，更多地作为集体的一部分而出现，而鲜有表现自我、展现和他人不一样的机会。在不断高扬集体主义的过程中，个人主义和个体意识长期处于比较压抑的状态。集体主义观念还渗透到了歌唱行为中，当时歌曲主题多为歌唱革命、歌唱社会主义建设等饱含家国情怀的之歌，演唱形式多为齐唱、合唱，个人的、“小我”的情愫难以得到表达的机会。到了 20 世纪 80 年代，随着改革开放和思想解放运动的展开，对人的个体性的启蒙有了明显的进展，而随着盒式录音机的逐渐普及，以“邓丽君热”为代表的港台流行音乐的进入，作为“听觉文化事件”② 产生了民间思想解放的效应，唤醒了个体意识，大众有情感消费的需求。“听到邓丽君的歌，毫不夸张地说，感到人性的一面在苏醒，一种结了壳的东西被软化和溶解。”③ 在欣赏流行音乐的同时不自觉地跟唱，可以视为卡拉 OK 的原始实践，也是卡拉 OK 这种演唱形式消费能够被广泛接受的一个群众基础。

20 世纪 80 年代破壳的、松动的个体意识，在卡拉 OK 风靡的 90 年代进一步得到确立。听录音机和阅读相似，是一种十分个人化的体验，而卡拉 OK 则是群体性活动，同时可以在群体性活动中进行自我表现。齐美尔在阐释现代都市生活时提出“风格即反叛”，“在一个以众多人们在场为特征的情境中，个体有理由希望一方面自己是人们的一部分，同时也可以偶然引人注目”④。而我们个人所选择的风格在标明着“我是我”，是现代性所不可规约的部分。我们在卡拉 OK 里选择唱什么歌，以什么方式进行演绎，都是我们的风格。身份认同不只是自我认同，群体里其他人对自我的反应，在建构身份认同的过程中也起着重要的作用。卡拉 OK 将原本听歌的个人性体验变成大家共同拥有的体验，通过演绎与互相欣赏，个体意识、身份认同在一个集体环境中得以形成。

“独乐乐不如众乐乐”，刘悦笛发现，在卡拉 OK 中，“与少乐乐”能达到最好的效果，“小圈子”才是卡拉 OK 中最主要的消遣模式。⑤ 在个性认同的同时，人们也在人际交往和群体认同中获得快感。这种熟悉的认同一旦形成，则会越来越稳固，

---

① Casey Man Kong Lum. “The Karaoke Dilemma”, Toru Mitsui, Shuhei Hosokawa (eds.). *Karaoke Around the World: Global Technology, Local Singing* [M]. London: Routledge, 1998: 169.

② 听觉作为人类固有的一种感官，其在接受声音形态的文化产品时，同样能够对文化变迁产生一定的影响。因此，听觉文化成为文化研究的一个领域。邓丽君的歌声在 20 世纪 80 年代对普通人的思想解放起了推动作用，可以称之为一个“听觉文化事件”。

③ 王朔．我看大众文化［J］．天涯，2000（2）：6.

④［英］戴维·英格里斯．文化与日常生活［M］．张秋月，周雷亚，译．北京：中央编译出版社，2010：74.

⑤ 刘悦笛．夜半歌声［M］．北京：中国文联出版社，2011：47.

形成一个难以走出的“舒适圈”，结果是人们越来越关注自身，只在意这个小团体的事宜，而对公共事务表现得漠不关心，关起包厢的门就将外边的世界隔绝起来。陶东风在讨论当代中国的物质主义时提出：“物质主义和消费主义热潮实际还伴随着公共性的衰落。”① 当卡拉 OK 为人们提供了一个异质的空间，在其中可以尽情享乐而完全不必关心公共的讨论，那么公共性的衰落将在所难免。

1993 年，李泽厚在关于道德现状的一次对谈中指出：“大众文化不考虑文化批判，唱卡拉 OK 的人根本不考虑要改变什么东西，但这种态度却反而能改变一些东西，这就是我前面所讲的，对正统体制、对政教合一的中心体制的有效的侵蚀和解构。”② 在 20 世纪 90 年代，卡拉 OK 实现了对此前禁欲主义和集体主义的反拨，唤醒了个体意识。但是任何技术手段和传播媒介都会受到一定的约束和限制，需要在合理的范围内被使用。文化部于 2008 年成立中国音像著作权集体管理协会，一方面保护创作者的知识产权，同时也在发挥着意识形态的过滤作用。在丰富人民物质文化生活的工作方针下，以卡拉 OK 为代表的休闲娱乐消费不断增长。

参与者体验对卡拉 OK 的消费形式有着重要影响，而这也在倒逼着音乐行业进行改革。创作者在创作过程中不只需要思考作品的艺术性，还要关注作品的“可唱性”，考虑能不能在人们中间形成较高的传唱度。在机械复制的时代，大量歌曲落入“套子”，这些歌曲易于演唱，但很快就会翻新，难以成为经典。同时，在运营过程中，资本也摸清了消费的习惯，并通过分类、推荐、排行榜等形式强化着人们的选择。这样，消费者的消费行为就被资本掌控在手中了。由此，卡拉 OK 形成了技术推动、资本运作、主流同谋的局面，尽管具有将人们从文化高压、禁欲主义中解脱出来的积极意义，但是又落入了新的权力支配逻辑之中。

四、空间修辞：富丽堂皇，谁的审美？

在发明之初，卡拉 OK 是在敞开空间进行歌唱的活动形态。在传入台湾之后，经过与本土的 MTV（一种源于收看音乐录像带，而后发展成观看电影录像带的小隔间）相结合，形成了 KTV，卡拉 OK 进入了包厢的形态。而在 20 世纪 80 年代传入中国大陆之初，卡拉 OK 还只能依附于其他形式的娱乐空间，比如音乐茶座、歌舞厅等，不能采取独立的包厢形式。因为在市场经济尚未确立时，私域空间还没有形成，只能够进行公共空间的活动。到了 20 世纪 90 年代，随着社会主义市场经济体制的确立，公域和私域完成分化，包厢形式的卡拉 OK 进入市场。同时，不论是香港商人经营的汉堡店里的卡拉 OK，还是和日本合营的卡拉 OK，都表明在开放市场的环境下，港台和外商资本直接参与到文化产业的建设中。这和此前录音机、录像

---

① 陶东风．当下中国为什么流行物质主义［EB/OL］.（2013－11－02）［2003－11－02］. http://www.aisixiang.com/data/69150.html.

② 李泽厚．社会性道德与宗教性道德——李泽厚与王德胜的对谈［J］．东方，1994（5）.

机、电视机等，首先由政府部门进行统一购买，在一定范围内先进行试点，再流入百姓家里的惯例已然不同。

市场经济不仅使卡拉 OK 得以建立，还造就了一批卡拉 OK 的消费者。1985 年，我国的个体劳动者由 833 万人增加到 1756 万人，增长一倍。若包括未登记而实际从事个体劳动的人数，已达 2000 万—2600 万人。① 我国的个人劳动阶层的上升，是此阶段的显著特征，而这些“早下海”的人，则是最早“尝鲜”卡拉 OK 的一批人。随着 20 世纪 90 年代经济的发展，人们的收入水平提高，消费结构也发生了变化，生存型消费的比重降低，享受型、发展型消费的比例上涨，卡拉 OK 的消费群体也在不断扩大。

卡拉 OK 的快感不只来源于演唱本身和人际交往，卡拉 OK 的空间修辞和服务也是提升消费体验的重要因素。《卡拉永远 OK》中唱到“夜沸腾着笑与泪”“这天不想有晨曦”，可见卡拉 OK 通常是夜晚的专利。华灯初上，在结束一天的工作后，卡拉 OK 在夜晚将人们带入了一个“差异地点”。循着门口的霓虹进入卡拉 OK，通常能够见到一片金碧辉煌的景象，通过安检，走入玄关，仿佛里面的世界就与外界隔绝了。同时，在进门后就会得到服务人员殷勤的服务，这个服务在入场后即开始，在整个消费过程中，服务都需要保持随叫随到。反光的大理石、水晶吊灯、沙发群等，都已成为卡拉 OK 的标配。在这样的环境里，消费者很容易产生支配性的、“主人”的快感，在外界日常工作生活中的不快、委屈都被悬置起来。

卡拉 OK 的包厢多是三面沙发，一面屏幕的结构，可以看作一个豪华版的家居客厅，是家庭空间的一种分化，而这种以电视为焦点取代毛泽东像的家庭空间模式则受到电视机的引进的影响。② 在一个类似家居客厅的空间里，人们进行着超过日常家居生活的休闲消费，这种环境可以让参与者感到熟悉、放松自在。吉登斯指出：“白天属于社会生活，而夜晚则是休息安歇的，这样的区别同时透视空间的分割与例行事务的安排而更加确定。”③ 卡拉 OK 是夜晚休息时间的家庭空间的延伸，并进一步强化了白天和黑夜的不同安排，白天的压抑在夜晚得到释放，而经过夜晚的宣泄后，第二天仍旧回到日常的工作生活中。而作为和家居客厅结构上同构但是更加奢华的空间，人们在消费过程中除了产生熟悉的感觉，还会被资本的力量折服，强化市场环境下财富至上的逻辑。

青年是卡拉 OK 消费的主要群体。肖笑通过实证调查得出：“卡拉 OK 参与者以 18—35 岁这一阶段的人群为主，这些人可以大概分成四种：一是个体户；二是外资、合资企业的中方职员；三是大学生群体；四是国家机关、企事业单位干部。”④ 但在卡拉 OK 空间中，这种财富至上、主仆支配的文化逻辑和审美趣味是青年人所

---

① 朱庆芳．我国的所有制结构和阶级结构的变化情况［J］．社会学研究，1986（6）：21.

② 徐敏．电视的兴起：1980 年之际中国内地电子媒介与日常生活［J］．文艺研究，2014（12）：109.

③ Anthony Giddens. *The Constitution of Society*［M］．Oxford：Basil Blackwell，1984：119.

④ 肖笑．卡拉 OK 文化对当代中国人休闲生活方式的影响调查［D］．北京：中国传媒大学，2008：30.

具有的吗？答案显然是否定的。冯应谦通过对经营者的访谈发现，卡拉 OK 像皇家宫殿似的装修方式，所针对的是社会经济地位更高的顾客，而青年的口味与具有较高社会经济地位的中年的口味存在强烈的冲突。① 这所揭示的是在不健全的市场经济环境下，经济和文化权力支配和改造着文化技术，产生出全球化语境下的异端。韦尔施在《重构美学》中指出，日常生活审美化的表现之一就是追求外观装饰的光鲜亮丽，被某种美学观念建构出来的形象刺激着人们的感性，给他们带来快感和享受，这被称为浅表审美化。② 卡拉 OK 本是作为歌唱娱乐活动的场所，演唱和欣赏才是卡拉 OK 的核心，但是富丽堂皇的装修风格吸引了目光，甚至超过曲库、音响设备等，成为评价卡拉 OK 的重要标准，以至于“中国青年在这样的 KTV 建构下，逐渐倾向于学习、习惯，被这种审美社会化了”“在街头采访中，有青年因为卡拉 OK 的装修不够辉煌而予以拒绝”③。周宪曾提出质疑：“在一个高度分化的社会中，在一个贫富差别悬殊尚未得到彻底弥合的当下情境下，日常生活审美化是否具有某种迷惑性和欺骗性呢？它把中产阶级的生活方式转化为全社会普遍追求的假象时，也许掩蔽了这一审美化表象后面深刻的社会差异和弱势群体的危境。”④ 是拥有特权的中产阶级或者说“新富阶层”（new rich），以自身的审美趣味影响造成了卡拉 OK 文化技术的变种，对真正占卡拉 OK 消费者主流的青年群体的青年文化造成了审美压抑。

参考文献

[1] 吴世彩. 大众文化的和谐价值 [M]. 北京：中央编译出版社，2008.

[2] 任飞. 传播学视野下的中国当代流行音乐研究 [D]. 济南：山东大学，2012.

[3] Meghan Drury Askins. Karaoke: The Global Phenomenon Book Review [J]. *International Journal of Communication*, 2007, 1.

[4] Pauline Johnson. *Marxist Aesthetics* [M]. London: Routledge & Kengan Paul, 1984.

[5] 刘悦笛. 夜半歌声 [M]. 北京：中国文联出版社，2011.

[6] Toru Mitsui, Shuhei Hosokawa. *Karaoke Around the World: Global Technology, Local Singing* [M]. London: Routledge. 1998.

[7] 王朔. 我看大众文化 [J]. 天涯，2000 (2).

[8] [英] 戴维·英格里斯. 文化与日常生活 [M]. 张秋月，周雷亚，译. 北京：中央编译出版社，2010.

[9] 陶东风. 当下中国为什么流行物质主义[EB/OL]. (2013-11-02)[2003-11-02]. http://www.aisixiang.com/data/69150.html.

[10] 李泽厚. 社会性道德与宗教性道德——李泽厚与王德胜的对谈 [J]. 东方，1994 (5).

---

① Anthony Fung. Consuming Karaoke in China [J]. *Chinese Sociology & Anthropology*, 2009, 42: 48.

② [德] 韦尔施. 重构美学 [M]. 张岩冰，陆扬，译. 上海：上海译文出版社，2006: 4-6.

③ Anthony Fung. Consuming Karaoke in China [J]. *Chinese Sociology & Anthropology*, 2009, 42: 48.

④ 周宪. “后革命时代”的日常生活审美化 [J]. 北京大学学报（哲学社会科学版），2007 (44): 68.

［11］朱庆芳．我国的所有制结构和阶级结构的变化情况［J］．社会学研究，1986（6）．

［12］徐敏．电视的兴起：1980年之际中国内地电子媒介与日常生活［J］．文艺研究，2014（12）．

［13］Anthony Giddens. *The Constitution of Society*［M］． Oxford：Basil Blackwell，1984.

［14］肖笑．卡拉OK文化对当代中国人休闲生活方式的影响调查［D］．北京：中国传媒大学，2008.

［15］Anthony Fung. Consuming Karaoke in China［J］． *Chinese Sociology & Anthropology*，2009，42.

［16］［德］韦尔施．重构美学［M］．张岩冰，陆扬，译．上海：上海译文出版社，2006.

［17］周宪．"后革命时代"的日常生活审美化［J］．北京大学学报（哲学社会科学版），2007（44）．

（唐博　首都师范大学2017级硕士生　指导教师：孙士聪）

·比较文学与世界文学·

从科拉形象看《地下铁道》中的空间意象

孙方慧

摘　要： 在小说《地下铁道》中，少女科拉为摆脱黑奴身份、实现人身自由，从美国西岸的佐治亚州出发逃亡北上。在逃亡过程中，主人公所处的地理空间不断转换，地理空间的转换过程也是少女科拉不断成长的过程。作者通过黑奴少女科拉的视角，展现了多重空间的彼此独立、各具特色。本文从空间的生产角度入手，分别从种族、建筑、情感、经济四个角度，分析《地下铁道》中四重典型空间产生的原因，并归纳四重空间所具有的不同特色。同时，通过分析空间与人物之间的相互影响，进一步剖析四重不同空间的不同特点，以及不同空间给主人公成长所带来的不同影响。

关键词： 空间；种族主义；建筑；人本主义地理学；空间政治经济学

《地下铁道》于 2016 年出版，是美国作家科尔森·怀特黑德（Colson Whitehead）耗时 16 年的长篇小说，同年 11 月获得美国国家图书奖，作品进入年底全部选书榜单，2017 年斩获普利策小说奖。小说讲述了 19 世纪内战爆发前的美国，黑奴少女科拉通过“地下铁道”（Underground Railroad）网络从南方蓄奴州奔向北方追寻自由。全书共分十二章，偶数章节标题全为地名即少女科拉的逃亡路线：出发地——佐治亚、第一站——南卡罗莱纳、第二站——北卡罗莱纳、第三站——田纳西、第四站——印第安纳、终点——北方，其余章节通过描写小说次要人物将故事内容逐步补全。

虽然主人公科拉形象平凡，但一路北逃的故事情节通过科拉的经历串联而成，空间的流转变换以及不同空间的特性，通过科拉本人的视角及其成长得以显现。小说中的科拉从美国东南部的佐治亚州出发，一路北上，最终抵达北方展开了自己的新生活。科拉在逃亡途中沿途经过了六个不同的地区，在这六个不同的地区之中，科拉分别扮演了六种不同的身份——黑奴、工厂工人、被囚禁者、被拘捕的逃奴、农场工人、自由民。六种不同空间和六种不同的身份，让科拉的性格随着空间的变化不断成长。由此可见，科拉是空间变化的见证者，也是空间变化影响的亲历者。

不同的空间所具有的不同属性赋予科拉不同的身份，空间与科拉二者密不可分。一切空间都是被人为创造、生产出来的，而非自然的，空间中的人也会对空间产生感情，二者相互影响，相辅相成。

一、由种族生产出的空间

一般而言，种族是指在体质形态上具有某些共同遗传特征的人群，又称人种。基于基因以及生存环境因素的影响，种族之间存在较为显著的差异，例如肤色等外貌特征。种族歧视自古已有之，最初的种族主义与部落主义有很大关联。“部落主义意味着拥有一种把一个群体与另一个群体分隔开的朴素的文化与族群认同，它的基础无疑是血缘纽带及其产生的各种交往关系。”① 这种将不同群体分割开来以获得民族认同的行为在现代民族国家形成之后，由于历史、政治、文化等原因，种族歧视也逐步演变为国内特权种族对于无权种族的一种统治方式，例如少数白人对多数黑人的奴役或是对有色人种的绝对统治等。

种族歧视既可以视为一种个人的行为，也可以理解为一个集体的行为，种族主义基于种族歧视行为但又不等同于种族歧视。对种族主义的认识应基于三个层面：一种社会集体意识；制度化的产物；一种社会实践活动。“种族主义是一种以自我为中心的态度，认为种族之间不仅有物理特征之别，更存在智力和能力上的差异。这些差异决定了人类社会历史和文化发展的进程及其水平，而且自己所属的团体如人种、民族或国家，要明显优越于其他团体。”②不难看出，由种族歧视到种族主义是从心理层面的区隔进一步延伸到社会实践层面的划分过程。

《地下铁道》中的科拉在佐治亚种植园里，作为一名黑奴被单独分配到了独立的区域，即伶仃屋内生活。“那是他们放逐苦命人的地方。没有地方讨还公道，也没有法律。就算有，这法律也是每天都在重写着。”③ 首先，伶仃屋在种植园内属于一块孤立的区域，科拉每天结束劳作之后，离开种植园的田地回到伶仃屋休息。伶仃屋和种植园成为两个彼此独立的空间，种植园主将科拉在空间上孤立起来。其次，在伶仃屋内，科拉与被监工的惩罚弄成跛子的人为伍，与脊梁骨被打断的人为伍，与神志错乱者为伍。伶仃屋在种植园内成为卑贱、低劣的代名词，而科拉作为一个身体、心智完全健全、正常的人，仅仅基于种族原因，就被迫在空间上遭到隔绝，这种隔绝对科拉的性格产生了巨大影响。伶仃屋内的科拉无法忍受种植园主对于自己的侮辱，最终选择了和另一名黑奴西泽离开种植园，踏上旅途，北上寻找自由。

对科拉的孤立行为，正是种植园主的心理层面歧视延伸到实践层面隔绝的具体体现。空间本身并不具有任何属性，空间内所建立起来的区隔屏障，是由种植园主

---

① 汪诗明，王艳芬．种族歧视·种族主义·种族和解［J］．史学集刊，2016（2）：89－99.

② 汪诗明，王艳芬．种族歧视·种族主义·种族和解［J］．史学集刊，2016（2）：89－99.

③ ［美］科尔森·怀特黑德．地下铁道［M］．康慨，译．上海：上海人民出版社，2017：18.

的歧视搭建起来的。这两个相互隔绝的空间是被人为创造出来的，同时又分别被人为地赋予意义，身处两个空间中的人们承受着无声的比较，原本不带属性的空间成为衡量一个人价值的标尺。在伶仃屋居住成了不正常、卑贱、下等的代名词，空间被人为地加上了属性的标签，成为衡量事物的尺度。

二、由建筑生产出的空间

建筑是空间中必不可少的一部分，我们很难单独讨论空间或是建筑。相对于城市来说，工业时代的“政治－经济”基本范式是“福特主义－凯恩斯主义”①，其最大的特点是最大限度地集中资源、统一标准、刺激需求。在工业化时期，城市体现出一种大规模、标准化的生产方式，同时在文化和美学方面也呈现出一种总体性、全面性的模式。这一类建筑主要是指20世纪20—70年代所流行的“功能主义”建筑，所强调的主旨是“有用即美”。但建筑本身所包含的并不仅仅是有用性，建筑本身还具有美学特征，美学特征所强调的是其所具有的情感价值和审美价值。标志性建筑的出现，十分鲜明地体现了建筑对这两重价值的强调。

标志性建筑在一个空间中扮演着多重至关重要的角色。首先，标志性建筑是权威的象征。标志性建筑通常具有一种独特性的倾向，相比较于空间中的其他建筑物，标志性建筑物多表现出一种突兀性、不可复制性，并与周边的事物有着鲜明的对照，由这种突兀性所带来的是一种强烈的权威性压迫感。这种强烈的对比所体现出的是一种自我展示的需要，一方面通过在空间之中割裂自身与表现出对空间的排斥，另一方面又通过强烈的对比表现出自身的独特地位。由此，标志性建筑自身的权威性，通过在空间中所获得的强大张力和给旁观者带来强烈的感官刺激得以实现。其次，标志性建筑通常具有更强的审美价值。这种美学价值一方面体现为标志性建筑通常可以供旁观者从不同角度进行审美欣赏，从而以不同的阐释角度让欣赏者获得心理认同感，在精神层面满足欣赏者的想象，例如标志性建筑的特殊外形或是在空间中所处的独特位置等使欣赏者对其产生“乌托邦”审美感受等。另一方面则体现为这类建筑相较于一般建筑来说在情感上具有更强的感染力。标志性建筑所处的位置、外型等，会给欣赏者更多的情感暗示，标志性建筑本身虽然具有将自身与空间割裂以凸显自身的特征，但正是因为标志性建筑本身是处于空间之中的，所以才凸显了标志性建筑所具有的这种割裂性特征。标志性建筑与空间看似分裂，实则相互依存，

---

① “福特主义”是指20世纪初美国福特汽车公司在生产中创立的一种现代生产模式。1913年，福特汽车公司开发出世界第一条流水线，这让福特汽车公司旗下的T型车创下了产量达1500万辆这一至今仍未被打破的世界纪录。同时也由此生成了 种新的生产模式，即以市场为导向，以分工和专业化为基础，通过较低产品价格作为竞争手段的刚性生产模式。

“凯恩斯主义”是指在凯恩斯的《就业、利息和货币通论》基础上形成的经济理论。凯恩斯以20世纪30年代经济危机为时代背景，创建以需求管理的政府干预为中心思想的收入分析宏观经济学。这一理论的核心是国家干预经济活动，通过国家采用扩张性的经济政策，以增加需求来促进经济增长，即扩大政府开支，实行财政赤字，刺激经济，维持繁荣。

相互依靠的两者带来的强烈情感张力给旁观者造成更强的审美价值以及情感诱导。

科拉一路向北逃亡，在途经南卡罗莱纳州时，就有着这样一栋标志性建筑物——格里芬大厦。在南卡罗莱纳州可以上课学习、有稳定工作、有固定宿舍的全新生活，对于逃亡的科拉和西泽来说无异于天堂，两人在此的一切都围绕着格里芬大厦展开。格里芬大厦是该地区的标志性建筑物，“它有十二层，是全国最高的建筑之一，自然可以睥睨南方任何一座楼宇。它是本城的骄傲”①。科拉的少部分工作在这座大厦里面展开，更多的时候，这座大厦对于科拉来说是梦幻般的存在，因为里面有各式各样的百货商店以及琳琅满目的商品。

格里芬大厦在南卡罗莱纳州是权威性的存在。一方面，格里芬大厦作为消费场所来说可以供黑奴消费，它代表着无数黑奴的梦想，黑奴们都渴望在周末能够用自己的工资在其中购物。尽管同样的商品在格里芬大厦中的售价是其他地区的两三倍，但是格里芬大厦承载着黑奴的希望，在其中消费代表了对于黑奴自身工作能力、人格身份以及经济能力的一种肯定。另一方面，格里芬大厦高耸入云的外形强烈地展示着它自身，对黑奴们来说，格里芬大厦象征着他们通向未来的天梯，具有神圣性和崇高性。

格里芬大厦给黑奴们带来了强烈的情感冲击。它作为逃亡黑奴们的工作场所，位于城市的一端，而黑奴们的居住场所则位于城市的另一端。格里芬大厦金碧辉煌，与黑奴宿舍形成鲜明对比。黑奴宿舍是一幢简陋普通的楼宇，与其他被废弃的楼宇比邻而立，旁边还有一座用于隔离精神疾病病人或重症患者的医院。由此不难看出，黑奴的工作环境和生存环境形成了鲜明的对比。强烈的对比给科拉带来了巨大的情感冲击，这两重空间之间存在的割裂性以及冲击性，更增添了格里芬大厦的诱惑力，也让格里芬大厦对黑奴的情感产生了更强的诱导性。格里芬大厦满足了他们的情感需求和精神幻想，成为黑奴们更加努力奋斗的目标。

不难看出，格里芬大厦在南卡罗莱纳州所具有的标志性建筑地位，使其权威性及审美价值都得到了极大的放大。而不断游走于晦暗宿舍与辉煌大厦这两重空间之中的科拉，很显然被格里芬大厦这一建筑物所带来的强烈冲击所深深影响着。格里芬大厦对于她来说是光明与希望，但同时也让她看到了自身的渺小。标志性建筑在空间中看似与其他一切相互割裂，但也正是因为它身处空间之中，所以才具有了这种强烈的张力以及影响力。正是因为存在科拉居住的这种简陋宿舍，才让格里芬大厦显得更加辉煌、更具有冲击性。

三、由情感生产出的空间

情感对于人类的重要性不言自明，它深刻地影响着人的认知方式。在“空间转向”的影响之下，情感在空间问题中的重要意义也开始得到关注。伴随着情感对

① ［美］科尔森·怀特黑德．地下铁道［M］．康慨，译．上海：上海人民出版社，2017：98.

“社会－空间”生活和人地关系影响的重要性日益得到体现，地理学界也迎来了其“情感转向”①。情感开始摆脱以往作为精神范畴的问题，开始走向空间领域，空间与情感之间的关系也逐步被确立。自20世纪70年代开始，以段义孚为代表的人本主义地理学开始兴起，人本主义地理学不同于将空间进行科学性分析的态度，而是强调通过情感对于抽象空间进行反思。

在《空间与地方：经验的视角》一书中，段义孚以“经验”（experience）将空间与地方两者相互联结，从人本主义视角出发对“空间”进行研究，主要是分析人的空间感受以及在持续“经验”过程之中产生的种种想法。首先，空间与人之间的情感联系是一对有机的关系。人在情感上对于某一地方的依恋，是经过文化与社会改造的一种特殊关系，某一地方对某人具有特殊的意义，成为人的一个有机组成部分。“段义孚将广义的地方感分为根植性（rootedness）与地方感（sense of place）两个维度，其中根植性体现的是一种心理上的情感依附与满足，而地方感表现的则是社会层面上身份的建构与认同的形成。”② 同时，这种地方感所强调的是人在心理上对于地方的一种情感依附。由地方感所产生的认知、日常生活经验等，会随地方的发生的变化而产生变化，地方感会不断地被重建，被赋予全新的含义，这是一个不断变化的过程。其次，空间对人知识的形成有着重要的影响。直立状态让人类在空间之中更易于移动，同时也让人本身所处的环境产生了前后、左右两条时间轴，通过直立的状态将空间与人体自身融入同一个系统之中。段义孚指出，“客观的空间也遵循这种以躯体为中心的价值体系，从小尺度的房间，到大尺度的城市，都有前侧和后侧的分别。在大型和分层的社会中，空间的层次结构可以通过建筑手段，诸如平面、设计以及装饰类型，得到生动的加强”③。由此不难看出，文化、社会以及自然环境因素会推动人们去经历环境，并影响一个人对于空间知识的形成。

科拉在遭到猎奴者的追捕后，不得不离开南卡罗莱纳州，只身前往北卡罗莱纳州继续寻找自由。在北卡罗莱纳州，帮助黑人逃奴的人会被吊在绳子上悬挂于“自由小道”旁的树上，饱受侮辱。科拉抵达北卡罗莱纳州被迫躲藏于接应人马丁家极为矮小的阁楼之中，屏息匿迹，只有一个窥视小孔可以让她勉强知晓一些外界情况。

矮小阁楼这一空间的形成包含着强烈的情感因素。

首先，空间与人的情感是一对有机的关系。从空间建构者的角度来说，矮小的阁楼成为马丁一家人帮助科拉藏身的原因，主要是基于马丁年幼时的情感经历。马丁笃信基督教，作为一名基督教徒，他相信宗教以及作为宗教徒的自己，完全有能力通过宗教的力量来拯救黑奴。不仅是从生存环境上拯救他们，更重要的是从心理上拯救他们，一方面通过宗教给黑奴的心灵以慰藉，另一方面通过宗教提升黑奴的

① 朱竑，高权．西方地理学“情感转向”与情感地理学研究述评［J］．地理研究，2015（7）：1394－1406.

② ［美］段义孚．空间与地方：经验的视角［M］．王志标，译．北京：中国人民大学出版社，2017：122.

③ 转引自：陆小璇．初论段义孚人本主义地理学思想的形成［J］．人文地理，2014（4）：13－18.

个人素质。但马丁的这一理想在他年幼时却未能实现，他幼年时想要拯救的一名黑奴最终不仅未能成功得到救赎，反而失去了性命，因而马丁对科拉的拯救是基于童年理想失败的情感基础之上的，阁楼的诞生正是源于情感的缺憾。对于马丁一家来说，阁楼所代表的是一种信念的延续，是他们生命及记忆的有机组成部分，阁楼的形态并不重要，重要的是阁楼这一空间所承载的是马丁一家人心灵及理想的归宿。

从空间的居住者来说，居住在阁楼上的科拉，心态也在不断发生着变化。一开始，科拉的生命安全在阁楼上得到了保障，也没有奴隶主的奴役，科拉感到十分安心。但是阁楼的空间十分矮小，密不透风，甚至连排泄也要在这狭小的空间内解决，日复一日的阁楼生活开始让她觉得像在监狱一般痛苦。安全感消失了，随之而来的只有痛苦。此外，越发漫长的阁楼生活让科拉开始习惯性地佝偻而行，对待与排泄物共处一室也开始习以为常，痛苦转变为麻木。科拉对于阁楼的感受不断变化着，空间和科拉处在一种动态的关系之中。

其次，空间本身对于人的认知有着重要的影响。身处阁楼的科拉不断反思着自己的人生，“她微笑片刻。而后，这最新的一间牢房便重新宣告了自己的存在。她像一只老鼠那样挠着墙。无论是在棉田，在地下，还是在阁楼上的一间斗室，美国始终是她的监牢”①。狭小的空间，终于让科拉认识到了什么才是真正的自由。

由此可见，阁楼这一小小的空间之中不仅承载了建造者的情感寄托，更是见证了居住者在其中的情感变化，更影响了一个人的知识构成。

四、由经济生产出的空间

列斐伏尔认为，由于资本追求利润最大化的动机和转嫁资本主义矛盾的需要，在空间的生产过程中存在空间资本化和资本空间化两种方式。资本的扩张超越了民族国家的地理界限，迅速向全球蔓延，这就是资本的空间化。在这一过程之中，资本会通过对工人、城市以及国际联盟进行控制而不断扩大自己的影响范围。在资本的空间化后，资本为了获取更多的利益就运用不同途经来改变并售卖空间，将空间数量化是获取利润的重要途径之一，使每一个空间都可以通过金钱来衡量。从而，“空间对于金钱和资本的从属，是一种量化，从对每一个单元的金钱的衡量和商业化，向整个空间扩展了”②。空间成为扩大再生产和实现增值的中介和手段，空间存在的意义就是为了实现资本主义剩余价值。“空间生产对于资本而言不再仅仅是为具体的社会生产提供基础和条件，其本身就成为资本增值的直接途径和手段。当空间成为资本生产的直接途径和手段的时候，空间就被资本化了，正如物质资料在资

① ［美］科尔森·怀特黑德．地下铁道［M］．康慨，译．上海：上海人民出版社，2017：194.

② ［法］亨利·列斐伏尔．空间与政治（第二版）［M］．李春，译．上海：上海人民出版社，2015：133.

本运动中是资本存在的具体形式一样，空间也成了资本存在的具体形式。”① 空间本身的中立性被消除了，只剩下经济价值。

在逃离猎奴者的监禁之后，科拉来到了印第安纳州，并在这里的瓦伦丁农场谋得了一份差事。通过科拉的工作流程，我们可以看出瓦伦丁农场之中存在几个划分明确的不同区域，例如洗衣房、农作区、牛奶场、教室、音乐厅等。瓦伦丁农场对于洗衣房、农作区以及牛奶场划分的主要目的，是谋取最大的经济利益。农场将空间数量化，进行分区，使农场内的区域可以得到最大限度的利用，生产更多的产品。在瓦伦丁农场中，能够离开奴隶主的鞭笞，对于黑奴来说，“这既是要求，也是药方”②。辛勤的劳动是自我救赎的一种方式，是通向未来的途径，但是对于农场主来说却是另一幅光景。当科拉对于洗衣房的工作感到疲惫时，便被换到了其他工作岗位。农场对于农场主来说是获取经济利益的空间，空间本身并不具有任何属性，但是当空间中的一部分被划分为农场时，空间就不可避免地被赋予了谋取利益、获取剩余价值的特性。农场内部空间的再细分，则让空间的经济属性显得更为明确。农场对于黑奴来说是自我救赎的空间，但对于农场主来说只是获取剩余价值的工具而已。很显然，空间在这里是由经济因素主导而生产出来的。作为空间中的两个不同角色，鲜明地体现了由此产生的空间对于两者的不同意义。

结　语

在《地下铁道》中，主人公科拉一路向北的逃亡全过程，也是主人公成长的过程。作者通过空间的变换，展现了人在与空间互动过程中，空间对人起到的塑造性作用。在黑奴少女的视角下，展现出的是各种不同空间具有的不同属性，以及对人起到的不同塑造作用。这种塑造作用一方面表现为不同空间中的人物特性不同，另一方面表现为空间对女主人公起到的影响作用。此外，空间与空间中的人相互影响，在人受到空间制约、作用的同时，空间也在人的影响下被不断改造着。

参考文献

[1] 马克思．资本论（全三册）[M]．中共中央马克思　恩格斯　列宁　斯大林　著作编译局，译．北京：人民出版社，2004.

[2] [德] 瓦尔特·本雅明．巴黎，19世纪的首都 [M]．刘北成，译．上海：上海人民出版社，2006.

[3] [法] 亨利·列斐伏尔．空间与政治（第二版）[M]．李春，译．上海：上海人民出版社，2015.

[4] [美] 埃里克·方纳．自由之路——地下铁路秘史 [M]．焦娇，译．北京：中国政法大学出版社，2017.

[5] [美] 段义孚．空间与地方：经验的视角 [M]．王志标，译．北京：中国人民大学出版社，2017.

[6] [美] 科尔森·怀特黑德．地下铁道 [M]．康慨，译．上海：上海人民出版社，2017.

① 庄友刚．资本的空间逻辑及其意识形态神话 [J]．社会科学辑刊，2012 (1)：26 - 31.

② [美] 科尔森·怀特黑德．地下铁道 [M]．康慨，译．上海：上海人民出版社，2017：283.

［7］［美］安·莫宁，丹尼尔·萨巴格．从剑到犁：美国使用种族分类进行种族歧视和反种族歧视的情况［J］．项龙，译．国际社会科学杂志（中文版），2006（1）．

［8］蔡锦堂，徐荫．功能主义建筑风格及其影响探析［J］．四川建筑，2006（1）．

［9］冯旺舟，吴宁．政治经济学视域中的空间批判——析列斐伏尔的《空间与政治》［J］．宝鸡文理学院学报（社会科学版），2013（6）．

［10］陆小璇．初论段义孚人本主义地理学思想的形成［J］．人文地理，2014（4）．

［11］孙群郎．美国郊区化进程中的黑人种族隔离［J］．历史研究，2012（6）．

［12］汪诗明，王艳芬．种族歧视·种族主义·种族和解［J］．史学集刊，2016（2）．

［13］杨震．城市，权力和资本，个体——标志性建筑的空间政治经济学分析［J］．城市建筑，2016（25）．

［14］朱竑，高权．西方地理学"情感转向"与情感地理学研究述评［J］．地理研究，2015（7）．

［15］朱竑，钱俊希，陈晓亮．地方与认同：欧美人文地理学对地方的再认识［J］．人文地理，2010（6）．

［16］朱竑，刘博．地方感、地方依恋与地方认同等概念的辨析及研究启示［J］．华南师范大学学报（自然科学版），2011（1）．

［17］庄友刚．资本的空间逻辑及其意识形态神话［J］．社会科学辑刊，2012.（1）．

［18］赵海平．康拉德《黑暗的中心》与种族主义之争［J］．外国文学评论，2003（1）．

（孙方慧　首都师范大学2016级硕士生　指导教师：易晓明）

·文化产业、影视文学·

理解明星的三种思路：学习与传播系统、大他者的欲望以及文化霸权协商

孙　琦

摘　要： 罗兰·巴尔特认为，明星最令人着迷的地方就在于，他会让人在忽略其背后运作机制事实的情况下，提供给大众可享用的各种官能或情感上的愉悦。然而，我们必须发问：为什么是明星？我们又该如何去理解明星的这种特殊性？本文以此出发，视明星为注意力资源的集大成者，并暂且抛开明星制的产业维度，分别从明星作为现实社会学习与传播系统中的一个特殊程序、明星作为人类无意识欲望里最为耀眼的大他者以及明星作为文化霸权协商过程中的"无权势精英"三种思路去理解明星，从而回归至一种理查德·戴尔式的明星本体研究。

关键词： 明星；学习与传播系统；大他者的欲望；文化霸权协商

关于明星的学术研究，理查德·戴尔在1979年出版的《明星》一书是公认的开山之作。虽然距离其首次出版已经过去了40年，但我们仍然可以发现，戴尔当时所推崇的"社会符号学的方法"，即把明星的出现分别视为一种社会现象和一种符号形象的建构，依旧是如今明星研究中不可或缺的思考基点。当然，时过境迁，对于越发受资本青睐的明星来说，现对其所展开的研究又在原有理论的基础上不得不加入产业的维度，尤其是随着数字技术的不断完善，明星制得以进一步放大明星形象在我们日常生活与消费社会之中的在场性。罗兰·巴尔特曾指出，"明星的中心悖论在于它既被视为一个人又被视为一种制度。被视为个人时，明星通常引起一种积极的感情反应，但被视为一种制度的产物时，明星便引起负面的反应"①。由此，在罗兰·巴尔特看来，明星最令人着迷的地方恰恰在于他会让人在忽略其背后运作机制这一事实的情况下，提供给大众可享用的各种官能或情感上的愉悦。

然而，我们必须发问：为什么是明星？我们又该如何去理解明星的这种特殊性？这即是本文行思的主要出发点。首先，一个不容回避的问题，关乎明星群体的界定标准。身处于信息爆炸的时代，注意力越发成为真正有限的资源，而明星便是这种

① ［美］R. 科尔多瓦．明星制的起源［J］．肖模，译．世界电影，1995（2）：60－80.

资源的集大成者。与此同时，“注意力的挥霍者会心甘情愿地让少数几个人独占他们的注意力，他们甚至非常大方地把自己的全部注意力都给了那些并没有给他们注意力回报的人”①。这一颇为吊诡的一拍即合性的确既能够将明星从普罗大众当中抽离出来，也可以在一定程度上解释明星自身何以具有非凡的市场价值。但基于此认识，明星研究往往侧重于对其制度或产业形态的研究。因为当我们特别强调明星问题中的产业因素时，其实也是遮蔽了其他分析路径的可能性，而重建这些产业之外的分析路径，无疑将会让我们看到一个更为立体化的“明星”。鉴于此，本文在尝试去理解明星的特殊性的过程中，将暂且抛开明星制的产业维度，从而回归至一种理查德·戴尔式的明星本体研究。

一、明星作为现实社会学习与传播系统中的一个特殊程序

在《漫长的革命》中，雷蒙·威廉斯将社会生活划分为四种系统：决策系统（政治）、维持系统（经济）、生命养育系统（家庭）以及学习与传播系统（艺术、教育等）。② 根据雷蒙·威廉斯的描述，学习与传播系统更接近于他所尝试勾勒出的“文化”。而纵观明星的发展历史，虽然其源起与特定社会的政治经济条件不无关系，③ 但不可否认，由于明星拥有常人不可比拟的注意力份额，所以其理所当然要以个人化的形式承担着社会沟通交流的重任。换言之，明星在此种视域下与艺术、科学、教育等作用相似，本质上都是我们学习与传播系统中的一个特殊程序。

值得注意的是，无论是哪一个程序，都必须首先还原到同一个起点：“我们是从已习得的各种描述出发来考察各种现实关系的”④。事实上，人类世界在某种程度上是一个被人不断予以“意义化”的场域，按照雷蒙·威廉斯的话讲，人类始终在对自身周围的“非人类现实”进行着创造、传播、学习意义的循环过程，而社会的新进入者也必须先习得这些意义，才能与共处同一场域的其他人开始正常的沟通交流。不仅如此，每一个社会成员都有意无意地扮演着意义的接受者与再创造者的双重角色，我们在学习共同意义的基础上不可避免会生成一定的个人认知，而随着这些拥有个人化标签的意义进入大众传播渠道里，它们便有机会成为共同意义结构的一部分，或者完全覆盖先前所普遍接受的某种共同意义。对于这些受人瞩目的明星来说，他们所生发⑤出的个人意义无疑具备了得天独厚的大众传播优势，这种优势具体体现在如下两点。

---

① 张雷．“注意力经济”溯源［J］．经济论坛，2001（19）：18－19.

② ［英］雷蒙·威廉斯．漫长的革命［M］．倪伟，译．上海：上海人民出版社，2013：83.

③ 一个重要的事实是，明星诞生于发达资本主义社会从以生产为中心的社会向以消费为中心的社会的过渡后。

④ ［英］雷蒙·威廉斯．漫长的革命［M］．倪伟，译．上海：上海人民出版社，2013：83.

⑤ “生发”一词源于雷蒙德·威廉斯对“意义”场域的比喻，在这里借以强调其个人意义的“自然生长”实质，虽然明星形象多为建构形成，但最后到底何种意义能被大众选择消费，却永远是个谜，故而专业公司往往会为明星打造“多重意义”。

（一）“后现代传媒”与明星相辅相成

后现代主义思潮的极端范例是鲍德里亚的“超级真实主义”——当真实退隐至超级真实之中，我们的世界将不再是“产自一种变化的、矛盾的、真实经历的事件、历史、文化、思想，而是产自编码规则要素及媒介技术操作的赝象”①。不难发现，鲍德里亚此论断的依据，是我们对大众传媒报道的大多数新闻事件的不在场事实，及其生产过程中所必然依托的虚拟处理技术。换句话说，之于我们，电视或互联网等媒体中的新闻报道与商业广告无异，皆由一系列符号编码组成，最终也都会被我们拿来当作信息进行消费。但是，我们对于真实事件的现实感真的就这样从此一去不返吗？经验表明未必：楚门的世界②之所以存在，是因为他从出生到成长都被安排进同一个稳定的意义场域中，虽然我们现在都非常清楚这个所谓的意义场域完全是由节目制作团队精心设计的，但正如电影的最终走向一样，我们很难保证不会有一些来自外部现实世界的“声音”迫使周围的幻象接受审判。因此，费斯克的“后现代传媒”观点似乎对我们更有启示价值，他认为，“‘后现代传媒’不再提供‘关于现实的次级表征’，而是在介入现实的过程中对现实进行着生产”③。也就是说，我们未必会完全混淆媒介所呈现的景象和我们的现实世界，但传媒介入现实生产确实是不争的事实。关于这一点，我们只要简单回顾一下剑桥分析公司如何利用 Facebook 来操纵选民④，就能有所体认。

而对于明星而言，其本身所占据的注意力资本，决定了他们一经出现便会成为大众媒介争相曝光的宠儿。一方面，明星形象的塑造和维护依赖于大众传媒这个信息集成平台，尤其是在以互联网为主的新媒体领域，“流量”之于明星的重要性已不言而喻；另一方面，大众传媒又会反过来借助明星的影响力，来提高自身介入现实生产的有效性。所以我们能看到明星频繁地出现在各式各样的商业广告中，为我们生产着其所代言商品值得被购买的现实；我们也能看到明星不时地出现在一些公益推广活动中，为我们生产着其所宣传主题值得被正视的现实；我们更会看到明星一股脑地完成在真人秀综艺节目里的荧屏亮相，为我们生产着其所建构的娱乐乌托邦值得被消费的现实……但这些被明星群体与后现代传媒合力生产出来的现实，有时也会像楚门的世界最终的结局那样，由于外部不被计划的“声音”传来而幻灭：当 2015 年新修订的《广告法》明文规定明星“不得为未使用过的商品和服务做推荐、证明”⑤ 时，当向大众宣传远离毒品后自己却因此锒铛入狱时，当娱乐乌托邦

---

① ［法］让·鲍德里亚．消费社会［M］．刘成富，全志钢，译．南京：南京大学出版社，2014：117．

② 参见由美国派拉蒙影业公司于 1998 年出品的电影《楚门的世界》。

③ ［英］约翰·斯道雷．文化理论与大众文化导论［M］．常江，译．北京：北京大学出版社，2010：234．

④ 2018 年，这家公司被爆不正当使用近 8700 万 Facebook 用户数据，并参与到 2016 年美国总统大选事件。

⑤ 2015 年 4 月 24 日修订通过的《中华人民共和国广告法》第三章第 38 条规定：广告代言人在广告中对商品、服务做推荐、证明，应当依据事实，符合本法和有关法律、行政法规规定，并不得为其未使用过的商品或者未接受过的服务做推荐、证明。

消费过后发现自己的现实处境依然没有得到任何改变时，我们自然就能意识到，这些所谓的现实无非是被主观建构出来的罢了。

（二）明星的“人设”往往是“社会典型”

明星群体对现实的建构集中地体现在其背后的专业公司对其形象的包装、设计上，即明星“人设”。要知道，“人设”一词本是虚拟世界（动漫、游戏等）里的常用语，意指对某虚拟人物进行专门化的设定。而将这一词语从虚拟世界扩展到现实世界中来，却并没有伴随产生任何新的发现。因为，早在霍克海默等人提出“文化工业”这一关键概念之时，就已经有所预言：“技术变成了用于各种宣传的工具……一旦它首先为消费者提供了服务，就会将消费者图式化……每个人都似乎会自发地按照他先前确定和索引好的层面来行动，选择适合于他这种类型人的批量产品的类型”①。当然，这种极具悲观主义色彩的批判性话语，现在早已被其他文化理论家批判得体无完肤，但是结合当下明星“人设”技术的大肆使用，以及其所联结着的以粉丝经济为基础的资本逻辑，我们不得不避免重蹈费尔巴哈式的覆辙（孩子与脏水被一同泼出去）。

事实上，明星传播个人意义的另一优势就在于，明星的“人设”往往是某种“社会典型”。这里所说的“社会典型”，首先是指其所传递的个人意义在实质上都是“群体制定和使用的角色行为的集体规范”②，这与艺术家形成了鲜明对比。虽然雷蒙德·威廉斯同样认为“艺术只是众多描述和沟通方式中的一种”③，但我们不能否认，艺术家的特殊性在于，他们拥有一定的“超常之见”，即对自然和社会环境的感受、认识通常比其他人更加深刻，因而他们往往能创造出超凡脱俗的个人意义（具象化为艺术作品）。在这种情况下，一个关键性的问题不容忽视：这些富有创造力的个人意义，由于与大众已经习得的共同意义相距甚远，所以使得其最终的传播效果大打折扣。与之相反，明星从一开始就被专业公司按照“社会典型”的形象打造出来，故而他们也就不会在现存社会中出现难以被理解的情况了。其次，明星之所以被按照“社会典型”的形象来设定，其目的恐怕并非单纯是要为这一真实生活在社会结构中的类型群体代言，正如一些学者所言，它可能更多地想要为粉丝或大众搭建一个派生出“情感共同体”的平台。如洪美恩的“情感现实主义”④，戴尔的“情感乌托邦主义”——“乌托邦主义包含在它所体现的情感之中”⑤，都表明大众在进行文化消费时，相比较于从现实存在的切面去做解读，更愿意从情感认同的切面去体验文本内在的意义结构。因此，明星“社会典型”形象所具有的优势就体现在，它足以吸引能够接受这一类型的其他个体为之投入情感。比如，以“TF-

---

① ［德］马克斯·霍克海默，［德］西奥多·阿道尔诺．启蒙辩证法——哲学断片［M］．渠敬东，曹卫东，译．上海：上海人民出版社，2006：110－111.

② ［英］理查德·戴尔．明星［M］．严敏，译．北京：北京大学出版社，2010：74.

③ ［英］雷蒙·威廉斯．漫长的革命［M］．倪伟，译．上海：上海人民出版社，2013：34.

④ ［英］理查德·戴尔．娱乐与乌托邦［J］．宋伟杰，译．当代电影，1998（1）：68－74.

⑤ ［英］理查德·戴尔．娱乐与乌托邦［J］．宋伟杰，译．当代电影，1998（1）：68－74.

BOYS”为代表的养成系明星，就会让许多女性付之以“妈妈”“姐姐”等母系情感关怀；在“人设”崩坍事件中，我们能够见识到薛之谦早年难言成功的原创歌手经历已被其粉丝挪用为“深情追梦”的阵痛；而综艺节目《创造101》最后证明，除了原定要选择出来的11个成员以外，真正需要被pick①的，其实是能够激发大众情感宣泄的话题人物。

二、明星作为人类无意识欲望里最为耀眼的大他者

“无意识”是精神分析学最基本的假设，弗洛伊德第一次将人类的心灵分为“意识”和“无意识”两个部分，“前者联结着个体与外部世界，后者则容纳了人类的种种本能的驱动和被压抑的欲望”②。以此而论，人的社会化就是对无意识中的本能欲望施以压制或者转化为可以被社会认可的肯定性内容，不过，原初的“无意识”却并没有随之消失，反而会在我们的梦境里一遍遍地完成以妥协、折中为条件的回归，因此，弗洛伊德才把“梦的解析”视作一种与无意识进行对话的尝试，而“大/小他者”则是拉康对弗洛伊德发起的“俄狄浦斯式的挑战”③。在拉康哲学里，所谓的无意识包含的全部欲望皆为虚妄，不管是“婴儿假定会完全满足自己欲望的镜子阶段中的他者”（小他者）④，还是我们成年后“所谓的我要，我们要，其实都是能指的大他者之要”⑤，贯穿始终的都是一种对于回到某种充盈状态的“误认”。在拉康这里，我们每一个人都从呱呱坠地的一刻起便陷入“匮乏”的陷阱之中，当婴儿尚不能言语时，镜子里映照出的另一个自我景象，让我们第一次重温了与母体曾经紧密相连时的充盈感。而在我们掌握了意义的表达工具——语言，并习得一定的社会共同意义后，我们却依旧不能摆脱一次又一次“误认”的梦魇，因为我们注定要一直通过语言和大他者的欲望才能言说我们自己的欲望，所以弗洛伊德所设想的“我欲故我在”的人类主体性在拉康看来是根本不成立的。

虽然拉康自己都“不抱任何被理解的希望”，但我们却不能不重视他的理论贡献，尤其是当更为具体的社会学层面同样有此发现的时候。美国社会学家大卫·理斯曼在20世纪50年代就极富洞察力地指出，我们的社会（实指当时的美国社会）正从内在导向阶段进入他人导向阶段，而具体到社会个体，我们曾经自持的“心理陀螺仪”——总会沿着自己设计好的既定线路发展，而外界的信号必须在其允许的范围内活动，正在被“雷达”所取代——我们时时刻刻准备着接收外在于己的信

① 粉丝群体的惯用语，意指支持或喜欢，现被公众所熟悉。

② ［英］约翰·斯道雷．文化理论与大众文化导论［M］．常江，译．北京：北京大学出版社，2010：110.

③ ［日］福原泰平．拉康：镜像阶段［M］．王小峰，李濯凡，译．石家庄：河北教育出版社，2002：21.

④ ［英］肖恩·霍默．导读拉康［M］．李新雨，译．重庆：重庆大学出版社，2014：94.

⑤ 张一兵．不可能的存在之真：拉康哲学映像［M］．北京：商务印书馆，2006：313.

息，而我们追求的目标也随导向的不同发生改变，只有追求过程本身和对他人的敏感性保持稳定①。更为重要的是，理斯曼在20世纪上半叶对美国社会的认知发现，似乎也已经能延伸到今日之中国社会。回顾这样一些社会热点事件：马蜂窝旅游网在一片质疑之声中，承认部分点评及评论信息造假；爱奇艺发布声明宣布正式关闭全站前台播放量显示，成为业内首创；鲍师傅雇人排队；电影票房注水……把这一系列看似东拼西凑的新闻事件聚合在一起的关键词就是一个字：刷。不管是刷单、刷评论、刷收视率、刷点击率、刷票房，还是刷“人量”（通俗的说法就是“找托”），它们无非都是想借助这些有意为之的虚假数据，来对我们的选择施加干预。或直接地说，就是做出对其有利的选择。这恰恰印证了大卫·理斯曼的发现：我们开始根据别人的选择来做出自己的选择。从这个角度出发，本身就具有超乎常人的注意力资本的明星群体，便毫无疑问成为最为耀眼的影响选择的他人，抑或间接展示无意识欲望的大他者。这也决定了我们对其展开分析是非常有必要的。

（一）明星是“消费的偶像”

谈及明星的演变过程，学术界的一个几近共识是：明星已经从“生产的偶像”发展成为“消费的偶像”。然而，决定明星发生此变化的本质原因，还是在于社会从一个“以生产为导向的社会”转变到“以消费为导向的社会”，即生产和供应的商品超出了社会成员基本的生活所需。只有在“消费社会”中，物质的量变质变规律才得以充分体现，“消费者与物的关系因而出现了变化：他不会再从特别用途上去看这个物，而是从他的全部意义上去看全套的物”②。很显然，鲍德里亚不仅继承了从马克思对拜物教带来的经济异化的指认以降的批判态度，还特别强调出“使用价值”与“交换价值”随着资本主义的发展而越发不平衡的重要事实。换句话说，当我们面对眼前琳琅满目的商品时，最终促成我们决定购买的绝非仅仅是出于其对我是否有用的简单考虑，更有吸引力的动因是心里盘算着在施以本次实际的消费行为后，它还能为我们带来哪些附着意义上的消费。这种由“物体系”所带来的“意义链”往往遭到理论家的批评。但是不管我们采取何种否定的态度去看待这一消费社会，它在今天蓬勃发展的事实已经不可逆转。

这其中，明星则凸显了自己作为“消费偶像”的形象特质。如前文所述，明星的传播优势在一定程度上体现在能为粉丝或大众搭建一个派生出“情感共同体”的平台，而在这个淡化理性行为基准的场域内，为情感进行消费——不管是文化消费还是物质消费，都不过是一件稀松平常之事。因而，我们可以看到，奥黛丽·赫本参演过的每一部电影，几乎都会在时尚圈内刮起一股旋风。“明星同款”产品的指涉越来越广泛，一方面，除了服装、美妆用品以外，经过明星代言的食品也会因此而被抢购一空；另一方面，不仅是明星在其影视作品中的扮相会成为商家促进销售的增长点，就连明星在日常生活中有意无意地亮相，都有可能被挖掘出新的商机。

---

① ［美］大卫·理斯曼等．孤独的人群［M］．王崑，朱虹，译．南京：南京大学出版社，2002.

② ［法］让·鲍德里亚．消费社会［M］．刘成富，全志钢，译．南京：南京大学出版社，2014：3.

最显著的例子是近年来增长势头迅猛的生活方式分享平台——“小红书”。“小红书”本是以“趣缘”社交为基础的电子商城，现在也开始招徕明星通过个人运营主体账号的形式完成入驻。而除了像范冰冰这样本身就极具商业价值的明星外，以林允、张雨绮为代表的一部分明星甚至通过这一入驻完成了“人设”的转换，并成功为自己平添更多的经济效益。可见，对于明星和商品供应方来说，相互合作着实是一个互利共赢的结果。

（二）明星是现代个人主义的注脚

众所周知，明星往往以个人化标签的意义形式在大众传播渠道里流通。不管这一明星所从事的具体行业为何，他们无非都是各自领域当中的成功者，或者说，他们是除开了众人的少数精英。而对此群体的热切追捧，则恰恰从侧面迎合了曼海姆有关“精英与大众”的现代个人主义提议——“以新型精英取代旧有阶级，精英阶层不以出身或财产为标准，而以成就为基础”①。但无论是“以绩效为基础的阶层化社会”还是“以金钱或出身为基础的阶层化社会”，其在本质上都反映出“原子论”的社会观，即强调个人间彼此独立，从而与另一种“机体论”的社会观相区分。事实上早在几百年前，西方社会就经历了从精神权威和世俗权威交替统治下的个人与社会浑然一体，到文艺复兴和宗教改革价值转向后的个人与社会产生裂痕，再到启蒙运动和工业革命疾风骤雨中的个人与社会互相脱离的变迁过程。根据雷蒙德·威廉斯的观察，个人与社会相分离所造就的现实恶果主要可分为两个阶段：第一阶段里，本来关系紧密的社会成员被新兴起的资本主义切割为一个个“有着种种需要的个人”，他们被改造为一个又一个具象化的消费单元，并将社会构想成一个“有组织的市场”；进入第二阶段，随着资本主义将社会过滤得支离破碎，个人开始习惯于专注自己的需要，而渐渐忽视其他人实际存在的同等需要，他们甚至把整个社会当作个人发展的对立面，进而演变为一场一切人反对一切人的战争。

可以想见，威廉斯在这里描述的个人主义征候又被明星效应所进一步放大。如果说明星是那些在自己领域已经取得成功的少数人，那么，其他更多的人就是不必纠结于具体行业的犯有“不成功罪”的无名小卒们。以此，明星便顺理成章地成为众人艳羡不已的奋斗目标，而每当一位崭新的明星出现在大众的视野中，我们就开始在他的成功经历里，幻想着自己有朝一日与之为伍时的胜利者姿态。受制于这样一种成功学的思维，我们既会对商业明星所撰写的励志类书籍趋之若鹜，也会借助现代科技去刻意追求娱乐明星所展现出来的姣好面容。是什么促成了这种成功学的定向思维？很显然，是确定无疑的等级差异和企图实现阶层上升的个人动机。至于明星，也只是一个又一个为这种现代个人主义背书的注脚而已。

① ［英］雷蒙·威廉斯．文化与社会：1780—1950［M］．高晓玲，译．长春：吉林出版集团有限责任公司，2011：256－257.

三、明星作为文化霸权协商过程中的“无权势精英”

关于明星，学者阿尔贝罗尼曾这样概括：“他们的制度性权力十分有限，或者说不存在，不过他们的行为和生活方式都会引起相当大、有时甚至是极其大的兴趣”。① 简而言之，他们可以被称作“无权势的精英”。显然，阿尔贝罗尼所概括的“明星”并不包括政治明星这一相对特殊的种类。但除此之外，正是这样一个在制度权力层面与普通大众相差无几的少数人群体，却成为特定社会里必不可少的“润滑剂”——以缓解主流意识形态与诸亚文化之间的话语纷争和利益冲突。在此，我们将重新审视葛兰西的“霸权”理论。

这位意大利的马克思主义者留给后世最重要的理论遗产，便是对社会“力量关系”复杂性的特别强调。在他看来，“国家生活被看作基本集团和从属集团的利益之间的不稳固平衡（在法律上）持续形成和取代的过程”②。由此，葛兰西认为，之于统治集团，即便是在军事上获得了战争（机动战）的胜利，也需要做好在政治领域和军事“预备”领域中进行阵地战的准备，从而最大限度巩固自己的霸权。不过，这一现在看来似乎是在为统治集团建言献策的狱中札记，却被其知识分子后辈转译出更多的意涵：“要是我们从中认识到的只是强制性的意识形态，……要是统治阶级把它们强制加于他人的头上，使之占据了我们的心灵的最主要部分，那它就将是更加容易被推翻。”③ 但正因为霸权具有可以预见的复杂性，所以统治集团永远不能指望一劳永逸地征服其他从属集团，而从属集团也很难在现有力量关系平衡中再进一步。就像学者斯道雷最后总结的那样，“霸权从来不是简单的自上而下的权力，而是统治阶级和被统治阶级互相‘协商’的结果，是一个同时包含着‘抵抗’和‘收编’的过程”④。尽管葛兰西将各社会集团“有机地制造出”的知识分子阶层视为彼此协商过程中的实际代理人，但伴随着娱乐至死、消费主义等现象的愈演愈烈，传统知识分子似乎业已没落了，取而代之的是更加贴近世俗需求的学术明星。在这里，我们并不想重复对知识分子明星化的批判论调，而是要再一次回到葛兰西的理论原义——应从社会关系的总体中而非知识分子活动的本质中去界定知识分子。以此观之，谁又能断定明星就没有在今日之社会发挥出知识分子般的中介职能呢？

（一）明星既强化社会主流价值也承认其他非主流价值

当我们强调明星强化社会主流价值时，其实是在暗合法兰克福学派否定思维的

---

① ［英］理查德·戴尔．明星［M］．严敏，译．北京：北京大学出版社，2010：9.

② ［意］安东尼奥·葛兰西．狱中札记［M］．曹雷雨，姜丽，张跣，译．开封：河南大学出版社，2014：227－228.

③ ［英］雷蒙·威廉斯．马克思主义文化理论中的基础和上层建筑［J］．傅德根，译．马克思主义美学研究，1999（Ⅱ）：327－346.

④ ［英］约翰·斯道雷．文化理论与大众文化导论［M］．常江，译．北京：北京大学出版社，2010：99.

又一传统观点：文化工业的肯定性。即是说，“文化工业虽然在自己创制的文本中解决了它们所投射的现实矛盾，但很显然，这一所谓的解决之道却无助于对真正现实问题的解决”①。具体到明星，我们或许会依照此思路阐发这样的内容：明星的意识形态功能，在于依靠自己“无权势精英”的身份对普通大众进行着主流思想引导的单向控制，至于其目的则毫无疑问是维持现存的权力结构。当然，这也并非完全没有现实依据。一方面，正如我们一直在本文所尝试论述的，明星群体的社会地位随着其在建构现实、欲望表达等方面的优势日益凸显而不断攀升；另一方面，近年来，明星国家主义的悄然兴起——明星频频在主旋律综艺节目中亮相，在国家重要纪念日里通过社交媒体公开宣扬主流价值观，甚至于曾经被冠以难登大雅之堂之名的娱乐明星也有机会载入政治课本——似乎更印证法兰克福学派理论家所言非虚。但是，这种颇为悲观的观点其局限性同样也是十分明显，尤其是它忽略了明星也在承认其他非社会主流价值的重要事实。

在《理解大众文化》中，费斯克富有卓见地指出，“大众”之所以很难被明确界定，是因为其中包含着由不同差异轴（如年龄、性别、种族）所构成的“层理”。而在每一个差异轴里，我们又能辨识出主流意识形态一定的好恶偏向，比如年龄差异轴中的父辈至上，性别差异轴中的男性至上，种族差异轴中的白人至上，甚至是自然差异轴中的人类至上。但就像葛兰西所说，再至上的力量也不可能无所不包，总会有裂缝出现在差异轴的另一端。在这里我们仅选取年龄和性别两个差异轴，来聚焦明星对非主流社会价值的认同作用。其一是青年群体的“追星族”现象。要知道，这一现象本身的“形成和发展既与青年个体社会化的内在冲突有关，也与社会的不断转型和变革以及由此引起的代际冲突、家庭结构变化有关”②。故而，对于在社会话语权竞争处于相对劣势的青年来说，从明星形象中探索出一系列带有亚文化集体归属感的符号就显得格外重要。不过，青年的每一次反叛、抗争，都并不意味着想要脱离自己所生活的社会，正相反，他们也只是希冀自己心目中的理想能够在现实中得到平等的实践。其二，从高仓健式的硬汉形象到以李宇春为背书的“假小子”，再到如今的“小鲜肉”“小奶狗”们，虽然仍有人质疑这一看似女权主义的胜利，实则只是文化工业增进消费的又一个突破点，但我们却不能否认以这些明星为载体的审美取向转变，的确也有助于且受益于更多女性主体意识的觉醒。

（二）明星与网络红人

但是，明星群体自身是否也会形成霸权呢？美国学者高德哈伯曾给出过一个大胆的猜想：“财富会重新以新的方式分配，并出现新的两大基本阶级——明星和追星族。明星是注意力资本家，追星族为明星打工……明星的富有来自对追星族的注意力剥削。”③ 由此以降的注意力经济学派便因明星对大众注意力资本的极大占有，

---

① ［德］西奥多·阿道尔诺．文化工业再思考［J］．高丙中，译．文化研究，2000（Ⅰ）．

② 姚刚，刘建华．中国青年“族”现象的社会学解读［J］．中国青年政治学院学报，2015（6）：105－110．

③ 张雷．经济和传媒联姻：西方注意力经济学派及其理论贡献［J］．当代传播，2008（1）：22－25．

而将其看作进入信息社会以后所涌现的新型霸权。这一观点不无道理，特别是当我们在本文中正是凭借注意力的量化来界定明星时，就更不能无视明星相较于普通人所具备的光环效应。换句话说，注意力占有的多寡同样可被视为一个差异轴，而具备出众注意力资本的明星，无疑就是这个差异轴中更占优势的一端。但与其他差异轴的复杂性质相同，我们已经能够找到足以抵抗明星的对立面。

这个对立面属于网络红人。依托于互联网区别传统媒体的双向传播秩序，草根阶层无疑成为话语权放开的最大受益者，使得他们能以遍地开花的态势，在虚拟与现实相交织的世界里造就出一个又一个普通人的神话。虽然从诞生至今，对网络红人的负面评价层出不穷，其中既包括对部分网络红人走红方式的道德谴责，也有学者质疑其无非是明星的一种延伸，本质上依旧效忠于消费主义的逻辑。然而，暂时搁置部分网络红人走红方式的争议（比如，凤姐的审丑、木子美的身体写作），我们要认识到“网络红人”与“网红”的不同所指。由于在很多人看来，这两个词的关系只是后者为前者的缩略形式，所以网络红人所蕴含的积极意义就极容易被弃绝。但事实上，这却远没有一个缩略语那么简单，它不仅意味着“更加流水线式的生产制造、更加依赖于机制而成功”①，还让其彻底解开实体的属性限定形而上地成为一个抽象的“ID”概念（如“同道大叔”“关爱八卦成长协会”）。与之相对应的，“网红”不再只是单纯的网络红人群体，更多的专业团队开始察觉其可供开发的商业价值，即是所谓的网络推手，并在资本利益的驱动下最终催生出以“网红”为核心的“网红经济”模式。这确实是值得批判的对象。而我们这里想要强调的在注意力维度，足以抵抗明星的对立面，是网络红人。他们具有更强的偶发性，他们的走红并非某团队有意为之的结果，甚至于他们中的一部分人对自己的走红抱持否定的态度。因此，正因为有这样一些人的前仆后继，方使得普通人获取明星般的注意力成为一种可能，即便他们的注意力占有往往如流星一样短暂，但就像教育毕竟还是寒门后代实现社会流动的可行渠道，只有在这些“阶梯”真正存在的条件下，普通大众才有机会与明星达成葛兰西指称的“不稳固平衡”。

参考文献

[1]［美］R. 科尔多瓦. 明星制的起源［J］. 肖模，译. 世界电影，1995（2）.

[2] 张雷. “注意力经济”溯源［J］. 经济论坛，2001（19）.

[3]［英］雷蒙·威廉斯. 漫长的革命［M］. 倪伟，译. 上海：上海人民出版社，2013.

[4]［法］让·鲍德里亚. 消费社会［M］. 刘成富，全志钢，译. 南京：南京大学出版社，2014.

[5]［英］约翰·斯道雷. 文化理论与大众文化导论［M］. 常江，译. 北京：北京大学出版社，2010.

[6]［德］马克斯·霍克海默，［德］西奥多·阿道尔诺. 启蒙辩证法——哲学断片［M］. 渠敬东，曹卫东，译. 上海：上海人民出版社，2006：110—111.

[7]［英］理查德·戴尔. 明星［M］. 严敏，译. 北京：北京大学出版社，2010.

① 网红居然和网络红人不是一回事[EB/OL].（2015－12－24）[2015－12－24]. http://mt.sohu.com/20151224/n432425602.shtml.

［8］［英］理查德·戴尔．娱乐与乌托邦［J］．宋伟杰，译．当代电影，1998（1）．

［9］［日］福原泰平．拉康：镜像阶段［M］．王小峰，李濯凡，译．石家庄：河北教育出版社，2002：21.

［10］［英］肖恩·霍默．导读拉康［M］．李新雨，译．重庆：重庆大学出版社，2014：94.

［11］张一兵．不可能的存在之真：拉康哲学映像［M］．北京：商务印书馆，2006：313.

［12］［英］雷蒙·威廉斯．文化与社会：1780—1950［M］．高晓玲，译．长春：吉林出版集团有限责任公司，2011：256—257.

［13］［意］安东尼奥·葛兰西．狱中札记［M］．曹雷雨，姜丽，张跣，译．开封：河南大学出版社，2014：227—228.

［14］［英］雷蒙·威廉斯．马克思主义文化理论中的基础和上层建筑［J］．傅德根，译．马克思主义美学研究，1999（Ⅱ）．

［15］［德］西奥多·阿道尔诺．文化工业再思考［J］．高丙中，译．文化研究，2000（1）．

［16］姚刚，刘建华．中国青年“族”现象的社会学解读［J］．中国青年政治学院学报，2015（6）．

［17］顾玥．“鹿晗效应”背后［J］．人物，2015（11）．

［18］张雷．经济和传媒联姻：西方注意力经济学派及其理论贡献［J］．当代传播，2008（1）．

［19］网红居然和网络红人不是一回事［EB/OL］.（2015－12－24）［2015－12－24］. http：//mt. sohu. com/20151224/n432425602. shtml.

（孙琦　首都师范大学 2017 级硕士生　指导教师：秦勇）

·文化研究·

“速度学”视域下的技术艺术批判

——试析保罗·维利里奥《解放的速度》

于倩倩

摘　要：以法兰克福学派为代表，技术批判的理路一直绵延不绝。随着光电技术的进一步发展，法国思想家保罗·维利里奥首次提出“速度学”或“竞速学”的理论，将“速度”“加速度”概念的文化内涵引入政治、战争、电影、建筑、文化等诸多领域，开创了超级现代性的技术艺术批评范式。本文结合保罗·维利里奥的著作《解放的速度》，试梳理“速度”之文化史的发展脉络，从哲学、政治、美学三个层面探讨维利里奥提出的“道路层污染”“速度政治学”“消失美学”等概念，并联系当今实际，分析和揭示保罗·维利里奥“速度学”思想的深远现实意义。

关键词：速度学；技术艺术批判；保罗·维利里奥；《解放的速度》

“速度”的文化史可以追溯到18世纪末19世纪初的欧洲工业革命时期，从蒸汽机的普及使用开始，人类在物质生产上彻底摆脱了前现代的手工劳动方式，伴随早期资产阶级的兴起，追求生产过程的效率、资本主义原始积累的效率，成为工业社会的共识。而18世纪启蒙运动带来的思想解放也加速了人类认识论上对“速度”的追求，与前现代和古典主义时期的“静观”理念不同，哲学和科学精神上要求摆脱单一守旧的教会神权束缚，艺术上要求抵制专制和贵族阶级的垄断，寻求人性解放的“速度”。可以说，世界的近代史见证了资产阶级、资本主义在物质和精神两个向度上对于“速度”的无限追求，这一系列追求推动了人类在生产和思想上的解放。但另一方面，“速度”也有其消极属性，资本快速积累的需求带来了阶级剥削和压迫、帝国主义、殖民统治，马克思的“经济学手稿”中也透露出对于货币流通速度与资本剥削之间关系的关注，交换价值取决于生产速度，这一最本质的价值规律促成了资本强大的“创造性破坏”能力；20世纪对“速度”的批判以西方马克思主义流派之一的法兰克福学派为代表，他们的观点中虽然没有直接提及“速度”的概念，但是针对技术理性、工具理性的批判，也一定程度上表达了对于科技过度快速的发展造成人的物化、异化现象的深度隐忧。

以法兰克福学派为代表，技术批判的理路一直绵延不绝，本雅明对技术的发展和机械复制时代艺术“光韵”消失的思考①，麦克卢汉对互联网时代媒介、科技、讯息的光速传输给人生活方式带来巨大改变的预言“意义是人与媒介的互动”②，鲍德里亚致力于揭示媒介在当代社会中的加速作用，使得人类迅速从现代生产社会过渡到后现代的虚拟社会③。随着光电技术的进一步发展，技术批判理论家的视野也更多地从政治、经济领域向哲学、美学、文化领域转向，法国哲学家、政治思想家、城市理论家、技术艺术批评家保罗·维利里奥首次提出“速度学”或“竞速学”的理论，被誉为“速度的高级牧师”，他将速度、加速度的概念引入政治、战争、电影、建筑、文化等诸多领域，开创了超越后现代技术批判理路的技术艺术批评范式。在1995年写就的著作《解放的速度》一书中，保罗·维利里奥就预言性地指出技术，尤其是光电技术的飞速发展给人类社会和日常生活带来的改变。

在人类社会还普遍沉醉于“数字化”“信息化”的狂欢时，保罗·维利里奥已经清醒地意识到，“速度”概念从运输革命阶段进入传输革命阶段将带来的不甚乐观的后果：首先是哲学层面，随着光电技术的广泛应用，传输革命带来信息大爆炸，道路层污染、远程在场、触觉义肢等都造成人的存在和知觉真实感的丧失，人与地球、自然，与整个生存环境的彻底分离；其次是政治层面，共同体在理论上的接近以及在实际上的解体，对权力的分析经历施米特的国家－领土权力、葛兰西的文化－意识形态权力（即“文化领导权”）④、福柯的知识－生命权力（即“治理术”的施行）⑤，最终进入保罗·维利里奥提出的速度－运动权力阶段。

当今世界，“速度”的政治隐喻无处不在：核武器、无人飞机等超速精准打击力量的威慑作用，扩大了恐怖主义的威胁；光电技术造就的大众传播工具，形成所谓的“第四权力的帝国主义”⑥，信息的超光速传播使得“事件”沦为媒介操控大众的戏剧结果，民主政治成为虚幻的表象；大数据对登录场所的确定、遥控、监视和光电传输技术使得个人隐私不复存在，公共空间和私人空间的界限被抹杀殆尽，也令霸权主义在虚拟空间中的入侵愈加肆无忌惮；模拟旅行提高了出行的效率，却也削弱了地方、国家、民族的差异和界限，全球卫星系统的布局带来一种新的太空或虚拟空间的信息技术殖民化……最后，在文化层面上，人类审美和美学追求进一步解放，出现了“消失美学”，视觉机器对人感知能力的控制已经使人成为无意识的“看”的机器，或者说机器代替人们“看”，呈献它想给你看到的一切，人类患了“失神症”；而在互联网和光电技术革命背景下，虚拟“地球村”的扩张以及技

---

① ［德］瓦尔特·本雅明．机械复制时代的艺术作品［M］．王才勇，译．北京：中国城市出版社，2002：26.

② ［加］马歇尔·麦克卢汉．理解媒介：论人的延伸［M］．何道宽，译．南京：译林出版社，2011：57.

③ ［法］让·鲍德里亚．仿真与拟象［G］// 后现代性的哲学话语．汪民安，编．杭州：浙江人民出版社，2000：329.

④ ［意］安东尼奥·葛兰西．狱中札记［M］．葆煦，译．北京：人民出版社，1983：188.

⑤ Michel Foucault. Governmentality , in the Foucault Effect［G］. London：Burchell eds，1991，p. 198.

⑥ ［法］保罗·维利里奥．解放的速度［M］．陆元昶，译．南京：江苏人民出版社，2004：90.

术义肢的无限延展，使得性消遣、网络虚拟性爱等新的文化现象出现；5D 电影、VR、AR 等感知的技术义肢代替了现实存在的人的触觉，虚拟现实使人可以虚拟在场，但是减弱了人真实的感知力，比如 VR 新闻报道会使受众过于沉浸在事件发生的场景中，分不清现实和虚拟场景，过度的代入感使人变得激进，从而缺失对新闻的客观解读和感知判断能力，人类从实践到情感都变得彻底的虚拟或者说虚假化了。

科学技术是第一生产力，而在保罗·维利里奥看来，“速度”才是技术和生产的本质及其发展的源动力，不同于传统观念所认为的技术革新带来速度的变革，相反，现实是速度暴力统治着技术世界。正如保罗·维利里奥关于“速度”最核心的观点——当今世界组织和变革的核心是加速度逻辑①，“速度”首次真正突破了纯粹表示距离和时间关系的物理学概念，上升为一个文化的概念，成为未来社会发展的根本推动力，人类存在的目的之一就是对“速度”的无尽追索，这在当今科技发展使得“距离”“道路”“存在”通通濒临灭绝的情况下，是极具现实和寓言意义的。

一、“速度”的道路层污染和“灰色生态学”

工业革命是一场机械动力带来的速度革命，此后，原始度量衡开始失去意义，以“公里”为代表的距离表述单位被“天”或“小时”这样的时间单位替代，汽车、火车、轮船、飞机甚至宇宙飞船，人类目力所及的地平线不再是遥不可及的远方，机械动能带来的加速度可以使人轻松快速地从此处到达彼处。而在保罗·维利里奥看来，这种建立在真实空间基础之上的速度还不够具备革命性，21 世纪光电技术的革新和广泛应用，将为人类呈现一片“开放的天空”，即没有了“高地”“远近”“天地”的界限，这种光电速度从精神上使人类摆脱地球引力，获得一种“向上坠落”的经验。这种现代传播手段造就的极限速度，保罗·维利里奥称为“解放的速度”，它的出现“不得不改变我们关于风景和人类环境的概念”②。

其一，保罗·维利里奥提出“第三类型间隔”的概念，作为第一间隔的“空间”和第二间隔的“时间”被机械速度拉近，而信息传输的技术速度使得“光”这种第三间隔的介质也被超越，远距离通信手段让远程在场成为现实，古典时期以地平线、透视为标准区隔“远”与“近”，现在地球却坍缩成一个点，遥控和技术义肢让人的触觉能力大大延伸，但同时也取消了人在哲学存在意义上的“此在”。如视频直播技术如今已经可以连接不同时空的两个人，原本不可能相聚的人，跨越时间和空间的间隔而得以交流。但与此同时，人们不再能分清哪个时空中的人是真实的人，是在真实空间中操作技术义肢即智能手机等现代通信设备的你，还是在真实时间中做出动作或行为的、由“光电”技术造就的你？

其二，就是“第三间隔”被消除之后，“道路层”遭到污染和破坏。保罗·维

① ［法］保罗·维利里奥. 解放的速度［M］. 陆元昶，译. 南京：江苏人民出版社，2004：10.

② ［法］保罗·维利里奥. 解放的速度［M］. 陆元昶，译. 南京：江苏人民出版社，2004：17.

利里奥提出“DROMOSPHERIQUE”一词，它不同于Road或Route等传统的道路释义，这里的道路是一种大写的“道路层”，而道路层的污染不是一种表面意义上的生态环境破坏，而是“距离感”或“距离”概念的消失。“从前车马很慢，书信很远，一生只够爱一个人”①，这种诗意的人与人之间的距离被取消，远处、远方只剩下光学上的幻影。“道路”污染在形而上的层面上会带来两个后果，一是真实空间的消失：如今足不出户就可以了解外部的万事万物，空间的外在性简化为一个个“窗口”或“电子显示屏”；另一个后果是时间真实感的丧失，如果说摄影、曝光技术的使用，使得人能够在短时间内借助机器看到原本不可能连贯欣赏的景观，那么光电技术所营造的虚拟场景，则彻底取消了时间的延续性。视觉和触觉义肢不仅把过去和未来呈现给你，甚至能让你直接身处彼时彼地的场景中，这种知觉幻象使人忘记时间的存在，一切远地都成为跨越时间间隔、触手可及的一个点。

其三，保罗·维利里奥提出了“灰色生态学”理论。“距离杀死颜色：陀螺仪转得快时，产生灰色”“对于距离和对于时间长度的突然污染，造成了我们的居住场所的空间扩展的退化”②。在文化研究领域，学者们已经探讨过很多关于视觉和听觉污染的内容，而在远程在场技术动摇了时间－空间的背景下，在观念上维系城市生态学平衡的结构被打破，在后现代的抽象城市空间中，地理学、地方志、民族志、传统人类学都显得衰落和无用了。例如异域情调可以通过在线模拟旅游技术瞬间为人领略，地理学意义上的地球生态和物种、文化多样性不再具备探讨的价值，因为光电技术将空间拉近、时间连接的同时，也使得地理环境、人类文明的差异性急剧缩小，最终的结局是归于同质化，地球“生态学”由色彩斑斓的多样性时代蜕变为灰色的、无生机的同质状态。也就是保罗·维利里奥所说的“地理空间扩展被超音速运输和新的远程通信手段的污染……”③

二、“速度政治学”与虚拟世界共同体的建构

对权力的分析也是文化研究领域的重要论题之一，而保罗·维利里奥提出“道路层”污染、“距离”消失，观念上的生态学遭遇解构，以远程在场为代表的光电技术也带来了深远的政治影响。

传统政治学的国家观念以对领土的实际占有为核心，即对于真实空间的掌管、操控。如德国政治家卡尔·施米特的激进政治观：“政治就是最激烈和最极端的对抗。战争是政治所采取的最暴力的形式”④，对领土主权的绝对占有是国家存在的根基，也是权力的最终目的。而后，意大利思想家葛兰西提出文化霸权、文化领导

① 木心．云雀叫了一整天［M］．桂林：广西师范大学出版社，2009：28.

② ［法］保罗·维利里奥．解放的速度［M］．陆元昶，译．南京：江苏人民出版社，2004：75.

③ ［法］保罗·维利里奥．解放的速度［M］．陆元昶，译．南京：江苏人民出版社，2004：78.

④ ［德］卡尔·施米特．政治的概念［M］．刘宗坤，等译．上海：上海人民出版社，2004：83.

权，将阶级、意识形态的内容引入权力概念，他认为政治上的领导权或者说无产阶级要想取得政权，其途径就是通过掌控文化、意识形态、知识、道德等社会构成要素的领导权①。而福柯的后现代主义权力观则认为，权力既不是意识形态，也不是建立在阶级对阶级之间的统治，其微观权力观将知识作为理解权力概念的关键词，权力不是压迫性力量，而是生产性力量，真正的权力并非来源于对霸权的渴望，而是发自人类对稳定的世界、国家、民族、社会，甚至每个家庭的秩序、对知识生产、真理生产的追求。

保罗·维利里奥在《解放的速度》一书中论述的重点虽然不是政治、权力内容，但其速度理论却创立了一种“速度政治学”。由于传统地缘政治瓦解，对“空间”、领土的掌握已经不足以确保国家、民族的稳定和主权，对“时间”“光速”的争夺成为政治角逐的焦点，获取权力的本质其实是对拥有“速度”“加速度”能力的渴望。

首先，光电技术造成的信息大爆炸，使得世界经济发展方式和资本积累方式发生质变，地区和国家间差距进一步扩大。远程通信的高速性，将过去时刻和未来时刻都带到当下的此时此地，这种反“历史时间”的传输方式改变了传统的资本运作方式。正如保罗·维利里奥在书中举的一个例子，远程在场使得跨国集团、跨国公司不再具有具体的地点位置，即处于“无地点的地点”。通过远程控制、信息传输，集团领导层就可以达至对每一个分公司甚至每一个员工行动的精细控制。于是掌控“信息流”和传输技术、传输工具的人拥有对资本的绝对控制权，地区经济发展的不平等也会随着对技术掌握的不均衡而进一步加剧。“我们已经生活在一种毫无先例的时间断裂和可怕的压迫之下”②，远程在场、远程相聚的技术将创造规模巨大的虚拟垄断组织，造成的断崖式结构性失业以及家庭无继承的后果，将会带来一场难以预计的社会金融崩溃③。因此，在“速度”技术掌控权的角逐战中成功与否，也成了一个国家能否在后现代社会中维持国家稳定和牢控政治权力的关键。

其次，大众传播媒介进一步成为操纵民主政治虚幻表象的权力工具。保罗·维利里奥在书中提出“三种接近性的更替”，经历“新陈代谢”的接近性，到机械的接近性即工业革命，人类进入“电磁”的接近性即传播的革命。这场革命不仅在形式上，更是在内容和影响力上开创了一场巨大变革，甚至造成“信息的暴政”。我们不再作为某一国之公民，而成为“世界公民”，大众传媒持续性地吸引我们对全世界范围内的信息进行接收、理解、评价。在“媒介即讯息”的时代环境下，“大众传媒将成为直接通信时代的党派政治的一种可能性”④。技术带来民主的透明化，看似提高了民主参与度，然而事实上，技术给人呈现的更多是媒介控制者，换言之

---

① ［意］安东尼奥·葛兰西．狱中札记［M］．葆煦，译．北京：人民出版社，1983：48.

② ［法］保罗·维利里奥．解放的速度［M］．陆元昶，译．南京：江苏人民出版社，2004：102.

③ 卓承芳．历史唯物主义与速度——维希留的速度政治学研究［J］．天津社会科学，2014（6）：54.

④ ［加］马歇尔·麦克卢汉．理解媒介：论人的延伸［M］．何道宽，译．南京：译林出版社，2011：427.

是权力拥有者想让人看到的东西。例如在《纽约时报》制作的VR纪录片《无家可归者》中，用户戴上“头盔”式设备便可与片中的叙利亚难民们居于同一时空之内：飞机从头上呼啸掠过，用户与片中的难民一起循声仰望，看到数十个编织袋从天而降，用户不自觉地跟着人群一拥而上，争抢食物和药品。VR、AR技术营造了沉浸式场景的真实再现，然而太过强烈的沉浸感，对强调客观性的新闻报道来说很可能是有害的。VR一方面能够让观众对战乱地区人们所遭受的苦难感同身受，但另一方面也会令很多人对战争产生超乎理智的愤怒，以致同理心变得异常强大，容易扭曲人们对事实的印象。技术扬言为人类缩短距离、带来真实感，然而事实有时却未必如此。

最后，光电技术塑造了虚拟的共同体，却使“新第三世界”彻底边缘化。保罗·维利里奥预言传统地缘政治空间瓦解，随之而来的将是一个“信息和宗主政治的复合体”①，构成城市－世界的“总城邦”或信息高速公路直达的“远托邦”②。从此，地球成了一个服从真实时间暴政的星球，城市与乡村的对立结束了，因为将根本不会存在地理意义上的乡村，不会存在原有的南北对立、发达国家与发展中国家的博弈。技术的“加速度”让空间坍缩了，也使时间同质化了，未来世界只存在可以融入“世界时间”，从而能够接受“全球讯息”并跻身“世界公民”一员的群体，与落后或被拒斥于“世界时间”“世界速度”之外的一群边缘人，两种不同的时间性，造就了两个不同的世界。拥有绝对速度的发达国家同只有相对速度的欠发达国家之间的差距，将会在五大洲之间都被放大。而在国家内部，两类人的分化也将非常明显，“一类人在真实时间的统治下体验着他们在世界城市的虚拟共同体内部的经济活动本质，而另一类人，比以前任何时候都贫困，在一些地方城市的真实空间里艰难生存”③。在失去职业或者说失去能够创造“速度”的价值的能力后，被世界的“绝对速度”抛下的人，也将会彻底地被边缘化。信息高速公路链接了“地球村”，但保罗·维利里奥作为一位技术艺术批评家，却预见了未来现实世界里人类共同体建立的不可能性。

三、“速度美学”与人类失神症和空间失真化

保罗·维利里奥在另一部著作《消失的美学》中，提出了“消逝美学”④的概念，“当速度学（dromologie）瞬间粉碎了光速墙，我们怀疑还会有什么东西是假的？速度成为真实的唯一环境，而二十世纪最终不过是十九世纪诸重大灾难的无限

① 张一兵．远程登录中的新地缘政治——维利里奥的《解放的速度》解读［J］．求是学刊，2018，45（3）：23.

② 张一兵．远托邦：远程登录杀死了在场——维利里奥的《解放的速度》解读［J］．学术月刊，2018，50（6）：7。

③ ［法］保罗·维利里奥．解放的速度［M］．陆元昶，译．南京：江苏人民出版社，2004：105.

④ 卢志强．“消逝美学”研究——光电技术美学探析［D］．重庆：西南大学，2011：8.

扩张与加速”①。“消逝美学”“速度美学”的概念同样体现在《解放的速度》中，光电美学让人类视觉经历了狂欢，我们可以在任何时刻、任何地点，看到想要观看的一切。然而，过度的图像展示也给人类视觉知觉带来了污染，我们拥有“看”的自由，却失去了“不看”或“不被看”的权利，“视觉不再是看的可能性，而是不看的不可能性”②。

一方面，速度美学抹杀了人类感知的真实性，使人患上经常性失神症。③ 对于我们无法触碰的事物，到底是那在远方的实体代表着真实，还是由频闪显示器构成的图像代表了真实？人类的恋科技癖使得人更倾向于相信机器智慧所呈现出来的东西，而对现实中真实的存在物视而不见，于是，对光学的拜物教造成了直接感知的病理学。现代人类一旦失去了视觉机器和观看义肢，反而会觉得世界失真了，仅由肉眼能看到的事物，已不足以满足人类知觉享受的需要，没有远程通信技术，我们无法靠自己的能力弥合时间的延续性和断裂性。因此，依赖感知的技术义肢已经成为人类无法更改的习惯，我们没有了拒绝的意识，也没有拒绝的能力。视觉听觉的工业化把人类过度曝光于图像和声音的暴政之下，视觉机器剥夺了我们“失明的权利”和“失聪的权利”④。

另一方面，速度美学造成了一种空间的失真化，即“界限消失”和“空间混合”。福柯所指出的“全景监狱”如今已演变为技术无时无刻地入侵。遥控、监视等远程操持技术以及大数据和远程定位技术，延长了人的感知和肢体作用范围，原本是为了更快速地生产和创造价值，而这种对速度的追求，也使人在技术的“全景监视”之下无可避逃。

在宏观层面上，公共空间和私人空间的界限消失，远程在场、远程相聚、无地点的地点创造了新型公共场所和新型公共领域，任何即时性事件的发生都可以通过光电技术的迅速传播拓展为全球性事件，大数据能够精准记录每个人的私密信息，只要在地球上生活过，就必定会留下痕迹并被找到。从前，战争可能还被认为是国家间政治力量的博弈，还有“前线”和“后方”的界限区隔，如今远程操控的无人飞机精准打击，可以将原本遥远的战争带到每个人身边。对速度的追求也体现在现代企业的生产中，远程在场的技术让企业管理和商品生产也可以远程进行，而许多工作内容也会依据“同时性”的速度理论原则，“移动的”公司将使工作内容充满高度流动性和随地性，劳动时间与休息时间的界限开始变得模糊，工作场所与家庭空间混合。“人们再也不能清楚地区分休息与付酬劳动的时段，付酬劳动的时间极有危险延伸到所有的私人空间和每个人仍然认为自己自由支配着的所有时间”⑤，对

---

① ［法］保罗·维利里奥．消失的美学［M］．杨凯麟，译．郑州：河南大学出版社，2018：163.

② ［法］保罗·维利里奥．解放的速度［M］．陆元昶，译．南京：江苏人民出版社，2004：114.

③ ［英］约翰·阿米蒂奇．《消失的美学》介绍［J］．李会芳，译．文化研究，2013（5）：250.

④ 郑兴．“速度义肢”“消失的美学”和“知觉后勤学”——保罗·维利里奥的电影论述［J］．文艺理论研究，2017，37（5）：204.

⑤ ［法］保罗·维利里奥．解放的速度［M］．陆元昶，译．南京：江苏人民出版社，2004：149.

绝对速度的追求很可能成为资本新型的剥削形式。

而在微观层面上，技术义肢的普及，包括活体移植技术、眼内窥镜、激光整形等代替人类肢体的微型探测器，技术开始侵入人体内部，人作为一个整体的“生物体”，内部和外部空间界限也消失了，技术义肢在体内的植入使原本的外部事物成为人体密不可分的一部分，为了应对人类生育和繁衍以及种族扩张过程中对绝对速度无止境的追求，类似基因编辑婴儿这样的从人的存在初始就形成外部技术介入的情况也成了现实。因此保罗·维利里奥甚至预言式发问，若人类借助神经学知识，将技术义肢拓展到精神领域，出现“智能化药丸”，那么“怎能拒绝相信对心理图片进行一种神经技术处理的可能性?”①这种心理图片的后期设计上升至意识形态领域，可能超越科学而成为一个伦理学的终极难题。

结　语

保罗·维利里奥开创了“速度学”理论，使速度问题在多学科、多领域得到重视，在“距离”被悬置、即时和瞬间的时间价值取代实际的空间价值的“竞速学时代”，对“加速度”的一味追求可能导致人类不可逆的异化。虽然当今技术的发展已然超过了以霍克海默和阿多诺为代表的法兰克福学派的想象，但伴随光电技术而来的“光”或“绝对速度”的拜物教神话，仍然值得我们保持警醒：技术带来的“加速度”对人在时空感知和自我认知上的重新编码是否会颠覆传统哲学的存在论?追求“速度”的生产原则是否会使经济危机变身为不择手段地追求资本积累速度的危机?那么出现马克思主义“加速度政治经济学”也便不足为奇，而随着“速度美学”和光电技术深刻介入人体，人的真实感知和触觉是否会被彻底替代，人作为生物的自然属性、真实感真的会彻底丧失吗?“加速度”的技术使大众传媒成为“第四权力的帝国主义”工具，“地球村”实际上变成由实时传播媒介构造的虚拟景观，全球与地方关系的解体是否将带来世界格局新变的曙光，又或是加剧霸权与不平等的现状?

本文认为，“速度学”理论带给我们的启示将是意义深远的，正如保罗·维利里奥所说：“明天，一种不再是在一个街区、一个城市或是一个地区的地方化空间里，而是在一个当前的无终结永存的时间里定居，会成为什么：当今的人不再能达到任何东西”，“科学时代的个体丧失了自认为是能量中心的能力”②。到那时，人类该如何看待世界、看待他人、看待自我，值得我们深思。

参考文献

[1]［法］保罗·维利里奥. 解放的速度［M］. 陆元昶，译. 南京：江苏人民出版社，2004.

① ［法］保罗·维利里奥. 解放的速度［M］. 陆元昶，译. 南京：江苏人民出版社，2004：156.

② ［法］保罗·维利里奥. 解放的速度［M］. 陆元昶，译. 南京：江苏人民出版社，2004：183.

[2] [法] 保罗·维利里奥. 消失的美学 [M]. 杨凯麟, 译. 郑州: 河南大学出版社, 2018.

[3] Paul Viritio. *Speed and Politics*: *An Essay on Dromology* [M]. Paris: Semiotext, 1977.

[4] [英] 约翰·阿米蒂奇.《消失的美学》介绍 [J]. 李会芳, 译. 文化研究, 2013 (5).

[5] [德] 瓦尔特·本雅明. 机械复制时代的艺术作品 [M]. 王才勇, 译. 北京: 中国城市出版社, 2002.

[6] [加] 马歇尔·麦克卢汉. 理解媒介: 论人的延伸 [M]. 何道宽, 译. 南京: 译林出版社, 2011.

[7] 汪民安. 后现代性的哲学话语 [M]. 杭州: 浙江人民出版社, 2000.

[8] [德] 卡尔·施米特. 政治的概念 [M]. 刘宗坤, 等译. 上海: 上海人民出版社, 2004.

[9] [意] 安东尼奥·葛兰西. 狱中札记 [M]. 葆煦, 译. 北京: 人民出版社, 1983.

[10] Michel Foucault. Governmentality , in the Foucault Effect [G]. London: Burchell eds, 1991.

[11] 木心. 云雀叫了一整天 [M]. 南宁: 广西师范大学出版社, 2009.

[12] 卓承芳. 历史唯物主义与速度——维希留的速度政治学研究 [J]. 天津社会科学, 2014 (6) .

[13] 张一兵. 远程登录中的新地缘政治——维利里奥的《解放的速度》解读 [J]. 求是学刊, 2018, 45 (3).

[14] 张一兵. 远托邦: 远程登录杀死了在场——维利里奥的《解放的速度》解读 [J]. 学术月刊, 2018, 50 (6).

[15] 卢志强. "消逝美学"研究——光电技术美学探析 [D]. 重庆: 西南大学, 2011.

[16] 郑兴. "速度义肢""消失的美学"和"知觉后勤学"——保罗·维利里奥的电影论述 [J]. 文艺理论研究, 2017, 37 (5).

(于倩倩　首都师范大学2017级硕士生　指导教师: 徐敏)